눈에 대한 백과사전

ENCYCLOPEDIA OF SNOW

눈 에 대 한

백과사전

Encyclopaedia of Snow

사라 에밀리 미아노 장편소설
권경희 옮김

랜덤하우스

❄

사랑의 순수함과 덧없음에 바쳐진 기적 같은 소설

나는 내 목욕탕 앞 어두운 취침등 아래서 아직 원고 상태인 이 글을 처음 읽었다. 이 글을 읽다가 눈 속에 파묻혀 있던 대관령의 어느 마을을 생각했다. 그 마을 주민들은 내게 자신들의 고장을 한국에서 첫눈 내리는 곳이라고 소개했다. 그 마을의 거리는 꽃밭 양지길 같은 예쁜 이름을 달고 있고 집들은 담도 마당도 없어서 여행객들은 유리창 너머로 한 집안의 세간이나 3대의 가족사진을 다 들여다볼 수 있다. 그 고장의 부녀회 회원들은 임산물과 감자떡을 팔고 아이들은 내복 차림에 장화를 신고 뛰어나와 눈 위에서 칼싸움을 한다. 그렇지만 무엇보다도 그 마을은 눈의 이미지로 가득한 곳이다. 길들은 아무도 밟지 않은 신성한 눈으로 가득하고 지난여름 배추나 당근, 감자를 키워냈던 밭들은 눈 아래서 단내 나는 휴식을 취하고 있다. 먼 산 침엽수들의 그 가느다란 몸통에도 눈들은 어김없이 마치 겨울에만 생성되는 나무의 또 다른 조직이나 하얀 상처인 것처럼 붙어 있다. 그 땅과 눈은 농작물들에게 적대적이지 않았다. 마을은 풍요로웠다. 나는 마을을 빙빙 돌다가 점점 크게 돌다가 마을을 벗어나서 눈길을 한없이 걸어보았다. 그 겨울의 눈은 누구의 소유도 아니란 듯이 관대했고 우아하고 당당했다. 그 겨울의 눈은 '이젠 너도 좀 쉬어!' 이렇게 속삭이며 나에게 그 어깨에 기댈 것을 은근히 권했다. 나는 눈의 어깨에 기대보았다. '사랑해!' 대상을 잃은 나의 말이 날아갔다. 아무 소리도 나지 않았다. 나는 좀 더 크게 '사랑해!'라고 말해보았다. 나비의 날갯짓같이 아주 조그마한 소리만이 들렸다. 나는 그제서야 사방이 절대적인 고요 속에 있다는 것을 알게 되었다. 소리는 눈의 대칭 구조 속에 갇혀버렸다. 소리를 삼켜버리는 눈밭 한가운데서 나는 눈이 우리 눈에 그토록 아름다워 보이는 이유를 알게 되었다. 그 겨울의 눈은 어떤 격렬함도 빨아들이고 그리고 한순간 완벽하게 혼자인 것을 견디게 해주었기 때문에 그토록 아름다워 보였던 것이다.

나는 눈과 사랑의 공통적 속성을 알게 되었다. 눈도 사랑도 어떤 정지 상태를 꿈꾸게 만든다. '이대로 가만히 있어줘! 시간은 그냥 내버려둬!' 눈은 사랑처럼 우리 모두의 향수를 자극한다. 눈은 사랑처럼 우리 모두의 어린아이 같은 경험 안에 있다. 그런데도 눈은 마치 사랑이 그런 것처럼 어느 순간 우리 인생의 이야기로부터 달아나버린다. 눈의 신비와 사랑의 신비는 이렇게 만난다. 우리는 결코 그것들을 잡을 수 없지만, 쫓아갈 수도 없지만 언제나 그것들의 빛 아래 놓여 있을 수밖에 없다. 그래 흰색이야! 흰색! 하고 우리가 외칠 때 우리는 목표는 오로지 하나 '순수함! 완벽한 순수함! 덧없는 순수함!' 그리고 그것은 영원히 이뤄지지 않는 사랑의 꿈에 바쳐진 빛깔이기도 하다. 그러나 실제로 한 사랑과 상상 속의 사랑 둘 중 어느 것이 더 진실한 것인지, 혹은 더 현실적인 것인지 쉽게 말할 수 없음을 우리는 이제 알고 있기 때문에 그 겨울의 눈 덮인 마을에서 나는 흰빛과 검은빛이 서로 대조적인 색이 아니란 것도 알게 되었다. 흰빛은 검은빛 아래서 쉽게 눈물 흘리지 않는 사람의 눈물처럼 솟구쳐 올라왔다.

그런데 사랑의 순수함과 그만큼이나 아름다운 사랑의 덧없음에 바쳐진 소설 『눈에 대한 백과사전』은 사랑의 또 다른 속성을 말해주기도 한다. 이 소설의 주인공, 그러니까 눈에 대한 모든 이야기를 모은 그 사람은 아마 어느 날 누군가를 몹시 사랑하게 되었을 것이다. 그들의 사랑은 어쩌면 아주 추운 고장에서 시작되었는지도 모르겠다. 아니 어쩌면 아예 눈과는 아무 상관도 없을 수도 있다. 단지 그들의 사랑은 어쩌면 눈 내린 날의 느닷없는 재난 사고 같은 것이었는지도 모르겠다. 그래서 그 사고 때문에 그는 이미 속으로 시커멓게 타 죽었는지도 모른다. 그의 삶은 현실을 떠나 계시와 암시와 자존심 안에만 있게 되었는지도 모른다. 그런데도 그는 꾸준히 살아 있었다. 즉 그날들의 눈, 눈에 관한 모든 이야기, 그녀가 보는 눈을 자신도 보고 있을지도 모른다는 것, 이런 것들이 그를 기적적으로 살아 있게 했다. 그 기적은 그가 죽어야만 사라지는 것이므로 점점 더 그가 살아 있다는 것 자체가 기적이 되어버렸다. 그러므로 『눈에 대한 백과사전』은 사랑의 기적에 관한 글이기도 하다. 내 마음속의 사랑을 지키려고 애쓰는 동안 우리 역시 변신을 거듭하다가 어떤 기적 속에 살게 될지도 모른다. 그것은 '작은 눈 결정 하나가 수많은 덩굴손과 잔가지를 지닌 눈송이로 변하는 것'보다 그 경이로움이 결코 덜하지 않다. 우리의 주인공에게 '눈'은 이제 자연계의 눈이 아니다. 그건 표현 불가능한 깊이, 하나의 결정을 향해 결합해가는 무한한 창의력, 그 자체의 완벽함, 그러나 서로를 필요로 하는 하얀 손짓과 부름, 세계의 영혼, '날 알고 사랑해주길 바라요, 언젠가는 혹은 언제나'란 속삭임 같은 간절함, 영혼을 잃지 않으려는 노력 같은 것들이다. 우린 소설 속의 사랑 이야기 중 도대체 어느 것이 그의 이야기인지 찾으려 한다. 그러나 그건 필요 없는 일이

기도 하다. 그의 사랑 이야기는 겨울날의 튤립, 불안, 크리스마스 트리, 천사의 흔적, 북극광, 냉랭함과 고요함, 우박, 양극성 속에 흩어져 있다. 그의 사랑은 범위도 경계도 없다. 그에게 경계가 있다면 오로지 그녀뿐이다.

그는 어느 날 공기 중에서 얼음 결정끼리 충돌하면서 가볍게 뎅그렁거리는 소리를 들었을지도 모른다.

그는 사랑에 빠진 사람은 세상의 모든 사건들이 사랑에 대한 완벽한 증거, 거의 천상에서 떨어진 증거라고 여기는 것처럼 눈송이들을 봤을지 모른다.

그는 눈보라가 지붕 위를 지나 바다로 뻗어갈 때 저만치 그녀가 표류하고 있다고 생각했을지도 모른다.

그는 녹아내리는 눈을 보면서 '무언가가 변해버려서 미안합니다'라는 말을 생각해내고는 괴로워했을지도 모른다.

사랑하는 B, 눈보라를 볼 때마다 일상적 삶에 절대로 길들여지지 않을 당신을 떠올리게 되겠죠. 나를 당신과 사랑에 빠졌던 남자로 추억하지 마십시오. 그보다는 지평선에 뜬 작은 무지개를 보여주려 당신을 앨버타 주로 데려갔던 남자로, 스위스의 산장에서 당신에게 담배를 가르친 남자로, 당신이 자신을 괴롭힐 때마다 영국에서부터 달려왔던 남자로 기억해주십시오. 나 역시 당신을 그런 방식으로 기억할 것입니다.

당신은 공중을 날아다니는 생명체 가운데 가장 눈에 띄며….

나는 당신과 내가 함께 창조할 수도 있었던 인생을 반영하는 아름다운 예술 작품을 홀로 만들 겁니다.

그대는 눈의 여인, 화이트 아웃때 자신을 드러내지. 죽기 전에 남자들은 그대의 모습을 꼭 보아야 한다.

첫 서리가 내리자
후지 산에 올라
만추의 달 아래서
안개에 싸여 그대를 기다리는
내가 느껴지나요. 그대여?

얼음은 불꽃에 비칠 때 가장 아름다우며, 불은 얼음에 반사될 때 가장 아름답소.

그러나 이 모든 이야기 중 내가 가장 으뜸으로 꼽는 것은 다음 구절이다.

많은 방식에서 우리는 완벽한 조화를 이룬 눈 결정의 가지들 같았습니다. 서로가 상대방이 하는 일을 잘 알고 있었으니까요. 그건 우리 사이엔 지극히 자연스럽고 자발적인 에너지였습니다. 그때 우리는 루소가 투명성으로 표현했던 두 사람 사이의 총체적인 감정적 친밀감, 서로를 결합 상태로 이끄는 아주 귀하고 드문 의사소통을 이룬 것입니다. 한 사람이 다른 사람의 영혼으로 듣는 언어를 이룬 것입니다. 그러나 때로 우리는 우리의 눈에 속기도 합니다. 당신은 달 표면에 있는 추위의 바다나 순백의 북극곰이나 나비의 날개처럼 그렇게 늘 투명하게 날 보지는 않을 것이며 내 내면이 모두 당신을 향해 열려 있음을 늘 보지도 못할 겁니다. 나 또한 당신이 흰빛으로 쓰여진 나의 행복임을 늘 알아채진 못했을 것이며 당신에게 도달할 힘을 얻으려고 내가 희망의 날개를 펼치고 있음을 늘 깨닫지는 못했을 겁니다…. 그날까지 나의 날들은 얼어 있습니다.

이 세상에서 누군가와 완벽한 조화를 이룬다는 것, 독특한 유대감으로 연결된다는 것, 그것이 없다면 내 것이 아닌 하늘과 겨울과 땅과 밤이 어디까지 흘러갈지 우린 결코 알지 못하므로 우리는 한시도 날개를 접을 수 없다. 그렇지만 그걸 이뤄낸 세상에서라면 "네가 아름답다는 것을 언제 처음 알았지?"란 질문을 받는다면 눈과 사랑은 이렇게 대답할 것이다.

"당신이 아름다움을 부여해줬을 때."

이 혼돈 속의 고요, 흔들림 속의 균형이 그대로 눈과 사랑의 또 하나의 공통점이 된다.

정혜윤(PD, 베스트셀러 『침대와 책』 외 저자)

눈보라 속에 이상한 원고를 남긴 작가

지난주 교외를 강타한 가공할 여름 태풍이 그치자 버려진 차량 한 대가 발견되었다. 경찰에 따르면 차량의 주인은 최근 고향 버펄로로 돌아온 사라 에밀리 미아노인데, 현장에선 '눈에 대한 백과사전'이라는 원고 뭉치도 발견되었다 한다. 이 원고는 미아노의 작품으로 보이지만, 평생 눈을 연구했던 스위스 출신 무명의 연금술사와의 공동 프로젝트로 보이며, 이 특이한 문건에 들어가 있는 다양한 역사적 사건들과 허구적 사건들은 서로 연관성이 있어 보인다고 한다. 경찰은 다른 단서들을 조사할 참이라고 한다. 미아노는 전직 요리사이자 버스 운전기사, 웨스턴 뉴욕의 은밀한 눈(目)이었으며, 잉글랜드의 이스트 앵글리아 유니버시티를 졸업했다. 미아노를 아는 사람은 버펄로 경찰청 (716)694-6000으로 연락 바란다.

버펄로 데일리뉴스
2002년 6월 12일

W. G. 제발트를 위하여

• 이 책의 발행인들은 아래 작품들의 재수록을 승인받았음을 기쁜 마음으로 알린다.

• 딜런 토머스의 〈어느 겨울 이야기〉(『죽음과 도취』, 1946)는 딜런 토머스 재단과 데이비드 하이엄 협회의 동의를 얻어 재록했다.

• 존 버거의 『보는 방법』(1972)은 펭귄북스의 허가로 재록했다.

• 이 책의 발행인들은 저작권자 추적에 모든 노력을 기울였으나 실수로 빠뜨린 게 있을 수 있으니, 그런 경우 우리가 필요한 조치를 취할 수 있도록 도와주면 감사하겠다.

• 이 책에 실린 〈양극성〉은 A. S. 바이트의 단편 〈차가움〉을 차용한 것임을 밝힌다.

❋

도시, 폭설에 갇히다

《버펄로 데일리 뉴스》 2000년 12월 12일, 오전 9시

뉴욕 주 버펄로―지난 일요일, '호수 효과'로 인한 눈 폭풍이 여섯 시간 동안 버펄로를 강타해 94센티미터의 눈이 내렸다. 하루 적설량으로는 1977년의 기록적 폭설 이후 두 번째 기록이다.

오후 4시로 접어들자 이 도시 역사상 두 번째로 강력한 폭풍이 90센티미터의 눈을 더 퍼부어 적설 기록을 갈아치웠다. 월요일 오전 6시를 기해 도로, 관공서, 국제공항이 폐쇄되었다.

미 기상청 항공 관측소는 이리 호 주변과 그 외곽 지역에 1미터 80센티미터가 넘는 눈이 내렸다고 공식 발표했다.

버펄로 시민 수천 명이 엉킨 고속도로에서 밤을 지새웠으며 시내 도로 사정도 정체가 극심했다. 안토니 마시엘로 시장은 주 비상사태를 선포하고 도로에 갇힌 운전자들의 구조를 위해 도로공사 직원들과 제설 장비 동원령을 내렸다. 오랫동안 일감을 기다려왔던 웨스턴 뉴욕 소속의 제설차 기사들은 점점 사태의 심각성을 깨달았다. "도로 상황이 이럴 때는 아차 하는 순간에 고생

길에 빠지기 십상이죠." 치페와에서 정비 공장을 운영하는 에드 크레코프스키 씨가 말했다.

한편 마시엘로 시장은 운전자들에게 도심 진입 자제를 강력하게 촉구했다. "도심은 빠져나갈 길 없는 미궁과도 같습니다."

기상관 프레드 프리고스키는 이리 호 주변에서 거대한 한랭전선이 습기를 빨아들이며 눈 띠를 형성하고 있다면서 "이 전선들은 한동안 계속 오르락내리락할 것으로 보입니다."라고 말했다.

주민들은 가슴팍을 때리는 눈보라를 힘겹게 헤치며 걸어야 했다. 주민 마샤 맥캘하니는 직장에서 돌아오자마자 삽을 찾아 들고 집 진입로를 메운 눈의 바리케이드를 치워야 했다. "보도에서 우리 집 현관문이 전혀 보이지 않더군요. 말로만 듣던 눈사태 후의 '백색의 정적 상태'가 이런 건가보다 실감했습니다."

일요일 오전, 이리 카운티의 토나완다 고속도로에서 교통사고가 일어났다. 12시경 I-190도로의 버펄로 진입 지점에서 발생한 픽업트럭 충돌 사고였다. 이 사고로 한 남자가 즉사했으며, I-190도로는 네 시간여 교통이 통제되었다.

"여름과 가을은 멋지게 보냈잖아요? 그런데 이제 눈이 내리기 시작했으니 뭘 하고 지내야 할지 모르겠어요." 피자 배달원인 조이 소렌토가 카운터에서 이렇게 말했다.

I-190 지점의 교통사고를 목격한 사람은 토나완다 경찰서로 신고 바란다.

연락 전화 (716) 694-6000

2001년 12월 10일

친애하는 독자께.

나는 어디에서나 그를 본다. 기차 차창에 비친 내 모습으로, 군중 속에서 번뜩이는 하얀 섬광으로, 달빛을 받고 있는 푸른 형체로 그를 본다. 그는 그때그때 상황에 따라 자기 모습을 바꾼다. 하지만 장담해도 좋을까? 나처럼 여러분도 그에게 괴롭힘을 당할 것이며, 그를 관찰하는 사이 그가 하는 이야기도 들을 수 있다고 자신해도 좋을까? 그의 이야기를 들어보았는가? 그가 알프스 산맥과 아펜니노 산맥과 북극해를 거치는 여행에서 수집한 이야기를, 내가 한 번도 만난 적 없는 그의 친구들의 이야기를, 온통 눈에 정신이 쏠려 시간의 제약까지 초월했던 그의 이야기를 한 번이라도 들어본 적이 있는가?

달에는 고통의 바다뿐 아니라 추위의 호수도 있다는 걸 아세요? 일찍이 그는 내게 이렇게 물었었다. 내가 그저 침묵을 지키고 있자, 그가 첫 담배와 함께 첫 번째 이야기를 시작했다. 그는 낯선 영혼들이 깃든 듯한 여러 목소리로, 떠오르는 대로 하나씩 추억을 뽑아내기 시작했다. 몇 달간 그를 조심스럽게 관찰한 다음, 그의 이야기들에 어떤 비범함이 자라고 있음을 알게 되었다. 딱 꼬집어 정의할 수 없는 그 이야기들은, 아주 작은 하나의 눈 결정에서 시작해 수많은 덩굴손과 잔가지를 지닌 눈송이로 변해 갔다.

처음엔 그가 한 이야기들에 어떤 의미가 있는지를 깨닫지 못했는데, 독자도 처음엔 그럴 것이다. 그렇다. 난 그의 말, 그가 수집한 스크랩과 인용문, 사진, 주석, 농담, 일화, 시, 노래들의 집합체인 이 이야기가 한 사람의 전 생애를 기울인 작업이었다는 사실을 알지 못했었다. 너무나도 잊히기 쉬운 이야기들이기에, 그는 그 이야기에 자물쇠를 달아 열쇠로 채워 보관하려고 자기 생애를 전적으로 바쳤다. 이 책은 바로 그 기록이다.

편집자, 뉴욕 주 버펄로

18

Angel

천사

케루빔(지품천사), 세라핌(치품천사), 대천사, 신
의 뜻을 전하는 사자: 잘 알려진 천사로는, 성처녀 마리아에게 나
타나 곧 아들을 낳을 거라 알려주었던 가브리엘이 있다. 천사는
눈(雪) 위에 자신의 흔적을 남길 수 있다. 또한 날개와 흰옷으로
자신을 증명하는 존재다. 아주 드물기는 하지만, 더러운 그림엽
서에 나오는 모델과 같은 포즈로 나처럼 우울한 표정으로 등장
하기도 한다. 처음 머트를 만나게 된 건, 그가 클럽의 무대 뒤로
날 찾아왔기 때문이었다. 그때 나는 막 클럽 공연을 마친 터여서
볼품없는 짧은 바지 차림이었다. 머트는 내가 자기의 애창곡〈다
시 사랑에 빠지다〉를 너무도 멋지게 불러서 보러오지 않을 수가
없었다고 털어놨다. "마치 천사가 내려와 노래하는 것 같았습니

다." 머트는 이렇게 말하고 안경을 벗더니 때 묻은 손수건들과 낱장 악보가 흩어진 바닥에 철퍽 무릎을 꿇었다. "왜 이런 데서 일합니까?" 그가 물었다. "음…왜냐하면 원래 예술이란 꽃은 고달픈 밑바닥 인생에서부터 피어나니까요." 내가 대답했다. 머트는 내게 스타킹을 신겨주고 머리를 빗겨주며 말했다. "당신은 정말 매력이 넘칩니다." 내가 말했다. "내일 꼭 다시 찾아오세요." 다음 날 정말로 머트가 다시 찾아왔다. 날 즐겁게 하려는 일념으로 광대 옷을 입고 있는 그는 수탉처럼 의기양양했다. 하지만 내가 임신을 하고 우리가 결혼하게 되자, 그는 더 이상 나를 '나의 천사'라고 부르지 않았다. 그리고 사사건건 창피스럽고 비굴한 짓을 했으며, 나중엔 자기 방에 틀어박혀서 말하지도 않고 먹지도 않았다. 그리고 급기야 이성을 완전히 잃고 말았다. 그는 내가 '천하장사 메제파'와 포옹하는 모습을 보자 내게 달려들었다. 관객들은 폭도로 변해 내게 달라붙는 남편을 간신히 떼어낸 다음, 흠씬 두들겨 패기 시작했다. 그는 어찌어찌하여 그 자리에서 탈출할 수 있었다. 얼마 지나지 않아 그가 남학교로 들어가는 걸 봤다는 소문이 돌았다. 불쌍한 머트, 그는 큰소리만 치는 (자칭) 교사였다.

〈약속〉을 보라.

로라-로라, 독일(p.345 참조)

Blindness
설맹

눈(雪)에 반사된 자외선을 과다하게 쐬면 시력을 상실할 수 있다. 각막은 웬만한 자외선은 흡수하지만, 빛이 너무 많은 조건에서는 각막의 보호 메커니즘이 약해진다.[1]

그러니 눈이 많은 야외로 나갈 때는 꼭 짙은 색안경을 착용하길 바란다. 불에 덴 듯한 눈의 통증이나 빛이 무서워 답답한 실내에 몇 날 며칠 갇혀 지내는 일은 절대 유쾌한 경험이 아니기 때문이다. 그해 겨울 어느 오후, 나는 집에서 키우는 슬픈 목양견 번즈를 데리고 눈길을 저벅저벅 걷고 있었다. 번즈와 나는 오줌이

---

1) 망막의 광색소들은 강한 빛을 만나면 일시적으로 표백 현상을 일으켜 감광체를 자극한다(감광체의 숫자는 그레이터 뉴욕의 인구와 얼추 비슷하다). 눈이 빛에 익숙해지면 망막은 양성 잔상에 발화하여 마치 검은 형체가 공중에 떠 있는 것처럼 보이게 된다.

마려웠다. 우리는 눈 속에 좁은 길을 만들며 한참을 걸었다. 문득 정신을 차려보니, 눈부시게 하얗고 둥그런 눈의 언덕들에 둘러싸인 들판에 서 있었다. 뒤를 돌아보자 우리가 만든 갈색 진흙 발자국들만 희끗희끗했다. 갑자기 번즈가 짖어대기 시작했고, 동시에 나는 눈을 깜빡거렸다. 손바닥으로 축축한 눈썹을 문질러봤지만, 아무것도 보이지 않았다. 눈(雪)이 쏜 빛이 내 눈동자를 베고, 내 속에 구멍을 내며 내장을 비틀었다. 검은 형체가 허공으로 쑤욱 떠오르는가 싶더니, 이내 눈밭을 딛고 있는 내 두 다리가 발밑으로 빨려 들어가는 듯했다. 마치 진공청소기에 의해 블랙홀로 끌려가듯이. 여전히 앞이 보이지 않는 채 소용돌이에 휩쓸리듯이 비틀거리다가 고꾸라져, 눈 속에 대자로 쓰러졌다. 한참을 꼼짝도 할 수 없었다.

그사이 번즈는 왼쪽 다리를 들어 올리고 눈밭에 오줌을 갈겼다. 볼일을 끝내자 내 모직 코트 소맷자락을 물어 당기기 시작했다. 으릉, 으릉, 으릉, 하면서. 앞은 여전히 깜깜했다. 날이 점점 추워지고 있었다. 나는 번즈의 커다란 몸통을 버팀목 삼아 두 다리를 일으켜 세웠다. 우리는 천천히 걸음을 떼었다. 나는 왼손으로 번즈의 등을 가볍게 만지며 반대편 손으로는 (안전을 기하려고) 두 눈을 가린 채 계속 걸어갔다. 우리는 슬리트에 있는 오두막에 도착했다. 열쇠를 찾는 데 오 분이나 소비한 끝에 드디어 집 안으로 들어갔다. 여전히 앞이 보이지 않는 상태에서 어찌어찌

불을 피운 후 이불 속으로 기어 들어갔다. 며칠을 그렇게 누워서 보냈다.

〈비전의 일격〉을 보라.

샌디 커밍, 스카이 섬(p.339 참조)

참고문헌

휘티어, 존 그린리프가 1866년 보스턴에서 발표한 『겨울 전원시』 중 〈눈에 갇혀〉.

Comets

혜성

누나미우트 에스키모는 혜성과 유성을 '별의 찌꺼기'라고 부른다. 한편 멕시코 인디언 킬리와 족은 유성이 엑스미 별자리가 남긴 오줌 줄기라고 믿는다. 태양계 궤도를 돌고 있는 이런 물질들의 정체를 밝히기란 쉬운 일이 아니거늘, 터무니없게도 옛 과학자들은 혜성을[2] '나는(飛) 모래톱'이라고 믿었다. 얼토당토않은 생각이다! 분명히 말하건대, 혜성은 거대한 눈먼지에 다름 아니다. 가운데에는 단단한 얼음과 암모니아, 메탄, 이산화탄소, 시안화수소와 미네랄 가루가 있고, 가장자리에는 증기 구름처럼 경계가 모호한 물질이 둘러진, 돌이 섞여 있는 얼

---

[2] 혜성은 재앙의 전조로 해석된다. 혜성이 나타나면 종종 갑작스럽고 예기치 못한 일들이 일어난다.

음이다. 혜성이 태양 가까이 갈 때 이 얼음이 점점 기화하여 두 개의 꼬리를 만들어내며, 마치 채찍을 휘두르는 스케이트 선수처럼 하루 만에 태양 둘레를 빠르게 달리며 별들이 쏟아지는 듯한 폭우를 보여주는 것은, 바로 이런 이유 때문이다.

〈얼음〉을 보라.

F. L. 휘플, 아이오와(p.356 참조)

※

Crystals
눈 결정

눈 결정은 대기 중의 수증기가 결빙 온도(섭씨 영하 40도)에서 '응결핵'하거나 작은 얼음 결정에 응축되면서 만들어진다. 응축이란 수증기가 액체 상태를 거르고 승화 단계로 넘어가 얼음으로 변하는 걸 말한다. 초냉각 상태에서 얼음 결정이었던 물 입자는 기화하며 핵에 달라붙어 얼게 된다. 결정들은 제각각 증기 분자를 모으면서 점차 거미줄처럼 투명하고 아름답게 짜이는 육각형 모양으로 발전해간다. 눈 결정은 땅에 닿으면 증발과 응축으로 인해 형태가 흐트러지면서 낟알 모양이 된다. 무빙(霧氷)처럼 보이는 얼음 결정, 또는 북미 인디언 쇼쇼니 족이 '하얀 죽음'이라 말하는 '파거닙(pogonip)'은 얼음 부스러기가 섞인 안개를 만들어낸 다음 공기를 타고 흐른다. 이런 무빙이 아주 짙게 끼는 날에는 얼음 결정끼리 충돌하면서 가볍게 땡그랑 거리기도 한다. 대기는 금세 날아다니는 얼음 바늘들로 채워지고, 이 얼음 바늘들은 나무, 식물, 바위 할 것 없이 지상에 있는 모든 표면에 달라붙어 우리에게 얼음꽃 또는 서리꽃을 보여준다. 또한 눈송이는 결정들의 덩어리다.[3] 하나의 눈송이는 다른 눈송이와 결합하며 점점 커지는데, 때로는 그 크기가 아주 엄청나다. 예를 들면 1887년 1월 몬태나 주의 키오 요새에는 15×8인치에 달하는 '우유 냄비보다 큰' 눈송이가 내렸었다. 기온이 결빙 온도나 영하라면, 크기가 작은 눈송이도(직경 1센티미터가량) 손바닥에서 녹지 않고 그저 내려앉아, 혀끝으로 그 눈송이의 맛을 음미할 수 있다.

나카야 우키치로, 홋카이도(p.349 참조)

---

3) "진정한 전통은 자신만의 통일 법칙에 따라서 자신과 일치하는 분자들을 끌어들여 병합시키는 눈 결정의 성장과 아주 닮아 있다."−티투스 부르크하르트(1908~1984. 독일계 스위스인 항존주의자−옮긴이), 1967.

※

Cryatsllisation(positive)
결정화 작용(긍정적)

　　　　　　오스트리아의 소금광산 광부들이 이파리 없는 가지를 폐광 속에 넣었다가 석 달이 지난 후 다시 꺼내보니, 가지에 성운을 닮은 결정체들이 묻어 있더란다. 사랑에 빠진 두 사람의 정신에서도 이와 비슷한 결정화 작용이 일어난다. 사랑하는 연인을 떠나 혼자만의 생각에 빠져 있을 때 이런 정신적 결정화 작용은 더욱 도드라진다. 사랑에 빠진 사람은 세상의 모든 사건들이 사랑에 대한 완벽한 증거라고 여기며, 그 증거들을 천상에서 떨어진 무엇이라고 마음대로 과대평가한다.

〈양극성〉을 보라.

M. H. 벨, 밀라노(p.338 참조)

28

Crystallisation(negative)
결정화 작용·(부정적)

내 눈은 대리석처럼 완전히 말라버렸다. 허구는 내 마음속에 있는 슬픔을 열지만, 그 슬픔은 감정의 토로와 함께 사라져버린다. 하지만 내 누이 캐롤린의 죽음을 지켜보며 느꼈던 것과 같은 진정한 슬픔은, 결정화 작용을 거쳐 내 가슴에 단단한 비탄의 결정으로 영원히 남아 있다.[4]

G. 플로베르, 파리(p.341 참조)

참고문헌

W.J. 험프리스, W.A.벤틀리와 윌리엄 잭슨,《눈 결정》, 런던, 1931년.
도이 토시이츠라,《눈송이》《눈송이 삽화》, 일본, 1833년.
구스타브 헬만,《눈의 결정 Schneekrystalle》, 독일, 1893년

---

[4] "너무 오래 살고 너무 많은 일을 겪은 이에겐/ 땅 위에 새것이 없지./ 방황하던 청춘의 시절/ 나는 결정처럼 굳은 사람들을 봐왔네." — 괴테, 『파우스트』.

※

Darkness
어둠

어둠, 암흑, 암울함, 갇힘. 어둠은 추위를 느끼는 감각에 직접적이며 엄청난 위력을 발휘한다. 이것은 절대적인 사실이니, 나는 그 명백한 사실을 발견한 충격으로부터 아직 깨어나지 못한 상태다. 어느 날 저녁 〈에스더〉 공연을 보려고 파리의 한 극장으로 들어갔을 때였다. 저녁 8시 무렵이었으며, 평소에 자주 앉는 자리에 앉아 있었다. 극장 안은 가지 모양의 촛대 하나만 밝혀져 있어 아주 어두웠다. 내 자리는 발코니 자리였다. 아비하일의 딸이자 모르드개의 조카 에스더가 아하수에르 왕의 왕궁을 방문하는 장면으로 공연이 시작되었다. 에스더가 하만에게 나쁜 사람이라고 선언하는 장면에 이르렀을 때, 극장 안이 점점 서늘해지는 것 같았다. 하만이 에스더의 발치에 몸을 던지며 자기의 영혼을 맡기는 순간―그렇다, 정확히 바로 그 순간에, 나는 어둠의 세계로 들어가 있었다. 더욱 의미심장한 사실은 그 컴컴한 동굴 안으로 깊숙이 들어감에 따라 손가락 끝이 얼얼해지기 시작했다는 것이다. 얼음이 꽉 찬 양동이에 손목까지 깊이 찔러 넣은 듯이. 결국 내 손은 완전히 꽁꽁 얼어붙었다. 주위의 관객들을 살펴보니 하나같이 나보다 가벼운 옷차림으로 눈가의 땀을 훔치거나 얼굴에 손부채질을 하고 있었다. 그사이에 냉기는 거대한 쾌락의 물줄기처럼 내 핏줄기를 따라 퍼져나갔다. 냉기는 계속 퍼져 위험천만한 지경까지 치닫고 있었지만, 그 냉기의 위력이 얼마나 갈지 궁금해하며 그대로 앉아 있었다. 곧 나는 얼음 조상이 되어버렸고, 내 머릿속의 생각들도 모두 얼음이 되었다.[5]

샤를 피에르 보들레르, 파리(p.338 참조)

---

5) 일체를 상징하는 우로보로스 뱀이 절반은 흑이고 절반은 백인 것처럼, 그렇게 차가움과 뜨거움, 사랑과 증오, 생명과 죽음, 그리고 어둠과 빛도 하나의 진실을 안은 안티노메(서로를 보완하는 대립물)들이다.

Deaths and Entrances

죽음과 도취

이 여자 저 여자를 만나고 걷어차기를 반복하던 사촌오빠 토니가 드디어 '임자'를 만났다. 참으로 다행스러운 일이었다. 집안사람들 모두 토니 오빠의 여자 친구가 바뀔 때마다 이름을 외느라 애쓰고, 또한 엉뚱한 이름으로 불렀다며 눈 흘김을 당하는 일에 지쳐가고 있었다. 발레리아는 이런 참에 홀연히 등장했다. 그렇다 하더라도 한겨울에 날아온 청첩장은 느닷없는 일이었다. 결혼식은 우리의 영원한 '성모의 집', 성모 교회에서 열린다고 했다.

오늘이 바로 결혼식 날이다.

우리 식구는 교회의 오른편 가족석에 앉았으며, 나머지 구에 리리 일가들도 이탈리아인의 미소를 지으며 같은 편 의자 몇 줄을 차지하고 있었다. 교회의 이중문 바깥으로는 잿빛 구름을 뚫고 도시 위로 우뚝 솟은 첨탑이 보였다. 이중문 안쪽 공간은 견고한 십자가가 지휘하는 굳건한 요새 같았다.

나는 내 데이트 상대로 절친한 친구 코리를 데려갔다. 청첩장 봉투를 열었을 때 "스텔라와 그 손님"이라는 글귀를 읽고 내린 용단이었다. 그 글귀를 맨 처음 봤을 때는 꽤나 충격이었다. 나더러 데이트 상대를 데려오라고? 하지만 이내 우리 가족이라면 열네 살 내 나이를 한창 '작업하기' 시작할 때로 여길 거라는 생각이 들었고, 그래서 지금 코리가 자기 둘째 형에게서 빌린 번쩍거리는 검정색 정장을 입고 허리띠까지 내려오는 날씬한 검정 타이를 매고서 내 오른편에 어색하게 앉아 있게 된 것이다. 내 왼편에는 엄마가, 엄마 옆에는 아빠가 앉았는데, 아빠는 연신 내 쪽으로 윙크를 보냈다. 여동생과 프랜과 남동생 루이는 얌전하게 있지 못하고 자꾸 코리의 오른팔을 때리며 옴죽거렸다. 사실 감시는 내 일, 내 의무였다. 코리의 도움을 받아 내가 키우는 게루빌루스 쥐들처럼 먹을거리와 물을 계속 요구하는 동생들을 돌봐야 했다. 몇 줄 앞의 사람들이 자리에서 일어나자 빨간 가발을 쓴 실비아 고모가 고개를 숙이고는 작은 지갑에서 껌을 꺼냈다. 그때 할아버지가 언뜻 보였다. 정확히 말하면 할아버지의 얼마 남지 않은 흰 머리칼에 둘러싸인 대머리가 보였다. 아무튼 할아버지를 제대로 보려면 몸을 쑥 내밀어야 했다. 할아버지의 몸이 토니

33

의 부모님에게 가려져 있기 때문이었고, 보통 때와는 사뭇 다르게 눈에 잘 띄지 않았기 때문이다. 노령은 그의 육체를 수치스럽게 수축시키고 있었다.

하객들은 복도 너머로 인사를 건네거나 서로의 갓난아기를 예쁘다 칭찬하며 식이 시작되기를 기다렸다. 나는 혼례용 흰색 카펫을 따라서 촛불을 밝힌 제단에서부터 이중문까지 찬찬히 살피고 있었다. 이중문은 평상시에는 오염된 도시의 거리 쪽으로 열려 있었는데, 바로 조금 전에 근엄한 사람들이 닫아버렸다. 나는 결혼식 주인공들이 입장할 교회 안의 후미를 살펴보았다. 예상과는 달리 결혼식의 주인공들은 보이지 않고 복사들만이 신랑 가족과 신부 가족을 가른 복도를 따라 걸어오고 있었다. 복사들이 입장하자 성가대가 노래를 시작했다. 아늑하고 안전한 감금의 기분을 느끼게 하는 노랫소리였다.

나는 하객들이 조용해지기를 기다렸다. 곧 고요가 퍼졌고, 잠시 후면 신부가 입장할 것이었다. 그 무엇보다 신부 입장이 기다려졌다. 오늘은 발레리아가―그간의 사정이 어쨌든 그 여자는 토니로 하여금 가정을 꾸려 정착하게 꼬드긴 존재다―구에리리 일가에게 첫선을 보는 날이었다. 그러나 발레리아를 보고 싶은 진짜 이유는 따로 있었다. 웨딩드레스가 퍼지는 형인지 아니면 몸에 착 달라붙는 형인지, 머리 장식이 티아라인지 아니면 화관인지, 부케가 순백색의 백합인지 신선한 앙증맞은 데이지 꽃인지 확인하고 싶어서였다. 또한 훗날 내가 결혼식에서 어떤 드레스를 입게 될지도 궁금했다. 내가 사랑하는 남자를 찾을지도, 그 남자가 어떻게 생겼을지도, 또한 그 남자가 과연 코리일지도 궁금했다.

코리를 몰래 훔쳐보니 재킷이 너무 끼는지 자꾸 두 팔을 뒤로 뻗고 있었는데, 소맷부리가 손목시계에 걸린 것 같았다. 엄마가 돕겠다며 그의 재킷 소매를 당겨주었는데, 너무 세게 당기는 바람이 재킷이 훌렁 벗겨지고 말았다. 코리는 종이처럼 얇은 흰색 셔츠만 걸친 흉한 꼴이 되었다. 그는 셔츠 밑에 티셔츠를 입어야 한다는 것도 탈취제를 뿌려야 한다는 것도 모르는 게 분명했다. 하얀 셔츠 아래 젖꼭지가 너무도 선명했다. 코리는 이번엔 셔츠를 당긴답시고 내 뒤로 팔을 들어 올렸는데, 그러자 겨드랑이에 생긴 축축한 동그라미 모양의 땀이 옆구리까지 줄줄 흘러내렸다. 나는 질려버렸다! 얼굴이 확 달아올랐다. 고개를 홱 돌리며, 조금 전 혼자 속으로 물었던 질문에 답했다.

열두 명의 성가대가 노래를 시작했다. 바리톤 남자의 음색이 날 황홀하게 했다. 눈을 감고 향내를 깊숙이 들이마셨다. 하프 연주자가 애무하듯 줄을 뜯기 시작하자 나는 양팔로 내 옆구리를 감쌌다. 오른편 조금 떨어진 곳에는 오르간 연주자가 상체를 열심히 흔들어대며 연주하고 있었다. 〈아베마리아〉였다. 여태껏 들어온 수많은 〈아베마리아〉 중에서 가장 가슴 뛰게 하는 변주였다. 감탄은 계속 커졌다. 딱딱한 장의자에 불편하게 앉아, 코리와 오순도순 말을 나누지 않고도 이렇게 행복할 수 있다는 사실에 놀라고 있었다.

좌중은 다시 숨을 죽였고, 사람들의 시선이 일제히 결혼식 주인공들이 등장할 복도로 쏠렸다. 구에리리 가족은 고개를 왼편으로, 신부 측 가족은 오른편으로 돌렸다. 사촌오빠 코리와 신랑 들러리들이 모차르트 협주곡에 맞춰 행진해 들어왔다. 이탈리아산 종마들이 속보로 걷는 듯한 전형적인 그 걸음걸이는, 이 결혼식과 음악에 모두 어울리지 않았다. 코리도 나와 같은 생각을 하는지 낄낄거렸다. 오르간이 우렁차게 화음을 눌렀으며, 이어서 끼어든 피치카토 기법의 하프 연주는 꼭 바이올린 소리 같았다. 그 음들은 소나기처럼 쏟아지다가 짧은 휴지기 속으로 사라져버리더니 모차르트 협주곡 25번으로 변했다.

드디어 때가 왔다.

나는 상반신을 한껏 복도 쪽으로 내밀었다. 무엇보다 신부를 잘 보고 싶었다. 드디어 신부가 입장했다. 순백색의 부분 레이스와 구슬들과 프릴 장식이 달린 드레스를 입은 신부는, 태피터 천으로 만든 신부 트레인을 길게 늘어뜨리며 신랑을 향해 천천히 다가왔다. 신부는 아름다웠다. 얼굴은 베일에 가려져 있었지만, 길고 검은 머리칼을 하나로 묶어 크게 부풀린 헤어스타일과 그 위에 얹힌 반짝이는 티아라가 보였다. 잔머리는 꼬불꼬불하게

36

꼬아 늘어뜨린 상태였다. 신부의 손에 들린 안개꽃이 섞인 백합 부케가 약하게 떨리고 있었다. 연미복을 입은 신부 아버지는 딸의 손을 가슴 높이에서 에스코트하면서 하객들을 둘러보았다. 발레리아는 우리 자리 근처에서 사진사를 위해 잠깐 걸음을 멈추었다. 그 순간 나는 조금 전까지 전혀 몰랐던 또 다른 액세서리 하나를 발견했다. 으음, 그렇군. 토니 오빠는 발레리아를 만난 팔 개월 동안 몹시도 바빴겠군. 발레리아의 배는 앞으로 그리고 위로 튀어나와 있었다. 배 속에 또 다른 구에리리 사람이 존재함을 모두에게 인지시키기에 충분했다! 나는 한숨을 내뱉었고, 다른 사람들은 청각을 또렷하게 자극하는 헉! 소리를 냈다. 발레리아는 계속 걸어가 토니 오빠 앞에 섰다. 신부 아버지가 딸을 넘기자 신랑은 싱글벙글하며 윙크를 했다.

주례인 밥 신부님은 먼저 몇몇 사람을 간단하게 소개하고 짧은 인사말을 했다. 그런 후 앞줄에 있는 사촌언니 로지에게, 나와서 신혼부부를 위한 축사와 성경 봉독을 해달라고 부탁했다. "사랑은 오래 참고 온유합니다. 사랑은 시기하지 않습니다. 사랑은 언제까지나 사라지지 않습니다." 로지 언니의 말 이빨 같은 큼지막한 잇새로 나오는 말은, 두툼한 아랫입술을 거치면서 전형적인 서부 사투리로 변했다. 다음은 신혼부부에게 진정한 연인의 본보기를 들려줄 차례였다. 로지 언니가 선택한 쌍은 룻과 보아스였고(구약 〈룻기〉의 주인공 룻과 그의 남편 보아스─옮긴이), 나는 귀를 쫑긋 세웠다. 내가 좋아하는 이야기였기 때문이다. 어느 날 밤 보아스가 잠에서 깨어보니 발아래 여인 하나가 엎드려 있다. 사위가 어두워 여자의 얼굴이 보이지 않아 보아스는 누구냐고 묻는다. 당신의 노예 룻입니다, 하고 여자가 대답한다. 보아스는 룻에게 훌륭한 여인이라고 말하고는, 보리 한 묶음을 주면서 룻을 아내로 맞이한다. 후에 룻은 그에게 오벳이라는 아들을 낳아준다. 이야기를 듣고 있자니 내 옆에 앉은 코리의 존재감이 점점 더 무겁게 느껴졌다. 하지만 그와 눈이 마주칠까봐 곁눈질할 엄두도 나지 않았다.

로지 언니는 성경 봉독을 마치자 밥 신부님께 짧게나마 감사 인사를 올렸다. 신부님이 '목자이자 보호자'로서 자신의 십대 시절을 잘 돌봐줬다면서. 나는 의아할 뿐이었다. 비유하자면 밥 신부님은 듬직한 투견이 아니라 털이 거의 빠진 치와와였기에, 그런 신부님이 누군가를 보호하는 장면이 상상이 가지 않았기 때문이다. 신부님은 걸을 때는 잔뜩 웅크렸으며 사람을 쳐다볼 때는 염주 같은 초록 눈으로 뚫어지게 쏘아보곤 했다. 제 몸 하나 주체하기 힘들어하는 그분은 손끝이 바닥에 닿을 정도로 팔이 아주 길었다. 아무튼 로지 언니가 다분히 감상적인 연설을 하는 내내 신부님은 눈썹 하나 까딱하지 않았다. 지금 생각해보면, 신부님은 그때 향 냄새를 너무 많이 들이마신 게 아닐까 싶다. 로지 언니가 갑자기 말을 멈추고 동생 토니와 올케 발레리아를 똑바로 쳐다보았고, 엄마는 내 무릎에 닿을 정도로 몸을 숙이며 임신 사개월이 분명한 발레리아의 배를 가리켰다. "아무것도 사랑하지 않음은 아무것도 낳지 못합니다." 로지 언니의 마지막 말이었다.

이 마무리 말과 눈짓이 한 번 오간 다음, 햇살 한 줄기가 스테인드글라스를 뚫고 들어와 십자가를 환한 무지갯빛으로 비췄다. 주님의 품에 안긴 어린 양 위로도 아치형 스펙트럼이 퍼져나갔다. 로지 언니의 새까만 머리칼은 햇살이 닿자 짙은 자줏빛으로 변했다. 나는 가슴이 뛰었고 상기된 얼굴로 주위를 돌아보았다. 할아버지가 새 할머니 샌드라의 뺨에 키스하는 게 보였다. 로지 언니는 손끝으로 눈물을 찍어내며 코를 훌쩍이더니 신부 들러리들 자리로 돌아갔다. 발레리아는 배를 문지르고 있었다. 토니는 주먹 쥔 손으로 누이에게 파이팅 신호를 보냈다. 모두가 살짝 웃고 있었다. 심지어 코리까지도.

토니와 발레리아의 촛불 점화를 보면서 할아버지 옆에 앉았으면 좋았을걸 하는 아쉬움이 일었다. 할머니가 돌아가시자 할아버지는 재혼하기 전까지 몇 년을 혼자서 사셨다. 그 시절 도자기 타일을 입힌 할아버지 집 부엌 조리대는, 온갖 종류의 초들이 스물네 시간 제 몸을 사르는 일종의 제단이었다. 할아버지는 흘러내려 굳은 촛농을 두 손으로 그러모아서 다시 녹이곤 했는데, 그때 할아버지의 눈동자에 비친 끊임없는 원들과 깜빡거리는 빛이 내 눈에는 그렇게 아름다울 수가 없었다. 친할머니를 직접 뵌 적은 없다. 우리 부모님이 결혼해서 자식을 낳기 전에 암으로 돌아가셨기 때문이다. 그래서 친할머니에 대한 나의 사랑은 어디까지나 간접경험에서 나온 것이다. 그러니까 할아버지 댁에서 머물렀을 때 할아버지가 촛불들의 사열을 받으며 깊은 생각에 잠겼다가 하시는 말씀에서 비롯된 것이었다. "네 할머니는 걱정에 잠길 때면 늘 이렇게 촛불을 켜두었단다." 나는 손가락으로 머리카락을 돌돌 말며 할아버지의 말을 들었다. "제일 좋아한 건 책 읽기였어. 또 십자말풀이도 무척이나 좋아했지." 할머니처럼, 나도 책 읽기와 십자말풀이를 좋아했다.

혼인 서약 차례가 되자 카메라들이 펑펑 플래시를 터트렸다. 신랑 신부는 서로에게 결혼반지를 끼워주었다. 신부님이 "이제 두 사람은…" 하고 입술을 떼기가 무섭게, 토니 오빠가 참지 못하고 신부에게 열렬한 키스를 퍼부었다. "…남편과 아내가 되었음을 선언합니다. 신랑은 신부에게 키스해도 좋습니다!" 신부님은 혼인 서약을 마무리하며 두 손을 올렸다. 가톨릭 신도들은 이 신호의 뜻을 알고 있었다. 그들은 오른쪽으로, 왼쪽으로, 그리고 뒤로 몸을 틀어 가까이 있는 사람들과 입을 맞추었다. 성스러운 공간에 쪽쪽 소리가 울려 퍼졌다. 더러는 포옹을 하고 악수를 하고 등을 토닥거렸다. 코리가 고개를 기울여 내 뺨에 입을 맞추려 하자, 나는 몸을 움츠렸다. 친밀감에 대한 공포 때문이었는지, 땀에 대한 반감 때문이었는지는 잘 모르겠다. 반면 엄마는 전혀 거리 낌 없이 코리의 키스를 받았다.

예식이 끝나자 하객들은 눈이 치워진 델라웨어 가의 보도로 나왔다. 모두가 토시를 끼고 모피 코트를 두르고 있었다. 나도 코 트를 걸치긴 했지만 몸이 떨렸다. 내 코트는 헐렁하고 단추가 떨 어져나가 별로 따뜻하지 않았다. 사람들은 교회 밖으로 나오는 신랑 신부를 향해 쌀을 던졌고, 쌀은 아치를 그리며 눈 위로 떨어 졌다. 고개를 들어 회색 하늘을 쳐다보니[6], 퇴색했지만 여전히 무서운 힘을 잠재한 '우리의 성모' 교회가 보였다.

이 교회는 아버지가 "촌스런 말라깽이에, 계집애에게 미쳐 있 었고, 커다랗게 벌어진 잇새"로 말하던 복사 시절에 다녔던 교회 이기도 했다. 아버지는 이곳을 언급할 때마다 아주 멀고먼 옛날 일처럼 말했는데, 아직도 멀쩡히 건재한 이 교회를 그런 식으로 말하는 게 이상하기만 했다. 아버지는 자신이 복사였던 시절처 럼 여전히 가난한 소년들을 도와주고 있었고, 옛 여인(성모)과 싸 우고 있었다. 또 어린 시절에 그랬던 것처럼, 지금도 찢어진 구두 와 발가락이 나오는 구멍 난 양말을 신고 다녔다. 아빠한테서 새 구두나 새 양말을 박탈한 사람은 그의 아버지, 구에리리 할아버 지였다. 할아버지는 당신의 아들을 희생시켜서라도 이웃들을 위

---

6) "하늘, 새, 신부(新婦),/ 구름, 필요, 심겨진 별들, 저 너머의 기쁨/ 씨앗을 뿌린 들판과 육체 를 죽이는 시간은 한편으로/ 천국들, 천국, 무덤, 불타는 샘이어라." — 딜런 토머스(1914~1953)

해 물이 잘 빠지는 욕조나 변기 등을 해주신 분이었다.

눈에 쌀알이 들어가는 바람에 나는 소방서 화장실로 들어갔다. 세면대로 몸을 기울여 벌겋게 충혈된 눈에 찬물을 끼얹었다. 왼쪽 눈으로 거울을 쏘아보며 오른쪽 눈을 까뒤집어 티끌을 찾고 있을 때, 파스텔 색상 옷에 머스크 향 향수를 뿌린 여자들이 화장실로 들어왔다. 여자들이 팔꿈치로 자꾸 날 밀쳤다. 거기 좀 더 있으려 했지만 눈이 계속 아려 결국엔 피로연장으로 돌아왔다. 로지 언니는 어떤 음향에 넋이 빠져 있었고, 나는 이리저리로 옮겨 다녔다. 친척들에게 잡혀 앞으로 뭘 할 거냐는 질문에 시달리고 싶지 않아서였다. 저 멀리 건너편 방에서 코리의 모습이 보였다. 거친 내 사촌들과 깡패 같은 삼촌들 사이에서 이탈리아 산 적포도주 칸티를 마시며 어슬렁거리고 있었다.

볼로냐 식 스파게티와 닭 요리 카차토레가 나온 저녁 식사가 끝나자, 사람들이 끼 많은 아빠를 마이크 앞으로 불러냈다. 아빠는 힘찬 목소리로 뮤지컬 〈지붕 위의 바이올린〉의 〈기적 중의 기적〉을 뽑아냈는데, "오늘 하느님은 무가치한 흙덩어리에서부터 한 인간을 만드셨도다" 대목에 이르자 북받친 감정에 울먹거리기 시작했다. 노래를 듣던 사람들도 함께 울먹거렸지만, 나는 울지 않았다.

웨딩케이크 자르는 장면을 자세히 보고 싶었다. 발레리아가 과연 토니 오빠의 얼굴에 흰 케이크 크림을 짓뭉갤지가 궁금했

42

다. 그래서 하객들을 헤치고 나가 할아버지와 샌드라, 다른 친척 아주머니들과 아저씨들이 모여 앉은 앞쪽에서 까치발을 세웠다. 샌드라의 어깨를 감싸며 케이크를 주시하고 있던 할아버지는, 신기하게도 내가 뒤에 있다는 걸 알아차렸다. 팔을 뻗어 내 손목을 꽉 잡아당겨 나를 자기 무릎에 앉히더니, 내 귀에서 감자를 꺼내 보이는 척했다. 나는 처음엔 깔깔 웃었으나 금세 이상하다는 생각이 들었다. 할아버지가 결혼식장에, 그것도 턱시도까지 차려입고서 감자를 챙겨 오셨다는 게 너무 이상했다. 옛날에 할아버지가 내 귀에서 알이 줄줄 달린 감자 줄기를 꺼내는 마술을 부렸을 때는 곧이곧대로 믿고 놀랐었지만, 그때는 그렇지 않았다. 할아버지는 내 몸을 슬쩍 찌르며 피로연의 하이라이트를 눈여겨보라고 했다. 하지만 플래시가 사방에서 터지는 통에 제대로 보기가 힘들었다. 아무튼 케이크 커팅은 끝났고, 할아버지는 내 입술에 쪽 입을 맞췄다. 모두가 작별 인사를 하는 와중에, 나는 세월도 할아버지를 보기 흉한 괴짜로 만들지는 못했다는 생각에 즐거웠다.

치킨 댄스까지 끝나자, 우리 가족은 바깥으로 나와 '빅 블루'라고 이름 붙인 스테이션왜건에 꾸역꾸역 올라탔다. 나는 코리와 함께 뒷좌석에 앉았다. 도로를 질주하는 자동차들을 자세히 볼 수 있는 자리였다. 노란 차선을 어찌나 노려보았는지, 나중엔 자동차가 빙그르르 도는 것처럼 어지러웠다. 아버지는 술에 취하지 않았을 때도 운전에 서투른 분이라, 그 때문에 어지러웠는지도 모른다. 어쨌거나 나는 집으로 돌아가기가 싫었다. 아빠가 다른 곳으로 데려가주길 바랐다. 빽빽하게 들어찬 황량한 나뭇가지들이 푸른 하늘로 발돋움하는 장소로. 집으로 돌아간다는 것은 아름다운 체험의 종말을 의미했다. 웃을 일이 거의 없는 공간과 현실로의 귀환을, 아빠와 엄마의 고함지르기 시합과 어색한 침묵으로 돌아감을 의미했다.

집이 점점 가까워지자, 비닐 팔걸이에 머리를 기대고 눈을 감았다. 코리의 손이 천천히 내 등 아래로 내려갔다. 나는 계속 잠든 척했다. 코리는 아랑곳없이 한 자 한 자 손가락 글씨를 써 내려갔다. 널. 사. 랑. 해. 나는 생각했다. 아냐, 넌 날 사랑하지 않아. 넌 날 알지도 못해. 넌 그냥 내 가족을 많이 좋아하는 거고…그건 내가 아니야. 그런 다음 진짜로 잠이 들었다. 코리는 내 등에서 손을 빼지 않았다.

아빠가 집 진입로로 커브를 트는 순간 벌떡 일어났다. 우리 모두는 왜건에서 내려 도살장으로 끌려가는 소처럼 집으로 들어가 2층으로 올라갔다. 코리도 오늘은 로이와 같이 자도 된다는 허락을 받은 상태였다. 그러나 나는 2층으로 올라가지 못하고 그대로 장의자에 풀썩 쓰러져서는 잠에 빠져버렸다. 한 시간 후 전화벨 소리에 잠을 깼다.

"여보세요?"

"나, 샌드라야."

"어머, 안녕하세요!"

새 할머니 샌드라는 다른 말없이 훌쩍이다가 이내 숨을 멈추게 하는 무거운 목소리로 말했다.

"네 아버지 좀 바꿔줘."

심각한 일이 생긴 게 틀림없었다. 나는 얼른 수화기를 테이블에 놓고, 계단을 두 개씩 뛰어 올라갔다.

"아빠, 일어나세요, 얼른 전화 받아보세요."

나는 복도에 꿇어앉아 문 틈새로 훔쳐보았다. 아빠가 침대 옆의 수화기를 들었다. 흰색 반바지 차림으로 침대에 걸터앉은 아빠의 맨발이 보였다. 엄마가 이불 속에서 몸을 뒤척였다. 아버지가 뭐라 우물거리더니 고개를 푹 꺾었다. 얼굴이 불그레했다. 엄마가 몸을 일으키며 아빠의 등을 쓸어주었다.

아빠가 수화기를 힘없이 내려놓았다.

"무슨 일이죠?" 엄마가 물었다.

아빠는 엄마의 품으로 힘없이 쓰러지며 말했다. "돌아가셨어, 아버님이 돌아가셨어."

나는 동생 루이의 방으로 달려가 침대로 파고들었다. 부석거리는 소리에 잠이 깬 루이에게 할아버지의 부음을 전했다. 우리는 서로 껴안고 울었다. 우리의 울음소리에 코리도 잠이 깼었고, 셋이서 부둥켜안고 더 울었다.

할아버지는 욕조에서 심장발작을 일으켰다고 한다.

할아버지는 텔레비전을 보다가 광고 시간에 욕실로 들어갔다. 샌드라는 할아버지가 평소보다 볼일 보는 시간이 길다고만 생각했다. 광고가 끝나고 밥 호프가 다시 등장하자, 샌드라는 할아버지를 불렀다.

"샘! 여보, 샘!"

고요했다. 그다음 쿵! 하는 소리가 들렸는데, 그 소리는 다행히 밥 호프의 익살에 웃음을 터트린 방청객들의 웃음소리를 뚫고 나올 수 있었다. 할아버지는 《리더스 다이제스트》를 펼치고 변기에 앉아 있다가 그대로 빈 욕조 안으로 고꾸라진 것이었다.

누군가가 우리 가족의 구명조끼에서 공기를 빼버렸다. 우리 모두는 할아버지가 영원히 살 거라 믿었었다. 할아버지가 돌아가시자 그가 키우던 보스턴 테리어 두 마리도 몇 주일을 슬피 징징거렸다. 우리 가족들에게, 할아버지는 활기를 주는 생명 이상의 존재였다. 할아버지는 구에리리 일가의 견고한 요새였다. 그는 나를 비롯한 손자 손녀들에게 당신만의, 결코 평범하지 않은 전통을 가르쳤다. 여섯 살 때, 할아버지는 내게 자전거 타는 법을 가르쳐주었다.

일곱 살에 내 인생 최초의 시 '만약 내가 나비라면'을 쓰자, 할아버지는 그걸 읽으시고는 이 시를 출판해서 날 유명하게 만들어주겠노라고 말했다. 여덟 살 때는 처음으로 회전 전망대를 태워주었고, 열 살 때는 담배를 가르쳐주었다. 열두 살이 되자, 뒷자리에 잡동사니가 굴러다니는 픽업트럭으로 운전을 가르쳐주었다. 그리고 열세 살이 되자, 당신이 쓰시던 믿음직스러운 타자기를 물려주었다.

그사이, 예순 살 할아버지는 플로리다 주 아팝카 출신의 열여덟 살 처녀와 결혼했다. 나는 샌드라를 나보다 두 세대 어른인 할아버지의 파트너로 받아들이긴 했지만, 한·번도 할머니라고 부르지는 않았다. 샌드라가 할아버지의 하와이 셔츠를 입고 나이아가라 폭포에 등장했을 때, 우리 집안은 발칵 뒤집혔었다. 그때 할아버지는 "까딱하다가는 산송장으로 살게 돼."라고, 정확하진 않지만 그 비슷한 말을 했다고 한다. 샌드라 가족의 입장은 어땠을까? 들리는 말에 의하면 샌드라의 어머니는 우리 할아버지가 자기 딸을 꾀었다고 믿고 있었고, 그래서 할아버지가 샌드라를 법원으로 데려가 혼인신고를 한 그날 이후로, 샌드라는 다시는 어머니를 볼 수 없었다. 그날 할아버지는 법원을 나오면서 오렌지를 까먹으며, 위대한 이탈리아 오페라를 부르며 저 깊은 곳에서 나오는 웃음을 껄껄 웃었을 것이다.

할아버지는 내게 많은 추억거리를 남겨주었다. 제일 먼저 떠오르는 건, 그가 연극 〈열 명의 작은 인디언〉에서 살인자 역을 맡았을 때 손에 들었던 무섭게 생긴 올가미다. 또 할아버지가 완탕을 만드는 취미에 빠졌던 삼 년 동안 완탕을 먹었던 기억도 잊을 수 없다. 쿠바에 있는 그의 의붓손주들인 호위와 에디도 생각난다(샌드라를 만나기 전에 할아버지는 영어를 거의 못하지만 요리 솜씨만큼은 기막히게 좋았던 쿠바 여인과 짧게 결혼 생활을 했었다). 하지만 할아버지에 대한 가장 또렷한 추억은, 할아버지가 이 세상에 남기고 떠난 그의 젊은 아내 샌드라와 그가 그 여자에게 주었던 온 마음을 다한 감정들이다. 그것들은 많은 사진들 속에 고스란히 담겨 있다. 이 점이 그를 기억하는 우리들을 무엇보다 힘들게 만들었다.

할아버지가 돌아가신 그해 봄, 우리는 그가 살았던 작은 집을 청소했다. 샌드라는 친정어머니가 있는 플로리다로 돌아갈 참이었고, 나는 샌드라가 이삿짐 꾸리는 일을 도와주었다. 사촌들이 텔레비전 수상기와 남은 완탕 재료와 가구들을 챙기는 동안, 나는 딱 두 가지 물건만 챙겼다. 할아버지가 남긴 지식의 보고인 백과사전과, 킹 제임스 판(版) 성경이었다. 샌드라는 내가 가장 뛰어난 선택을 했다고 말했다. 나는 그때부터 성경을 읽기 시작했다. 시편부터 복음서들까지, 빼놓지 않고 읽었다. 그리고 백과사전을 옆에 끼고서 군데군데 자판이 고장 난 할아버지의 고물 타자기를 열심히 두들기기 시작했다.

시간은 흘러갔고, 할아버지가 세상에 없다는 부재감에 조금씩 익숙해져갔다. 그래도 가끔은 내 영혼이 무겁게 느껴졌다. 그럴 때마다 할아버지가 "너, 귀 속에 뭘 숨긴 거냐?" 하며 호탕하게 웃었다. 그제야 나는 할아버지가 턱시도를 차려입고 온 결혼식 장에까지 감자를 가지고 왔던 깊은 뜻을 헤아릴 수 있게 되었다.

〈길고 긴 밤〉을 보라.

S. 샌드라 구에리리, 뉴욕 주, 버펄로(p.342 참조)

Dream

꿈

꿈…. 눈이 내렸습니다. 낮에도, 낮이 아닐 때도
알프스 고원지대에 눈이 내렸습니다. 소리 없이, 꿈도 없이 아주
깊이, 아주 가볍게 내렸습니다. 나는 테라스를 나와 샤츠알프로
자꾸자꾸 올라갔습니다. 입을 벌린 채, 그렇게 무(無) 속으로 들
어가고 있었습니다. 얼음 바람에 맞서 밧줄을 꼭 잡고서, 내 심장
소리에 귀 기울이며 기다렸습니다. 더 이상 눈을 헤쳐 나오기 힘
들어졌을 때, 내가 지팡이로 낸 구멍에서부터 녹색이 도는 깨끗
한 푸른빛이 발산됐습니다. 그 빛을 받아 하얀 눈송이들이 쉼 없
이 빙그르르 돌았습니다. 그리고 그 눈은 나를 쓰러뜨렸습니다.
그다음엔 어떻게 됐을까요? 나는 깊고 깊은 산중에서 금강석처
럼 반짝이는 진정한 깨달음을 얻었습니다. 선(善)과 사랑을 위해

살라는, 죽음이 인간의 사고를 좌지우지하지 못하게 하라는 깨
달음이었습니다.

H. 카스토르프, 스위스(p.339 참조)

Drifting
표류

어떤 이는 생각하지

어떤 이는
생각하지
이런 눈보라는
일 년도 지속될 수 있다고

북서쪽에서부터
바람 빠진
오르간 음처럼 폭발하는
눈

유빙이   나는 꿈꾸며

피오르드로   돌아가
들어왔고   그리고
나는 그 여자에게   물 밑에 있는 우리의 오두막을
닿지 못하네   찾아내리

고독으로 메워진 겨울이 되면 상상이 마음의 실재가 되리

만약 부빙이
흘러 내려오고
곰이 나타난다면
곰을 쏴 맞히게

하지만 이런 폭풍도
오두막을
땅에서부터 들어 올리지는
못할 거야

나는 말하리, 새겨듣게나
놈의 머리를 맞혀야 하네

눈보라가 지붕 위를 지나
바다로 뻗어갈 때
저만치 있는 그 여자를,
나는 상상하네

올가미와 파라핀   사냥과 고기잡이

내게 남은 유일한 빛은

이곳으로 방향을 잡은

혜성, 밝게 빛나는 혜성뿐

나는 여전히 내 아내를 찾지 못하니, 아내가 지금도 표류하고 있기 때문이지…

무덤은

목표가 아닐지는 몰라도

그것이 닿으려 하는

곳이네

…눈이 그렇듯,

그렇게나 아주 멀리

나는 이것이 당신이 아님을 그러나 당신임을 보네

하지만 너무 고요하다네

쉬…

그림자 드리운 나무들과 적요한 축하

(죽음과도, 지금 일어나는 일과도 상관없는 어떤 이)

매일 나는

봄을 기다리네

그때가 되면 얼음은 단단해지고

내 그 여자를 다시 보리라[7)]

---

7) 잃어버린 대상을 찾으려는 모색은 성배의 향방을 찾아가는 비유이다.

이 겨울은

영원토록 어두울 것인가

아니면 오직 내 생애 동안만

어두울 것인가

〈혜성〉을 보라.

A. R. 애먼스, 노스캐롤라이나(p.337 참조)

❋

Elk
엘크

우리의 초원에서 뛰놀던 엘크들은 지난 1956년 '학살의 겨울'에 이 세상에서 사라졌다. 바로 그해 태어난 나에게 부모님은 스노드롭이라는 이름을 붙였다. 스노드롭 밀러. 내 형제자매들의 이름은 스노플레이크, 템페스트, 스톰이었다. 블리자드도 있었다. 왜 그런 이름을 붙였냐니까 어머니는 그 이름이 베르길리우스의 시에 나오는 발굽 소리를 연상시켰기 때문이라고 했다.

어머니는 이런 말도 했다. 블리자드를 낳던 날, 어디서부터인지 모르게 바람이 일기 시작했어. 최초의 눈 결정들이 흩날린다 싶더니 서걱서걱 차가운 알갱이들이 부딪히는 소리가 대기에 퍼져나갔고, 이내 헤아릴 수 없이 많은 작고 흰 알갱이들이 우리 농가로 몰려왔어. 그때 나는 추운 바깥에서 네 아버지를 기다리고 있었는데 새하얀 구름과 눈보라가 입김처럼 몰려왔지. 휘휘 소용돌이치며 돌진하는 눈은 내 발목과 허리와 목을 차례차례 덮을 것만 같았어. 눈은 입과 콧구멍 안으로도 들어왔어. 나는 집채만 한 파도에 맞서는 심정으로 거센 눈발 속에서 걸음을 떼기 시작했어. 어서 빨리 지붕 밑 창으로 피신해야 한다는 생각뿐이었어.

그땐 벌써 무릎까지 눈에 빠진 상태였어. 나는 눈발을 헤쳐 나가 문을 더듬었어. 앞이 전혀 보이지 않았지만 결국 문손잡이를 잡을 수 있었어. 손잡이를 잡고 몇 차례 힘차게 밀어봤지만 세찬 바람과 눈보라는 문을 호락호락 열어주지 않았어. 어쨌거나 난 어둠 속으로 간신히 발을 들였어.

문이 그대로 닫혔지만 어쩔 수 없었어. 조금 후면 문이 얼어붙은 터널로 변해 탈출할 수 없다는 걸 알고 있었지만 어쩔 수 없었어. 코앞의 손도 안 보일 만큼 컴컴했지만, 용케도 구석 자리까지 갈 수 있었어. 낡은 모포를 두르고 네 아버지가 돌아올 때까지 기다리기로 했어.

추위가 점점 위력을 더해갈수록, 네 아버지가 오지 않으리란 생각도 더 짙어졌어. 나는 생각했지.

아침이 밝으면 우리 모두는 죽어 있을 거야. 은신처로 들어가려고 다투다가 서로를 짓밟아버려 초원에서 얼음 조각상처럼 굳어버린 엘크들과 함께[8].

〈웅성임〉을 보라.

S. 밀러, 위스콘신(p.347 참조)

---

8) 역사 이래 가장 춥고 어두운 날로 기억될 1938년 11월 9일은 '크리스탈나흐트(수정의 밤)' 사건이라고도 불린다. 이날 유대인 상점 1천 500개와 유대교회 177곳이 파괴되었으며, 거리에는 깨진 유리 조각들이 넘쳤다. 요셉 괴벨스는 이렇게 말했다. "우리는 유대인에게 숲의 일부를 내줄 것이다. 유대인들은 그 숲에서 그들처럼 비천한 동물들과 함께, 구부러진 코가 달린 엘크들과 섞여 살아갈 것이다."

✳

Eve
이브[9)

어릴 적 내가 폭풍 속에서 길을 잃고 헤맸던 그
날이다. 나는 손전등을 들고 집을 나와 작은 발로 눈을 흩뜨리며
걸어가고 있었다. 가파른 언덕을 내려갔고, 부러진 울타리 사이
를 빠져나갔으며, 돌담을 끼고 돌았다. 그런 다음 제 맘대로 불어
대는 눈발을 헤치며 다리로 향했고, 다리의 나무 널빤지를 조심
스레 하나하나 디뎠다. 얼마 후, 어디에선가 담배 연기처럼 훅 올
라오는 모진 바람 속으로, 나는 사라졌다.

L. 그레이, 장소 알 수 없음(p.342 참조)

---

9) EVE(이브)는 앞뒤로 읽어도 같은 말이 되는 회문(回文)이다. 피타고라스적 신비주의에
따르면, E는 '빛의 문자'이며 E의 숫자는 70이다. 아르튀르 랭보는 모음마다에서 색상을
연상했는데, E는 흰색이며 '빙하 같은 오만'을, 에른스트 융거는 『모음의 승인』에서 "수증
기와 성찬용 포도주의 희미하게 반짝거리는 성질"을 지닌다고 기술하고 있다.

Fibs Of Vision

비전의 일격

1837년 12월 10일. 북극권의 북쪽 스발바르.

이곳의 겨울은 어둡고 삭막하지만, 9시 40분이면 천정의 동남동에서부터 북서쪽까지 화려하고 극적인 북극광이 펼쳐진다. 먼저 수평선에 걸쳐 있는 적운 위로 눈부신 백색 호(弧) 두 개가 나타난다. 잠시 후 쉬익! 소리와 함께, 오로라의 빛줄기들이 천정을 향해 날렵한 빛을 쏘며 순식간에 제 몸을 확 펼치고, 희미한 녹색에서 점차 아련한 노란빛으로 변해간다. 이 빛줄기들은 쉼없이 수축을 반복하고, 수많은 은색 띠로 쪼개지며, 달빛에 반짝이는 얼음 위를 가로지른다. 이 빛줄기들은 서로의 몸을 미끄러지며 덮는 빛의 긴 커튼들, 하얗게 너울거리는 빛의 의상이다. 잠시 후, 이 빛들은 녹아 사라지는데, 이때 오로라도 자신이 그린

호와 더불어 떨면서 사라진다. 그러면 그 아랫부분에 하늘로 들어가는 입구를 덮어버리는, 부드럽고도 차갑게 빛나는, 푸른 카펠라(Capella, 마차부자리)가 나타난다.

〈깃발들〉을 보라.

R. 스노, 스발바르(p.355 참조)

※

Forgetful
잊혀지기 쉬운

겨울은 유년처럼 잊혀지기 쉽고, 무심하고, 꿈 같으며, 자유롭게 흰빛으로 땅을 덮는다. 어느 날 오후 대공이 우리를 썰매에 태워 눈 쌓인 산속으로 데려갔을 때, 우리는 두려워하고 있었다.

T. S. 엘리엇, 뉴잉글랜드(p.340 참조)

Frigid

냉랭한

엄마는 불안에 사로잡힐 때면 인형을 끼고 살 았다. 손잡이가 달린 버들가지 유모차에 인형을 태우기도 했고, 안락의자 밑에서 뜨개질 바구니를 꺼내 인형에게 입힐 해초 색 의 모자 달린 스웨터를 짜기도 했다. 인형의 한쪽 눈은 졸린 듯한 초록색이었고 다른 쪽 눈은 갈색이었다. 엄마가 그 인형을 내 얼 굴에 들이대면, 나는 고개를 홱 돌렸다. 그러면 엄마는 그 인형을 거꾸로 들어 마치 산산조각 낼 듯이 나를 위협했다. 으애앵, 아기 인형이 암양 같은 울음소리를 내면 나는 얼굴을 찌푸리며 생각 했다. 언젠가 저 인형이 피노키오를 데려와 날 쫓아다니면서 면 도날처럼 날카로운 걸로 새까만 내 눈동자를 파내려 할 거야. 엄 마의 뜨개바늘로 아주 쉽게 내 눈을 파내려 하겠지. 하지만 난 그와 맞서 싸울 거야, 끝까지 싸울 거야. 그 인형이 남자든 여자든 상관없어. 인형의 성별은 중요하지 않았다. 피노키오 류 인형 = 친밀한 불편.

엄마는 그와 잤어요. 같이 잤다는 거 다 알아요. 엄마는 아니라고 말하지만, 흥, 잘만 잤을걸요. 브라이언이 구원자로 나타났을 때, 나는 성경험이 전무한 열여섯 살이었고, 모든 일에 지쳐 있는 상태였다. 연애 행각을 벌이는 엄마 조시에게, 성 불능의 아빠 노아에게, 머틀리 크루(미국의 헤비메탈 그룹 – 옮긴이) 스타일의 남자 친구를 자꾸 집으로 끌어들이는 언니 마샤에게, 그리고 지루한 일상을 잊으려고 둔치의 드라이브 스루(drive-thru) 배에서 몹쓸 짓을 하고 다니는 오빠 조나에게 지쳐 있었다. 이 4인조가 돌아가며 벌이는 짓을 더 이상 감당할 수 없었다. 그들에게 제발 좀 행복하게, 서로 사랑하며 살라고 요구할 수가 없었다. 혹시 내가 그들에게 내 구두를 핥으며 '집처럼 좋은 곳은 세상에 없어, 집이 최고야'라는 노래를 부르게 했다면, 그들은 날 사랑했을까? 그럴 수 있었을까? 신은 주사위를 던져 우리의 인생을 결정한다. 사람들 말이 맞다. 인생은 개똥 같다.

엄마를 따라 이웃집에 갔다가 브라이언을 만났다. 당시 엄마는 틈만 나면 내리막길 모퉁이에 있는 브라이언 집으로 나를 떠밀곤 했었다. 그 무렵 엄마는 이웃들과 친해지려 무척이나 애를 썼기 때문이다. 그렇게 하여 브라이언이 내 앞에 등장했다. 건장한 체격에 모래처럼 버석거리는 머리칼을 가진 그가 입꼬리를 올린 채 깡창깡창 계단을 내려왔다. 누굴 닮아 저렇게 키가 클까? 그의 양친 모두 난쟁이처럼 작았기 때문이다. 곧 다음의 장면이 펼쳐졌다. 브라이언은 자기 집 흔들의자에 거의 눕다시피 앉았고, 별명이 마마 조시인 엄마는 흔들의자 옆에 쪼그려 앉았으며, 나는 등받이 없는 긴 의자에 꺼질 듯 어색하게 앉아 있었다. 브라이언의 어머니는 부엌에서 카푸치노를 만들고 있었다. 미풍에 우는 버드나무 잎사귀처럼 쉬익 쉭 하는 밀크 스티머 소리가 들려왔다.

"오, 브라이언, 인디애나에서 돌아왔다며? 잘 왔어. 만나서 정말 반갑구나." 엄마가 소곤소곤 말했다. "리비, 너도 반갑지? 우리 모녀는 네 얘기를 아주 많이 들었어."

나는 고개를 끄덕였고, 브라이언은 나를 보며 환하게 웃었다.

엄마는 웅크리고 있어서인지 엉덩이가 엄청나게 커 보였다. 삐죽 튀어나온 엄마의 엉덩이는 '안녕, 날 좀 봐줘!' 하고 호소했고, 엄마의 젖통은 큰 너울처럼, 허벅지에 닿을 듯 말 듯 흔들리고 있었다. 브라이언을 쳐다보는 엄마의 검은 눈동자는 샴 고양이의 그것 같았다.

당신이 좋다면 우리는 삼쌍둥이야, 당신이 싫어해도 우리는 삼쌍둥이죠.

"클리블랜드에서 직장을 다니다가 관뒀습니다." 브라이언이
말했다. "그래서 잠시 집으로 돌아왔어요. 걱정하진 않습니다. 기
술이 있으니까 일자리는 금방 찾을 거예요."

"오, 그래? 무슨 일을 할 줄 아는데?"

"듀레즈 사에서…," 브라이언은 침을 삼켰다. "전선 부품 조립
일을 했습니다."

"오, 아주 멋진 일이네!" 엄마가 탄성을 내질렀다.

대화에 낄 생각이 없어 주위를 둘러보니, 벽지며 패브릭 할 것
없이 다양한 꽃문양과 아이비 문양 일색이었다. 정신이 혼미해
지며, 온실 속에 갇힌 기분이었다. 오래된 식물의 악취를 맡은 듯
숨이 씨근거렸으며 당장 재채기를 하고 싶었다. 에에에치!

"하지만 세일즈도 할 수 있습니다." 브라이언이 말했다.

"정말? 나도 세일즈를 하는데. 무슨 물건을 팔아봤어?" 엄마가
물었다.

"뭐, 일상용품이죠. 무지개 진공청소기 같은 거 말입니다."

브라이언, 브라이언. 이건 우연의 일치일까? 오, 아무렴, 그냥
우연의 일치일 뿐이야.

"어머나, 정말 잘됐네, 영업은 꼭 필요한 경험이거든. 올해 몇
살이지?" 하며 엄마는 내게 눈을 찡긋해 보였다.

"스무 살입니다, 부인."

스무 살이라고? 아, 난 왜 빨강 머리를 땋아 늘어뜨렸나? 영락 없이 삐삐 롱스타킹처럼 보일 거야.

브라이언의 어머니가 카푸치노가 담긴 머그잔들을 차탁에 내려놓았다. "고맙습니다." 내가 말했다.

"환상적이야!" 하며 엄마는 화려한 연둣빛 카펫으로 내려앉았다. 엄마가 두 다리를 앞으로 뻗자 커다란 젖통이 크게 흔들렸다. 조시와 애완 고양이들.

나는 눈을 굴렸다. 머그잔을 조심스레 입술에 대고 천천히 카푸치노를 마시기 시작했다. 진한 액체에 당장 혀가 얼얼해졌다. 불붙인 듯한 액체가 내 속을 긁듯이 내려갔다. 거친 사포로 입천장이 긁힌 듯 내 미각은 일시적으로 파괴됐다.

"어디 맛 좀 볼까나, 음…." 엄마가 첫 모금을 마셨다. 검은 액체가 엄마의 입속으로 흘러들자 나는 기뻤다. 우리의 이웃 방문에는, 다정한 대화와 더불어 혓바닥을 벗기는 진하고 뜨거운 커피 고문도 포함되어야 했기 때문이다. 엄마의 얼굴이 커피 고문의 강도를 드러내며 공포로 굳어지자 안도감까지 느껴졌다. 엄마는 부엌으로 내처 달려갔다.

"사실은 이 커피머신은 오늘 처음 사용하는 거거든요." 브라이언의 어머니가 변명했다.

브라이언은 엄마를 외면하고 내 쪽으로 고개를 돌렸다. "그런데 리비, 넌 무슨 일을 하지?"

"고등학교에 다녀요."

"그 애는 예술가예요." 엄마가 부엌에서 나오며 새된 목소리로 대답했다. 엄마의 입가엔 얼룩 줄무늬가 나 있었다.

"와, 멋지네요!" 브라이언이 소리쳤다.

나는 고개를 끄덕거리며 말했다. "난 구상미술을 좋아해요." 예술 토론은 그것으로 끝났다. 이 공간을 침입한 문화 인식의 양은 사랑과 동량이었고, 그것은 내 기준으로 보면 마이너스 수에 불과했다. 나는 동그란 눈으로 엄마를 쳐다보며 침묵으로 말했다. 이제 그만 일어나요.

우리가 현관에서 거위 털외투와 모직 스카프와 벙어리장갑을 챙길 때, 브라이언이 내게 물었다. "시간 나면 같이 영화 볼래?"

이렇게 말하는 그의 턱은 세심하게 면도되어 있었다. 그가 웃자 그의 눈동자가 방을 연녹색으로 밝혔다. 그가 내 옆으로 다가와 섰다. 키가 172센티미터인 내 머리에 키가 178센티미터의 그의 입술이 닿을락 말락했다. 남자와 이렇게 가까이 서기는 처음이었다. 그의 면도 로션 냄새를 들이마시니, 속이 메슥거렸다.

"재키 챈 좋아하니?"

재키 챈은 내가 특별히 좋아하는 배우는 아니었다. 그러나 버펄로에는 두 부류의 남자가 있었으니, 자동차에 미친 남자와 그렇지 않은 남자였다. 자동차에 미치지 않은 이들은 스포츠를 맹목적으로 숭배했고, 그런 스포츠 광들은 영화관에 가려 하지 않았다.

그래서 나는 영화관에 같이 갈 동료, 그것도 똑똑한 동료가 생긴다는 새로 피어나는 희망에 굴복하기로 했다. "그럼요! 재키 챈 참 좋아해요, 오빠도 좋아해요?"

브라이언은 고개를 끄덕였고, 나는 그에게 미소를 지었다. 그 다음 우리는 작별 인사를 했다.

엄마의 자동차가 집으로 향했다. 엄마가 70년대 통속적 디스코 음악이 나오는 라디오를 켠 덕분에 굳이 대화는 없어도 좋았다. 엄마가 〈사랑의 감정에 빠져〉 리듬에 맞춰 엉덩이를 들썩이는 사이, 내 입에서 나온 하얀 입김이 싸늘한 차 안에 퍼져가고 있었다. 십 분만 지나면 투 도어 소형 자동차 안도 따뜻해지겠지, 그때쯤이면 집에 도착해 있을 거야. 성에 낀 차창에 집게손가락으로 내 이름을 적다가 손바닥으로 싹싹 문질러 지웠다. 창밖으론 눈이 떨어지고 있었고, 집들이 하나씩 나타났다 사라져갔다. 집집마다 밝혀져 있는 환한 불이 꼭 명절날 최상급 컵케이크처럼 고왔다. 매혹적인 불빛들이었다. 그 집들 속을 하나하나 놓치지 않고 들여다보고 싶었다. 저 안에서 친구들이 모여 재재거리며 겨울 풍광을 내다보고 있겠지. 방은 따뜻하고, 등받이 없는 의자나 벤치 또는 창턱 위에는 명절 선물들이 놓여 있겠지. 한 집은 앞마당에 그리스도 탄생 장면을 정교하게 연출하고 있었다. 요셉과 마리아, 아기 그리스도와 구유, 가축을 먹일 꼴, 세 명의 현인, 성모마리아의 무원죄 잉태… 그리고 오롯이 빛나는 별 하나. 어느 것 하나 빠뜨림 없이 완벽하게 연출하고 있었다. 성모의 강렬한 눈동자와 마주치자, 성모가 내게 무슨 말을 하려 한다는 생각이 들었다. 그 순간 신호등이 초록색으로 바뀌고, 엄마가 다시 차를 출발시켰다. 벌거숭이 나뭇가지들은 하늘을 자꾸 찔렀고, 그 하늘에는 지난 몇 달간 뉴욕의 고층 빌딩들 위를 수 킬로미터에 걸쳐 어슬렁거렸던 불길한 회색 구름 하나가 버티고 있었다. 저 회색 구름을 만든 게 공장과 쓰레기 매립지임은 모두가 알고 있었다. 이 긴 겨울이 떠나면 다시 봄이 오고, 그다음 여름이 찾아오겠지. 잠시 후 엄마가 우리 집 진입로로 차를 들이다가 사뭇 웅변 조로 물었다. "브라이언 말이다, 정말 듬직하지, 그렇지?"

음, 브라이언이 재바른 사람인 점은 인정해야겠다. 일주일이 지나자 브라이언은 내 앞에서 기타 케이스를 열어 전기기타를 보여주었다. 〈천국으로 가는 계단〉을 연주할 줄 안다고 하면서. 다시 일주일 후 그는 자신의 다른 악기 두 개를 드러냈다. 두 개 모두, 내게는 첫 경험이었다. 어머나, 대체 이게 뭐야? 눈으로 보기만 하고 만지진 마!

브라이언은 로열블루 빛 수동식 투 도어 폰티액 선버드에 날

태우고 달렸다. 데프 레퍼드(영국 출신 5인조 록 밴드-옮긴이)나 러시(캐나다 출신 3인조 록 밴드-옮긴이)의 음악을 안내자 삼아 스카자퀴다 고속도로를 달릴 때면, 보컬 소리에 강바람 소리가 합쳐졌다. 대화를 할 때도 있었지만, 그보다는 침묵과 음악을 음미할 때가 더 많았다. 차 안에 있는 하와이 홀라 인형에게 질투가 났다. 인형은 대시보드에 발을 붙이고 고개를 살짝 숙인 채 몸을 상하좌우로 빠르게 흔들며 춤을 추었다. 그 인형은 99퍼센트의 사랑과 1퍼센트의 마력을 지니고 있었다. 길게 늘어뜨린 새까만 머리칼, 싱그러운 풀빛 치마, 망고처럼 탐스러운 젖가슴, 나와는 달라도 너무 달랐다. 내 머리칼은 불붙은 듯한 빨강 머리이고, 내 젖가슴은 모기에 물린 자국처럼 작기만 했으며, 몸은 아기처럼 포동포동했다. 브라이언이 내 몸을 만질 때도 나는 손만 떨 뿐, 몸을 꼬지도 흔들지도 못했다. 혀도 너무 흥분하거나 반대로 전혀 움직이지 않았다. 그의 얼굴이 너무도… 너무도 가까이 있었기 때문이다. 이젠 날 좀 봐.

1월, 눈이 내리던 날이었다. 브라이언이 내가 웨이트리스로 일하는 퍼킨슨 식당으로 찾아왔다. 유리문 너머로 그의 자동차가 달려오고 있었다. 나는 밖으로 달려 나가 밤 속으로 들어갔다. 브라이언은 오른손가락으로 핸들의 상단을 두들기고 왼손가락으로 바람에 날리는 버석거리는 금발을 쓸어 넘겼다. 자동차 질주

= 최초의 의혹. 오, 오, 내 영혼의 짝은 그저 그렇고 그런, 평범한 남자인가봐. 별들이 그렇게 쓰고 있어. 그럼에도 나는 멈추지 않았다. 그가 날 위해 준비한 일을 기대하고 있었다. 나는 차 문을 열고 미끄러지듯 올라탔다. 내 앞치마에 밴 단풍시럽 냄새와 그의 쿨 워터 콜롱 냄새가 섞였다. 드디어 그는 델러웨이 가와 셰리던 가의 모퉁이에서, 빨간 신호등이 켜진 사이에 고개를 숙여 내게 키스했다. 번쩍! 번개가 하늘에 엷은 금을 긋더니 내 심장까지 뚫고 들어왔다. 나는 생각했다. 오,

오!

"차 세워, 브라이언. 나 토할 것 같아."

"뭐라고?" 브라이언은 비상등을 켜고 도로가에 차를 세웠다.

"괜찮아?"

"음. 그래도 쳐다보진 마." 나는 얼른 차 문을 열고 내려, 그 자리에서 그대로 게워내기 시작했다. 길 한편에 멈춘 자동차, 열려 있는 차 문, 셰리던 드라이브의 보도 위. 눈이 덮여 태곳적의 흰빛으로 빛나는 잔디밭 위로 토사물이 쏟아졌다. 아침으로 급하게 먹은 1달러 99센트짜리 소시지 요리가, 이제 눈 위에 녹색 덩어리로 자리하고 있었다. 투하된 539칼로리. 투하는 그리 힘든 일이 아니었다. 모든 일은 언어로 표현하기에는 너무 완벽하다.

버펄로에 있는 우리 집에 들어서자 부엌에서부터 복도까지 쓰

레기 썩는 냄새 비슷한 아메리칸 치즈 냄새가 풍기고 있었다. 아빠가 야식으로 먹을 참치를 해동하고 있었다. 나는 거위 털외투를 벗고 세로 줄무늬 블라우스에 갈색 폴리에스테르 치마의 선을 맞춘 다음 부엌으로 들어갔다.

"다녀왔어요, 아버지."

"오, 왔니? 리비, 내 특기 요리를 다르게 조리해봤어." 아빠가 낮게 웅얼거렸다. 그 목소리가 더 이어지기 전에, 나는 밀물이 밀려오는 해변에서 멀리 달아나는 사람처럼 두 귀를 막고 욕실로 향했다.

욕실 문을 닫자마자 립스틱 자국부터 확인했다. 아랫입술 밑이 조금 불그레했다. 손에 물을 묻혀 이마로 내려온 머리칼을 정리한 다음 턱 가를 얼얼해지도록 문질렀다. 구강 청정제로 입안을 헹궜지만 고약한 냄새는 말끔하게 가시지 않았다. 브라이언과의 첫 키스는 구토를 한 다음의 찝찝한 악취로만 기억되려나 보다. 청각이 되살아나면서, 터진 벌집처럼 윙윙거리는 아버지의 잔소리가 문밖에서 들려왔다. 한 문장에 불과했지만 삼 분이라도 이어질 듯한 소리, 언제라도 은밀한 내 공간으로 침입할 바로 그 목소리였다. 그만, 이제 그만하세요!

그가 날 좋아하는 이유는 내가 당신을 닮았기 때문이죠, 쌍년.

네가 아름답다는 사실을 몇 살에 알았어? 누가 이렇게 물어오면, 나는 모르겠다고 대답했었다. 하지만 지금은 알고 있다. 단지, 그때는 그 사실을 깨닫지 못했었다. 지금도 사실 내가 아름답다는 걸 실감하지 못한다. 난 엄마의 정밀한 복제품에 불과하기 때문이다. 요부(妖婦)의 새까만 눈동자와 아기를 잘 낳을 것 같은 큰 엉덩이를 완벽하게 갖춘, 확대된 플라스틱 인형 같기 때문이다. 엄마의 아름다움은 손에 잡히지 않는, 그저 하나의 외관일 뿐이다. 집시 여인처럼 뇌쇄적인 눈빛과 창녀 같은 몸짓은 모든 수컷을 반응하게 만들었다. 남자들은 붉은색에 환장해서 달려드는 수소처럼, 자신이 지금 아름다움을 보고 있다는 착각에 빠져들었다. 하지만 그것은 속임수, 거짓 환영일 뿐이었다. 그러니 나 또한 하나의 환영일 뿐이다.

브라이언은 내게 자꾸자꾸 키스했다. 주말 밤에는 우리 집으로 찾아왔다. 거실에서 우리는 하키나 볼링 등 주로 그의 관심사에 대해 이야기했는데, 이런 둘만의 시간은 잠시뿐이었다. 엄마가 퇴근해서 돌아오면, 나는 짐짓 반가운 척했다. 저기 봐, 마마 조가 왔어! 엄마, 안녕!

"피너클 게임 한 판 할까?" 브라이언이 내게 물었다.

나는 피너클 게임을 좋아하지 않았기에 빠져나갈 구실을 찾느라 방 안을 둘러보았다. 빈 십자말풀이 퍼즐, 더러운 접시 하나, 음식 부스러기가 바닥에 뒹굴고 있었다. 조나 오빠는 집 안에 있지만 지하실에서 친구들과 괴물 분장을 하고 역할 놀이 게임에 빠져 있었다. 마샤 언니는 작년에 남자 친구와 동거를 시작한 이후 집에는 코빼기도 비치지 않았다. 그리고 아빠는, 늘 그렇듯이 안락의자에 구부정하니 앉아, 먹잇감을 노려보는 독수리처럼 무릎에 펼친 책을 들여다보고 있었다. 아빠는 오 분이 멀다하고 무어라 중얼거렸지만, 아무도 대꾸해주지 않았다.

"피너클? 좋아, 하지 뭐." 내가 말했다.

"좋았어!" 브라이언이 말했다.

엄마는 피너클 게임의 여왕이었고, 그래서 우리 세 사람은 호두나무 식탁에 앉아 카드를 섞었다. 하트의 잭이 날 쏘아보는 것 같아 현기증을 느끼며 자리에서 일어났다. 그러고는 인스턴트 브라우니를 구워 다섯 개를 접시에 담아 엄마와 브라이언 사이에 놓았다. 브라이언이 먼저 하나를 집을 때까지 기다렸다. 난 땅콩이 제일 적게 묻은 걸 먹고 싶었다. 내 손이 촉촉한 사각형 초콜릿을 막 감싸는 순간, 엄마가 소리쳤다. "그건 내가 찍은 거야! 손대지 마!"

식당 벽지에 프린트되어 있는 알래스카 늑대가 못 볼 것을 본 듯 도리질을 쳤다.

얼른 손을 거두며 브라이언을 쳐다보니, 그는 자신의 카드 패를 보느라 여념이 없었다.

"엄마가 드세요, 죄송해요." 나는 다른 브라우니를 집었다. 그것도 엄마의 브라우니만큼이나 예쁘고 열량도 비슷한 1천 킬로 칼로리 대였다. 또 내가 먹을 브라우니는 어차피 입 밖으로 쏟아져 나올 것이었다. 인생이란 더하고 빼기다.

11학년까지 내게 친구라고는 두 명뿐이었는데, 갑자기 다른 아이들이 내게 관심을 보이기 시작했다. 내게 한 번도 말을 붙이지 않았던, 플란넬 셔츠에 찢어진 청바지를 입은 사내애들이 내 사물함에 비스듬히 기대어 말을 걸어왔다. "멋진데? 머리 모양 바꿨구나." 얼굴만 아는 여자애들도 말을 붙여왔는데, 학교에서 '인기 짱'인 치어리더들도 있었다. "어머, 너 살 빠졌구나. 몸매 죽인다, 애!" 점심시간이 되면 나는 모이를 쪼는 참새처럼 아주 조금씩, 그리고 조심스럽게 먹었다. 셀러리 스틱 한 개, 짭짤한 크래커 세 개, 무지방 무향료 요구르트 4분의 1이 내 점심이었다. 다른 애들은 치즈를 듬뿍 뿌린 피자와 기름투성이 닭튀김과 파운드 초콜릿 케이크를 먹었다. 나는 그 애들을 보며 생각했다. 쟤네들 좀 봐. 어쩜 하나같이 자신을 통제하지 못할까!

브라이언은 물론 나와 섹스를 하고 싶어했다. 그날은 식구들은 잠이 들고 우리 둘만 소파에 앉아 있었다. 브라이언은 내 어깨를 감싸며 내 귓불을 후룩 빨았다. 몸이 주르르 꺼지는 듯한 아득한 희열이 느껴졌다.

브라이언이 낮게 속삭였다. "너 아주 섹시하다."

"음…." 나는 어둠 속에서 생긋 웃으며 그의 목젖에 입술을 대었다.

그는 따뜻한 손으로 내 티셔츠를 젖히더니 젖가슴을 꾹 비틀며 말했다. "2층으로 올라가도 돼?"

"그러지 않는 게 좋겠어." 나는 그의 청바지에 손을 얹기는 했으나 그다음에는 어찌해야 할지 몰랐다. 그의 손이 내 손을 감싸며 올바른 곳으로 안내해주었다.

"왜 안 되는데, 자기?" 그의 짧은 구레나룻에서 땀방울이 떨어졌다.

"부모님이 계시잖아!"

"하기 싫다는 거야? 너도 좋아할 줄 알았는데!"

"나도 원해, 하지만 지금은 그럴 수 없다는 거 알잖아?"

나는 브라이언의 손을 밀치고 티셔츠를 바로 입은 후 2층으로 뛰어 올라갔다. 깊은 밤, 쾅! 문이 닫히는 소리와 그의 선버드가 진입로를 빠져나가는 엔진 소리는 아주 크게 들렸다. 나는 자신에게 화가 났다. 너무 새치름하고 지나치게 소심한 나 자신이 싫었다. 그리고 엄마에게 화가 났다. 브라이언 같은 남자를 절대 밀쳐내지 않았을, 너무나도 나긋나긋한 엄마에게.

네 아버지는 **불능**이야. 내가 '불능'이란 말뜻을 알기 전부터 엄마는 늘 그렇게 말했었다.

　일주일 후 브라이언은 친구들을 만난다며 클리블랜드로 떠났
다. 버펄로에서 세 시간 거리인 그곳에서 그는 우편엽서를 보냈
다. '네가 없으니까 재미가 없어. 곧 집으로 돌아갈 거야. 사랑해.
브리.' 입에 발린 미사여구는 없었으나 아주 아름다운 필체의 편
지였다. 브라이언을 만나기 전에는 필체에 신경 쓰는 남자도, 꾸
준히 만년필로 연습해 중세의 아름다운 글씨체에 다다른 사람
도, 본 적이 없었다. 브라이언과 함께했던 십 분간의 드라이브가
그리워졌다. 그의 차에 몸을 싣고 식당에서부터 집까지 달렸던
그 십 분은 무례한 손님들에게서 벗어나 침묵의 세계로 들어갔
던 시간이었으며, 그때 브라이언은 내 침묵을 조금도 불편해하
지 않았었다. 그와 떨어져 있는 동안, 나는 폭식을 했다. 처비허
비 쿠키 바 한 상자, 릿지 감자 칩 반 봉지, 초콜릿 칩 쿠키 여섯
봉지, 빅 맥도널드 하나, 포장용 무구가이판 대자로 하나, 감초
캔디 한 봉지, 아몬드 조이 바 두 개를 먹었다. 그걸 정화시키는
과정은 쉬웠다. 깔깔거리며 변기 뚜껑을 올려 지린내 풀풀 나는
물 쪽으로 얼굴을 숙인 다음, 한쪽 무릎은 변기에 올리고 다른 쪽
은 딱딱한 타일 바닥에 댄다. 왼손으로 옆의 세면대를 꼭 잡고서
변기 위로 수그린다. 오른손 집게손가락을 가능한 한 목구멍 깊
이 찔러 넣는다. 한 번, 때로는 세 번을. 위에서부터 식도를 태울

듯한 구토가 올라오기만 하면… 그다음은 유쾌해지는 것이다!

삼촌들이 내 몸을 만졌어, 엄마는 말했었다. 그 삼촌들은 내 몸도 만졌고 우리 집안의 다른 소녀들의 몸도 건드렸다. 하지만 우리들은 별다른 문제없이 살고 있다. 사촌언니 에스터가 한 예다. 에스터는 좋은 남자를 만나 결혼을 하고 토끼 같은 딸 둘을 낳고 멋지게 오르간 연주를 하며 아주 잘 먹고 잘 살고 있다! 때문에 우리 엄마를 이해하기 어렵다. 엄마는 어린 시절 당한 성추행 때문에 가출을 했고, 한 청년과 결혼해서 자식 셋을 낳아 키우면서 잘 살다가, 나이 마흔이 넘어서부터 남편만 빼고 모든 남자들과 잠을 자면서 자기 배로 낳은 자식들을 나 몰라라 했다. 정말 그래도 되는 건가? 아주 먼 옛날엔, 엄마는 고개를 젖히며 환하게 웃었었다. 그때 아빠의 손을 잡는 엄마의 모습은 순정한 소녀 같았다. 그때 엄마는 우리들을 한 명씩 안고는 생강빛 머리칼에 키스해주었다. 일요일 저녁은 가족을 위한 날이었다. 우리 집의 세 여자는 깔깔 웃으면서 고운 밀가루로 장난을 치며 피자 도우를 함께 만들었다. 그다음엔 온 가족이 종이 접시에 담긴 피자를 먹고 냅킨으로 입가를 닦으며 디즈니 영화를 감상했었다. 그때는 정말로 행복한 가정이었다. 그러나 지금의 엄마는 일요일이면 시답잖은 남자들과 시시덕거리느라 정신이 없다. 그사이 아빠와 나는 엄마가 아니면 결코 채워주지 못하는 마음속 구멍을 삼키며 보낸다.

엄마, 그것들도 탐나던가요? 오하이오에서 돌아온 브라이언은 양 옆구리에 커다란 곰 인형을 하나씩 끼고 있었다. 날 위한 선물이라고 했다.

"내가 곰 인형 좋아하는 거 어떻게 알았어?"

브라이언이 떠나자 나는 뻣뻣한 플라스틱 털의 그 쓰레기들을 옷장 구석에 처박았다. 사람들은 "중요한 건 의도"라고 말하지만 내게는 이해가 뒷받침되지 않은 의도는 전혀 중요하지 않다. 그에게서 꽃다발 선물(잡화점에서 고른 해바라기들)도 여러 번 받았고 보석 선물도 받았지만, 그런 다음엔 반드시 피너클 게임을 해야 했다. 어느 화요일, 브라이언은 직장에서 집까지 데려다주는 차 안에서 말했다. 네가 정말 좋아, 진심으로 사랑해. 우리는 서로의 혀를 빨았다. 서로를 향해 몸을 비틀었다. 내 골반이 선버드 자동차 기어 밑으로 들어가 부러질 것 같았다.

내 잠자리는 다락을 개조한 침실에 펼쳐진 동양식 요였다. 똑바로 누우면 나무 전신주들과 수백 가닥의 전화선들 뒤편으로 하늘이 보였다. 그날은 엎드린 채 설핏 잠이 들었다가 한밤중에 깨어났는데, 그 순간 무슨 이유에서인지 엎드려 자는 여자의 96퍼센트는 사랑에 빠진 여자라는 통계가 떠올랐다. 하지만 나는 절대 그런 상태가 아니었다. 그저 딱딱한 나무틀에 갇힌 동양식 요에 배가 눌리는 감각이 좋았을 뿐이었다. 동양식 요는 아주 얇은 매트리스 한 장만으로도 낙천적 허무 효과를 주었다. 얼굴을 아래로 둔 오목한 공동 = 더 커다란 공허감.

어느 날 오후, 브라이언과 나란히 앞뜰에 누워 있었다. 우리는 부채꼴 모양으로 팔과 다리를 펼치기 시작했다. 호를 그리는 우리 두 사람의 몸짓은 하늘에서 내리는 순결한 눈송이 같았다. 한 순간, 회색 구름 뒤에 숨어 있던 태양이 반짝 빛났다.

"리비, 넌 너무 말라깽이야. 몸무게를 좀 늘리면 좋을 텐데." 몇 주일 뒤 소파에 나란히 앉아 있을 때, 브라이언이 오른쪽 다리를 내 무릎에 올리면서 말했다. "물론 나도 이해해. 나도 가끔 밥맛이 없으니까."

브라이언이 내게 책 두 권을 선물했다. 하나는 건강 관련 책으로, 일부 어머니들이 사춘기 자녀와 절대 토론하지 않을 법한 여성 문제들을 다룬 것이었다. 『어머니들이 사춘기 자녀에게 절대로 말하지 않는 것』이라는 제목에서 이미 내용이 다 드러난 책이었다. 그 책에서 얻을 건 아무것도 없을 것 같았다. 다른 책은 『의존관계에 대해서』였다.

브라이언이 내 무릎을 토닥거리니 속이 텅 빈 물건을 두드릴 때 나는 소리가 났다. "완전히 뼈만 남았구나. 네 아빠처럼 말야!" 나는 힘없이 웃기만 했다. "괜찮아, 좋아. 잘 지내. 몸조심하고."

브라이언은 이렇게 말하면서도 계속 내 눈을 응시했다. 나는 엉덩이가 배길까봐 쿠션처럼 엉덩이 밑에 넣은 두 손을 빼지 않고 가만히 있었다.

브라이언은 소파에서 일어서서 엄마를 돌아보며 말했다. "마마 조, 피너클 게임 하자고 하셨죠? 당장 한 판 하죠!" 브라이언이 소리치며 달려갔고, 나는 할아버지가 물려준 시계의 시계추를 응시했다. 그다음 몇 주일 동안 내가 들었던 말은 다음이 전부였다. "오늘은 기분이 어때? 뭐 했어? 밥은 먹었어?" 이 삼위일체 같은 질문들을 브라이언, 엄마, 아빠로부터 반복적으로 들어야 했다. 나는 누구에게도 대꾸하지 않았다. 대신 머릿속으로 그리스도 탄생화를 생각했다. 만물은 서서히 썩어가다가 소멸한다. 이 사실을 인식할 만큼의 두뇌는 내게 있었다.

봄이 왔다. 첫눈이 녹더니 새 풀이 돋아나기 시작했다. 나는 출퇴근 표에 찍힌 시각을 확인한 다음 식당을 나섰다. 그러고는 간절히 바랐다. 계속 걸어갈 힘이 있기를, 다시는 고함질이 들끓는 트럭 운전수 전용 식당으로 돌아가지 않을 용기가 있기를. 늦은 밤 "이봐, 내 햄버거에 케첩은 왜 안 뿌렸어?" "음식 맛이 완전히 쓰레기네." "커피 한잔 가져와." 하는 소리들을 듣는 게 너무너무 지겨웠다.

브라이언의 자동차는 점점 피난처가 되어갔다.

하지만 오늘 밤 브라이언은 잘 지냈냐는 인사도 없이 버럭 화부터 냈다. "무슨 일이야? 너 생리 끊겼다면서?"

나는 움츠러들었다. "어떻게 알았어?"

"네 엄마한테 들었어."

"네가 상관할 일이 아니야."

"상관있어! 난 네 남자 친구니까."

브라이언이 내 다리에 손을 올리자, 나는 그의 손을 밀어냈다. "브라이언, 이젠 이런 관계 계속 못 해. 준비가 안 됐어."

"말 돌리지 마. 어쩌다 우리가 이렇게 된 거야?"

"왜냐고?" 대시보드 위에서 훌라 소녀가 엉덩이를 흔들고 있는 모습을 바라보며 무심결에 대꾸했다.

"넌 변했어."

"뭐라 해도 좋아." 난 하나도 변하지 않았어, 넌 절대로 날 이해할 수 없어, 나는 속으로 생각했다.

우리 집에 도착하자 브라이언이 집 안으로 들어오려 했다. 나는 문을 꼭 닫으려 했지만, 그는 좁은 문틈으로 비집고 들어왔다. 부엌으로 이어진 계단에서 그는 내 발을 밟았고, 내가 모퉁이를 돌자 내 팔꿈치를 움켜잡았다.

"기다려, 리비. 우린 문제를 해결할 수 있어."

"꺼져버려." 나는 그렇게 말하며 고개를 푹 꺾었다.

당신은 필요 없어.

"좋아, 좋다고." 브라이언은 시선을 돌렸다. 마치 내 생각을 읽은 듯이 그의 귀가 체리 빛깔로 변했다. 나는 매몰차게 2층 내 방으로 올라갔다. 쾅! 문 닫히는 소리가 들렸다. 그다음 오 분 동안 집은 아주 고요했지만, 잠시 후 아래층에서 브라이언과 엄마와 숙덕거리는 소리가 들려왔다. 안 보고도 알 수 있었다. 엄마가 브라이언에게 딸기 칵테일을 만들어줬다는 걸.

속삭임 + 칵테일 두 잔 = 축복. 빌어먹을 엄마.

심리학자들, 토크쇼 진행자들과 잡지들(예를 들면 존 그레이, 오프라, 《맥심》, 《코스모폴리탄》)은 무탈한 결혼생활 유지를 위해서 남편이 아내에게 절대 해서는 안 되는 열 가지 말을 제시했다.

1. 당신 오늘 정말 아름다워.

2. 당신 피곤해 보이는군.

3. 저걸 입겠다고?

4. 저걸 먹겠다는 거야?

5. 이상한 억지 말로 바가지 그만 긁어.

6. 당신은 악마야.

7. 오늘 밤은 늦게까지 일해야 해.

8. 내가 열심히 벌어준 돈 다 어디다 쓴 거야?

9. 대체 하루 종일 한 일이 뭐야?

10. 그 여자 참 매력적이네. (여기서 그 여자란 애완동물을 포함해

서 자기 아내가 아닌 다른 암컷 일체를 가리킨다.)

스물다섯 해 결혼생활에서 아빠는 엄마에게 한 번도 이런 말을 하지 않았다. 그렇다면 뭐가 문제였을까? 루스 웨스트하이머(저명한 미국의 성 심리 치료사 – 옮긴이)가 틀렸단 말인가?

"우리 회사에 브라이언 일자리를 만들어줬어." 다음 날 아침 엄마가 시나몬 토스트를 우물우물 씹으며 말했다.

"왜요?"

"갠 능력 있는 세일즈맨이니까."

"아하, 그래요?" 나는 짧게 대꾸하고는 그 자리를 빨리 벗어나고 싶어 계단을 두 개씩 올라 2층으로 갔다. 그러고는 3.2킬로미터의 등굣길을 호주머니에 손을 넣은 채 걸어갔다. 구멍 난 호주머니 안감 밑으로 허벅지살이 그대로 만져졌다. 이젠 눈도 거의 녹고 기온도 한결 누그러졌지만, 구두코 안쪽을 자꾸 건드리는 발가락은 얼음 알갱이처럼 딱딱하게 느껴지며 아팠다. 미술 시간까지 어떻게 견뎌냈는지 모르겠다. 아무튼 미술 시간이 되자 내 자화상으로 〈진주 귀고리를 한 소녀〉를 그렸다. 처녀의 꾸미지 않은 눈빛을 구현하려고 올드홀랜드(그림 도구 제조사 – 옮긴이) 물감으로 몇 주일 동안 그리고 또 그렸던 그림이었다. 아, 나는 작은 네덜란드 소녀의 얼굴에서 나 자신을 응시하고 있었다. 며칠 후, 그때까지 너무나도 충실했던 나의 붓이 스르륵 내 손에서 빠져나가 바닥에 떨어졌다. 바닥 타일에 살구빛 오커가 묻었다. "어머나." 몰려든 친구들을 올려다보며 나는 변명했다. "어쩌다 이렇게 됐을까? 바보 같아. 조금 전까지 분명히 붓을 잡고 있었는데, 붓이 그냥 절로 빠져버렸어…."

학기말 시험이 끝난 다음 날, 그러니까 여름방학 첫날에 엄마와 아빠는 나를 병원으로 데려갔다. 의사들이 깨끗한 플라스틱 관으로 내 몸속에 음식물을 주입했다. 의사들은 내 몸이 이미 너무 약해져 손쓰기 힘들다고 말했고, 내 몸은 음식물을 거부하는 상태였다.

"쓸데없는 소리 말고, 조치를 취하세요!" 엄마가 소리쳤다.

첫 주, 간호사들이 나를 휠체어에 태워 음울한 복도를 오르내렸다. 그들의 손에 의해 휠체어는 전진과 후퇴를 반복했고, 나는 그런 움직임에 위로를 느꼈다. 간호사들이 "넌 너무 쇠약해서 걸으면 안 돼"라고 말해도 기분이 좋았다. 또 나의 우상 테스(영국의 소설가 토머스 하디의 장편소설 『테스』의 주인공 테스를 일컬음 — 옮긴이)가 했던 말도 기억났다. "이제 내게 벌을 줘요. 매질하고 밟으세요. 내게 신경 쓰지 마세요, 울지 않아요. 한번 희생자가 되면, 늘 희생자가 되니까요." 병원 복도에서는 암모니아 비슷한 냄새가 풍겼으며, 그 복도를 오가는 사람들의 숨결에선 하나같이 담배 연기와 알코올 냄새가 났다. 사람들은 이따금 다양한 틱 동작을 섞어가며 나긋나긋하게 자신들의 과거사를 들려주었다. 강간, 폭행, 약물중독, 광신, 강박증 등등. 나는 그들이 쏟아내는 말을 헛소리라고 생각하면서도 예의상 다 들어주었다. 병실로 돌아갈 즈음엔 들었던 모든 말을 기억 바깥으로 몰아냈다.

오전 6시가 되면 간호사들이 내 몸무게를 쟀다. 36킬로그램이라고 했다. 맙소사! 나는 체중계에 올라가기 전에 물을 많이 마셨다. 몸무게가 늘어난 것처럼 속여야 했다. 다른 소녀들도 다 이런 속임수를 쓴다. 체중이 늘어나면 면회가 허용되었다. 또 다른 환자들 앞에서 자기의 과거사를 까발려야 하는 집단 치료도 피할 수 있었다.

나는 매일 그림을 그렸다. 내 담당의사 윌린스키 박사의 표현을 빌리면, 그림은 '치료'를 위한 마법 주문이었다. 내가 그린 결과물들은 빠짐없이 내 병실 벽에 걸렸다. 보티첼리 화풍의 매혹적인 나체의 여인들이었다. 뾰족 내민 입술, 내리깐 눈과 흩날리는 머리칼, 고개를 젖혀 흰 목을 드러낸 그 여인들이 자신들의 슬픔 속으로 나를 끌어들였다. 벌거숭이 여자들 가운데 정말 특별한 여자가 하나 있었다. 살결이 가장 검고 가장 통통한 여왕이었다. 분홍 젖꼭지가 달린 풍만한 젖가슴과 활처럼 휜 엉덩이, 구부러진 허벅지, 배가 살짝 나온 살집 좋은 그 여인은 무척이나 날

87

닮아 있었다. 하지만 그 여자가 뭘 응시하는지는 알 수 없었다. 여린 눈빛과 숱이 적은 속눈썹 때문에 그 여자의 시선이 무엇을 향하는지 선명하게 보이지 않았다.

간호사들은 계속 날 먹였다. 드디어 면회객을 만날 수 있게 되었다. 처음 날 찾아온 사람은 아빠였다. 혼자였다. 아빠는 피골이 상접한 투명한 내 손을 감싸고, 턱을 주억거리며, 헝가리인 특유의 코에서 안경을 천천히 내리면서 웅얼거렸다. 나중에 엄마가 브라이언과 함께 왔다. 두 사람은 오랜 친구마냥 서로 상대방의 물건을 들고 오더니, 자기들 직장 이야기만 실컷 떠들었다. 나는 아무 말 없이 시선을 피했다. 브라이언이 내게 선물들을 내밀자 엄마가 설핏 미소를 지었다. 나는 생각했다. 아냐, 그럴 리가 없어, 엄마는 그러지 않았을 거야.

나의 전 남자 친구가 물을 가지러 병실에서 나가자 엄마가 말했다. "아무 말이라도 좀 해봐! 저 애는 아직 널 좋아해. 넌 쟤가 싫으니?"

"네, 미워요."

그래도 브라이언의 선물 중에서 시트는 마음에 들었다.

몸무게가 4.5킬로그램 불어났다. 잘생긴 심리치료사 윌린스키 박사―짧은 회색 머리칼에 커다란 주먹코와 강렬한 푸른 눈에 금테 안경을 쓰는 사십대 남자―는 몸무게가 45킬로그램까지 늘어나면 퇴원시켜주겠다고 말했다. 어림없는 소리죠, 나는 속으로 생각했다. 박사는 다큐멘터리를 만들고 있다면서 인터뷰에 응해주겠냐고 물었다. 나는 팁을 준다면 응하겠다고 했다. 박사의 부드러운 폴란드 억양을 들으면서 책벌레 분위기 속에서 허우적댈 좋은 기회였다. 나는 꽃무늬 면 속옷까지 다 벗고는 카메라와 마주한 철제 의자에 앉았다. 박사는 카메라 포커스를 맞추었다. 나는 맨가슴을 가리려고 팔짱을 꼈다.

"긴장 풀고 편하게 생각해." 카메라 주변을 돌고 있는 윌린스키 박사의 다리는 영양의 다리처럼 탄력 있어 보였다. 이동하는 박사를 따라 움직이는 엉덩이 모양에 속으로 감탄하기도 했다. 박사가 카메라 뒤로 돌아가 앉았다. 그는 꼰 다리 위에 양손을 얹었고, 검정 섀미 구두를 신고 있었다. 카메라가 위잉 소리를 내며 돌아가자 내 분신과 직면했다.

"네 몸을 어떻게 생각하니?" 윌린스키 박사가 물었다.

나는 고개를 숙였다가 다시 들며 말했다. "싫어요. 난 살을 빼야 해요."

"어디가 제일 싫지?"

"배요."

"왜지?"

답은 뻔하지 않은가. 그래도 나는 대답해주기로 했다. "너무 커요. 꼭 애를 밴 것 같아요."

"하지만 넌 임신하지 않았잖아."

"네…." 윌린스키 박사님, 난 처녀랍니다.

"그럼 그건 성적인 느낌과 비슷한 건가?"

나는 멈칫했다. 타일 바닥에 디딘 맨발을 의자 쪽으로 끌어당겼다. 미남 심리치료사 + 성에 대한 토론 = 얼굴 붉힘. "음…그건, 아니에요…."

"그 느낌을 자세히 설명해보겠니, 리비? 말로 옮겨봐."

"제 몸 안에서, 원래는 없던 어떤 게 자라고 있는 것 같아요."

윌린스키 박사는 침을 삼키고는 물었다. "리비, 네가 무서워하는 게 섹스니?"

나는 아랫입술을 깨물었다. "아뇨. 그다음에 일어날 일이 겁나요."

박사의 목소리가 낮아졌다. "그게 뭔데? 섹스 다음에 일어나는 일이?"

"아시잖아요." 나는 그렇게 대답하며 움츠렸다.

박사는 무릎을 치더니 내 대답을 기다렸다.

"버림받음이죠."

박사가 꼬았던 다리를 풀었다. "그래, 그럼 이제부턴 버림받음에 대해서 이야기해보자꾸나."

그러자 엄마, 브라이언, 아빠, 친척 아저씨들, 빵가루에 대해 말하고 싶었다. 내가 사랑했던 모든 이들이 날 떠날 것만 같아 너무 두렵다고 외치고 싶었다. 이것은 짐작이 아니라 분명한 사실이었다. 그들이 떠나려하는 걸 나는 진작부터 알고 있었다. 하지만 착한 의사에게 그런 말을 할 수는 없었다.

"그럼 왜 자신이 살쪘다고 생각하는지 말해주겠니?" 박사가 말했다.

"난 엄마와 똑같으니까요. 나는 엄마예요. 하지만 엄마가 되긴 싫어요. 엄마가 미우니까요." 내가 이렇게나 정직해질 수 있다는 사실이 놀라웠다.

"그러니까 네가 굶는 이유는 엄마를 피하고 싶어서야? 복수심 같은 건가?"

"음음." 인터뷰는 일상적인 심리치료처럼 변해가고 있었다. 박사가 던진 다음의 질문에 모범 답안까지 준비할 수 있을 정도로.

"다르게 생각할 순 없을까? 그러니까, 네 어머니가 널 조종하고 있는 게 아니라, 네가 스스로 자기 행동과 생각을 엄마가 되지 않으려는 것에 초점을 맞췄기 때문에 발생한 일이 아닐까?"

"그럴 수도 있겠네요."

"요즘엔 무슨 생각을 하니?" 박사가 물었다.

"가능하면 생각을 하지 않으려 해요. 내 생각들을 따라가다 보면 결국 다시 내 속에 빠져 허우적거리게 되거든요. 역겹게도."

"좋아, 지금 기분은 어때?"

이건 쉬운 질문이었다. "힘과 조절력을 지닌 것 같아요."

"그게 바로 네가 느끼고 싶어하는…." 박사가 입을 열었다.

나는 카메라 존재를 깜빡 잊고서 가슴을 가렸던 팔짱을 풀었다. "그런 것 같아요, 선생님 말이 옳아요. 나는 사슬에 매여 있어요." 나는 잘하고 있는 자신에게 미소를 지었다.

착한 의사는 흥분해서 카메라를 줌인 하는 것 같았다. 난 고개를 들어 천장에 붙은 모기 시체를 뚫어져라 쳐다보았다.

"뭘 알아냈나요?" 내가 박사에게 물었다.

박사는 카메라의 스위치를 끄며 말했다. "인터뷰에 응해줘서 고맙다."

별 말씀을. 나는 그저 개나 돼지, 실험용 쥐일 뿐인걸요.

석 달은 누군가가 건강해지기를 기다리기에, 특히 정신 건강에 문제가 있는 사람이 회복되기를 기다리기에는 너무 긴 시간이다. 그래서 브라이언이 더 이상 병문안을 오지 않아도 그를 원망하지 않았다. 나는 몸무게가 6킬로그램이나 불어 퇴원했고, 브라이언은 클리블랜드로 돌아가 있었다. 나는 다시 켄모어 고등학교 졸업반으로 돌아갔다. 그즈음 엄마는 직장의 '대량 감원' 방침으로 실업자가 되어 있었다. 엄마는 갈 데 없고 할 일 없는 사람이 되어버렸다. 고독에서 비롯된 엄마의 인형 강박증이 시작됐다. 딸을 시집보내거나 애완견을 잃어버렸을 때 느끼는 고독이 아니라, 연인이 떠났을 때 찾아오는 고독을 앓고 있었다. 그로 부터 다섯 달 남짓을 엄마는 인형을 끼고 소니 헤드폰을 귀에 걸 친 채 장미 카펫에 누워 보냈다. 온종일 말 한마디 하지 않았다. 엄마는 계단이 시작되는 장소를 온종일 독차지했고, 우리는 엄 마가 누워 있는 자리를 피해 다녀야 했다. 나는 매일 나 자신에게 속삭였다. "엄마는 신경 쓰지 마."

결국 엄마는 집을 나갔다. 플로리다로 떠났다. 가족에겐 아무 말도 남기지 않았다. 자살을 하겠다거나 다른 뭘 원한다는 힌트 같은 것도 없었다. 쪽지도, 이메일도, 음성 편지도, 그냥 편지도 없었다. 엄마가 남긴 거라고는 쉼 없이 째깍거리는 업라이트 시 계와, 진입로 가까이 엄마의 토요타가 세워져 있던 자리에 남은 손바닥만 한 기름 자국이 전부였다. 첫 일주일, 우리는 엄마가 떠 났을 때처럼 그렇게 허둥지둥 돌아오기를 기다렸으나 엄마는 돌 아오지 않았다. 두 번째 주, 나는 집 대청소를 했다. 엄마가 돌아 와 바닥에 드러누울 때를 대비해서 거실 러그를 특별히 신경 써 서 털었다. 엄마가 애용하던 헤드폰은 눈에 잘 띄는 곳에 두었다. 그러나 세 번째 주로 접어들어도 아무 소식이 없었다. 나는 아빠 에게 말했다. "엄마는 돌아오지 않아요." 네 번째 주와 다섯 번째 주가 그대로 흘러갔다. 나는 서랍과 옷장에서 엄마의 셔츠와 카 우보이모자를 죄다 끌어냈다. 사진, 우편엽서와 램프 등 '가족'

물건들은 눈에 잘 띄는 자리로 옮겼다. 부엌의 배수관에는 골판지를 뭉쳐 틀어막고 초강력 탈취제를 뿌렸다. 날 키워준 집의 방들에서 나프탈렌 냄새 대신에 신선한 솔향기가 나기 시작했다. 나는 나, 리비를 색칠하고, 치료하고, 재창조했다. 다시 피아노를 치기 시작하여 쇼팽의 곡으로 집을 새롭게 장식했다. 나는 〈라보엠〉의 미미가 되어 노래를 불렀으며, 사랑과 다시 사랑에 빠졌다. 이런 방법으로 아버지의 웅얼거리는 소리를 듣지 않을 수 있었다. "네 어미는 돌아올 게야. 걱정 마라…." 하는 소리를.

다섯 달 후 '포스트 브라이언' 시대의 첫 겨울이 찾아왔을 때, 드디어 엄마가 플로리다에서 전화를 걸어왔다. 전화를 받은 건 아빠였다. "당신, 언제 집에 올 거야?" 아빠는 묻고 또 물었다. "그래, 음…그래." 아빠는 연신 고갯짓을 했다. "자동차가 망가졌다고? 오, 안됐네. 음, 우리 모두 당신이 보고 싶어." 수화기를 귀에 댄 아빠의 얼굴은 퀴진아트 냄비 속에서 막 쪄낸 감자처럼 빠르게 걸쭉해졌다. 아빠는 엄마가 돌아온다고 믿고 있었지만, 나는 그러지 않으리라는 걸 알고 있었다. 아빠가 내게 수화기를 넘겨주었다.

"오, 리비, 내 귀여운 딸!" 싸구려 모텔에서, 엄마가 반갑게 인사했다. 플로리다의 바퀴벌레가 마룻바닥을 기는 소리가 여기까지 들리는 걸 보니 싸구려 숙박시설임이 분명했다.

"나, 마마 조야." 엄마가 덧붙였다.

물론 그러시겠죠.

"안녕하세요." 엄마에게는 놀라움이나 무심함 어느 쪽도 알리고 싶지 않았다.

"아빠하고 잘 지내고 있지?"

"물론이죠."

"역시, 잘하고 있구나." 엄마는 무겁게 숨을 들이마셨다.

"엄마… 잘 계신 거죠?"

엄마가 입맛을 다시는 소리를 냈다. "그럼, 잘 있지. 그냥 멀리 떨어져 있는 시간이 필요한 것뿐이야. 무슨 말인지 알지? 넌 이해할 거야…."

"일은 하세요?"

"조개껍질을 모아 목걸이로 만들어서 공예품 가게에 대주고 있어…. 그리고 있잖니, 아주 멋진 의사를 만났는데, 그이 말로는 내가 조울병 환자란다. 그래서 리튬 치료를 받아야 한대!"

리튬? 왜 더 강력한 치료법을 처방하지 않는가?

"좋은 생각 같네요."

"그런데 리비, 알아? 너하고 브라이언이 깨진 다음에도 내가 왜 브라이언하고 계속 연락을 하는지?"

"몰라요, 엄마." 수화기는 내 어깨와 귓불 사이에 걸쳐 있었다.

"왜냐하면, 음, 우린 늘 네 이야기만 하거든. 우린 널 도와주고 싶거든, 라비." 수화기 저편으로 갈매기 울음소리가 끼어들었다. 엄마가 바깥으로 자리를 옮겼나보다.

"아." 나는 알고 있었다. 우리 사이의 벽은 아주 오랫동안 무너지지 않을 것이란 걸.

"브라이언하고는 계속 연락을 하고 있단다. 그냥 평범한 만남이지." 이런 변명을 늘어놓는 엄마의 이에는 오렌지 주스 찌꺼기가 묻어 있겠지. "브라이언과 나 사이에는 공통 관심사가 있거든. 네 아빠하고는 그런 게 한 번도 없었어. 나한테 화내지 않았으면 좋겠구나. 브라이언이 정말 걱정돼. 좋은 사내거든."

브라이언과의 연락 + 아빠의 불능 =

"브라이언하고 잤나요?"

한순간 엄마는 머뭇거렸다. "아니. 우리 관계는 감정적인 거지 성적인 게 아냐. 쓸데없는 상상으로 괜히 미치지 말아라. 네가 상관할 사이가 전혀 아냐."

물론 상관없죠. 나와 관계된 건 아무것도 없으니까. 난 모든 사전과 백과사전에서 제외된 존재니까요. 의미의 부재자니까요.

"화내지 않아요. 그렇다고 엄마를 믿는 건 아니에요···." 그렇게 나는 평생 처음으로 엄마를 정직하게 대하고 있었다. 그러자 간단하고 명료하게 엄마의 모습을 상상할 수 있었다. 엄마는 플로리다의 겨울 아침에, 빛바랜 청바지에 스웨터만 걸치고 차가운 바깥에 서 있겠지. 날이 따뜻해지면 무거운 옷을 벗고 대신 무화

과빛 검은 살결이 보이는 수영복을 입겠지. 수영장 가에서 딸기 다이키리를 마실 테고, 그사이 그 여자의 불운한 가족은 북쪽 지방의 눈 덮인 둔덕에 갇혀 지낼 것이다. 우리가 그 지경이 된다 해도, 엄마의 입장은 이해할 만했다. 플로리다는 버펄로의 겨울을 벗어나려면 꼭 가야 할 장소였기 때문이다.

〈천사〉를 보라.

L. 퍼거슨, 맨해튼(p.340참조)

※

Gale
질풍

그 바람은 선(Sun) 빌딩 창턱에서 쉬고 있던 참새들을 혼비백산시킬 만큼 아주 강력했다. 참새들은 날개를 연신 푸득거리며 바람을 타고 하늘로 비상하려 애썼지만, 그때마다 어떤 위력에 내동댕이쳐진 돌멩이처럼 비틀거렸다.[10]

나는 그 광경을, 엄청난 강풍에 맞서 가로등 기둥을 꼭 붙든 채 올려다보고 있었다.

바람과 안쓰럽게 맞싸우는 참새들을 바라보면서 내 두 다리와 두 팔을 몸에서 분리시키려 하고, 내 얼굴을 때리고, 내 코밑수염과 눈썹을 얼리고, 내 속눈썹 위에 작은 얼음 조각을 쌓는 진눈깨비 속으로 날 옮기려 하는, '공기의 힘에 복종하는 법'을 배우고

---

10) 베르길리우스는 죽은 자들의 영혼을 떼 지어 우글거리는 새에 비유했다.

있었다.

〈진실〉을 보라.

뉴욕 128번지에 살았던 신사(p.341 참조)

Gay

명랑한

서양호랑가시나무 가지로 홀을 장식하자,

화-라-라-라-라,

라-라-라-라.

즐거운 시절이 찾아왔다

화-라-라-라-라,

라-라-라-라.

꾸며보세….

램블린 루 가족 밴드, 온타리오 주(p.352 참조)

Hail

우박

휜빛과 불투명한 색이 섞인 직경 1인치가량의 동그란 얼음 알갱이다. 내가 이런 얼음 알갱이를 처음 본 건 1680년 5월 18일 오전 10시 45분, 런던의 그레샴 칼리지에서 막 깨어났을 때였다. 나는 이 신기한 물건을 자세히 관찰해보았다. 그 전날 초저녁부터 내리기 시작했던 빗줄기는 한밤중에도 계속 뿌려댔고, 시계의 시침이 3인가 4를 가리킬 즈음에는 천둥과 번개까지 내 방 창문을 무섭게 때렸었다. 그 소리에 설핏 잠에서 깨긴 했으나 자리에서 일어나진 않았기에 그때 우박도 떨어졌는지는 모르겠다. 아무튼 비와 천둥은 그 후에도 세차게 계속되었고, 오늘 아침 9시쯤에야 하늘이 개며 밝은 해가 나왔다. 그러나 시침이 10을 가리킬 즈음 다시 구름이 두터워지며 하늘이 시커메졌다. 가까이에서 천둥이 울더니, 하늘에서 자갈이 쏟아지는 듯한 엄청난 굉음이 들렸다.

이내 우박이 쏟아지기 시작했다. 우박의 크기는 탄환만 한 것부터 계란만 한 것까지 아주 다양했다. 제일 작은 건 백묵처럼 불투명한 흰빛을 띤 알사탕만 했다. 나는 여러 형태의 우박을 관찰하며 몇 가지 결론을 내렸다. 가운데에 박힌 복숭아씨만 한 작은 '백색 구체'가 최초의 방울이며, 이것이 굳어져 구름을 뚫고 더 아래로 떨어지면서 물을 구 형태로 응결시킨다고.

훅 박사, 런던(p.343 참조)

Harmony
하모니

명사. 두 가지 사이에서 이루어지는 조화. 화음을 맞추려 동시에 내는 음들의 결합. 듣기 좋은 아름다운 소리나 노래에 가까운 소리. 평행 내러티브[11]들의 대조.

12월 10일.

친애하는 버터플라이.

하루 날을 잡아 정확하게 일 년 전 오늘 날짜부터 시작된 우리의 편지들을 꼭 다시 살펴보십시오(내가 개인적으로 좋아하는 편지

---

11) "진정한 상징은, 비록 그것이 다른 시간과 장소와 물질적 성질과 본성을 나타내고 또한 다른 많은 한정적 특징들로 나타나더라도 본질적으로 똑같은 본성을 소유하고 나타낸다." ─티투스 부르크하르트.

들을 일부 발췌해 동봉했으니 읽어보시길 바랍니다). 우리가 편지로 교류한 지가 이렇게나 오래되었다니. 그리고 이 사실 하나만으로도, 오늘 아침에 당신이 전화로 한 말에 담겨 있던 진실을 충분히 폐기할 수 있습니다. 그러니까 당신의 소설이 "심지어 우리의 관계보다도 더 짧은 관계"에 대한 거라고 했던 말에 담겼던 진실을 말입니다…. 우리가 서로를 진정으로 가진 게 불과 일곱 달에 불과하다 해도, 우리는 엄청난 복합성을 지닌 관계이며, 당신이 보고 있는 진실은 그 모자이크의 일면일 뿐입니다. 뒤로 물러서 보면 소용돌이치는 진짜 이야기가 보일 겁니다. 열정, 분노와 거절, 거짓된 냉담함이 빚어낸 먹먹한 격통, 그리고 우리가 서로 소통했던 소중했던 그 모든 순간들은 당신과 내가 연주자로서 창조해낸 교향곡의 음들입니다. 당신이 엽서에 적었듯이, 그 교향곡은 당신이 날 사랑함으로써 다시 "태어나는 순간"에 탄생했죠. 그 음표들이 우리를 어디로 이끌지는 나도 모르겠습니다. 그러나 이 세상엔 우리 둘이 탐색해야 할 다른 주제들이 분명 있습니다. 그러니 부디 우리 일을 과거 시제로 말하진 마십시오.

예술에는 '보편성'을 위해선 '개별성'을 함부로 지워도 좋다는 분위기가 있습니다. 하나의 오브제나 장면을 삼차원적으로 묘사하는 홀로그램이라는 개념을 생각해보죠. 예전에 우리는 사진 원판과 유사한 홀로그램 판을 작은 조각들로 찢어 그중 하나에 레이저를 비추면, 마술처럼 전체 장면이 다시 나타난다는 사실에 대해 얘기했었죠. 총체는 부분들 속에 함유되어 있다면서요.

반면에 사진 원판을 조각내어 빛을 통과시키면, 그 작은 조각에 잡힌 상만 재생됩니다. 위대한 예술이란 모름지기 개별성들 안에 보편성을 함유한 홀로그래픽적인 것이 되어야 합니다. 하지만 대부분의 예술은 부분을 전체로 오해하는 사진술적인 것임에도 불구하고, 보편성을 이뤄냈다는 자기착각에 빠져 있습니다. 어떠한 형태든 무릇 예술은 2 또는 3, 또는 4라는 인식을 제거해 보편에 닿는 일에 도전해야 합니다. 그 도전은 무시무시하고 벅찬 일입니다. 예술가가 지식과 미학의 눈가리개로 눈을 가린 채 자신의 임무에 접근하는 건, 단편을 전체로 추측하게 하는 불필요한 장애물일 뿐입니다. 당신이 우리 관계의 종말을 암시하는 건, 비록 고의가 아니라 하더라도, 지금 눈앞에 보이는 단편을 보편으로 오해하고 있기 때문입니다. 우리는 미완성입니다. 예술가, 인간, 또는 진정한 연인들이 그러하듯, 우리는 완성과 아주 멀리 떨어져 있습니다.

모스.

추신: 아직 러시아에 계시나요?

12월 24일.

친애하는 모스.

조심하세요. 순진한 학동들을 유혹하려 세계야생동물협회 이름으로 북극곰 사진엽서들을 보내는 사람이 있으니까요. 그 엽서를 받은 사람은 엽서의 발신자와 야외에서 하룻밤을 보내고 싶은 강한 충동을 느낀답니다. 그 충동이 얼마나 거부하기 어려운 줄은 아실 거예요. 엽서의 발신자는 먼저 수령자에게 전화를 걸었다가 끊습니다. 그러면 여자는 살결이 반질반질해질 때까지 사해 소금으로 몸을 문지르고, 소금기를 헹궈내고, 몸을 말리고, 알몸으로 바닥을 가로질러 가서 현관문을 엽니다. 그 여자는 눈 덮인 계단에 랜턴을 올려놓은 다음 실내로 돌아옵니다. 바깥에서 기다리던 발신인은 불이 켜진 것을 보고 차에서 내립니다. 현관문이 잠겨 있지 않음을 확인한 다음 쿵쿵 발을 찍으며 집 안으로 들어갑니다. 수령자는 커튼 뒤에 숨어 있다가 갑자기 나타납니다. 그다음 여자는, 어둠 속에서, 남자의 옷을 한 겹 한 겹 천천히 벗기고 저녁 내내 남자에게 사랑을 베풉니다. 위층에서 자고 있는 아들을 깨우지 않게 조심하면서 말이죠.

버터플라이.

12월 25일

친애하는 버터플라이.

이제 떠나왔네요(뭐라고요? 겨우 삼십 분 전이라고요?). 내 몸은 지금까지 얼얼합니다. 뼛속까지 녹는 이런 기분은 참으로 오랜만입니다. 무엇이 오늘을 이토록 특별하게 만들었냐고요? 궁금한 게 참 많은 나의 연인이여, 정말 재미있는 질문이군요. 나는 뼈가 얼얼하고 당신은 벌거벗고 있으니까요. 왜냐고요? 왜 걱정입니까? 불러줘서 고마웠습니다. 일요일 11시 15분에서 1시 15분까지 두 시간 정도 다시 만날 수 있기를 바랍니다. 달력을 확인하고 가능한지 여부를 알려주시겠어요?

모스.

친애하는 B.

밥 딜런에 대한 말은 그냥 농담이었습니다. 그를 싫어하진 않아요. 물론 그를 좋아하는 건 아니고 그의 이미지를 섬세하게 인식하지도 못하지만, 그래도 그의 시들은 사랑스럽다고 생각합니다. 진심으로.

모스.

1월 17일

친애하는 모스.

첫 장편을 쓰기 시작했지만 마음이 괴롭습니다. '성장소설'은 자전적이라고 여기는 오늘날의 불편한 사조 때문입니다. 또 '성장'이라는 단어에는 이전보다 나아지는 변화라는 뜻도 들어 있어 부담스럽고요. 혹시 이 가장 뛰어난 소설 장르에, 의도하지 않은 오만이 스며들지나 않을까도 걱정입니다. 당신은 어떻게 생각하나요?

버터플라이.

　으음 B,

　내가 보기에 당신의 소설은, 당신이 만든 등장인물들의 삶에서 일어나는 현실들을 표현하고 있습니다.

모스.

2월 27일

　사랑하는 M.

　당신과 나는 얼음과 불입니다. 얼음은 환한 불꽃에 비쳐질 때 가장 멋지며, 불은 얼음의 렌즈에 반사될 때 가장 아름답습니다. 그러나 이 두 가지가 함께 있으면 불은 얼음을 녹이고, 그다음 물은 필연적으로 불꽃을 꺼뜨리고 맙니다. 상호 아름다움에서부터 상호 파괴성이 자라납니다. 고의적이지도 계획적이지도 않지만 피할 수 없는 운명입니다. 왜 시계는 거꾸로 돌지 못하며 왜 미칠 듯한 열망은 계속되지 못할까요? 왜 우리는 꼭 어른이 되어야 할까요? 석양이 헌드레드 에이커 숲(곰돌이 푸우가 사는 숲 ─ 옮긴이)을 부드럽게 넘어갈 때 그저 당신과 나, 티거와 푸우만 있는 게 더 멋지지 않을까요? 왜 당신은 그렇게도 오만해야 합니까?

버터플라이.

3월 1일

버터플라이,

얼음 대 불. 자유선택 대 필수. 무거움 대 가벼움. 허무 대 의미있음…. 허무, 하니까 생각나는 게 있습니다. 바로 오늘 있었던 일입니다. 한순간 내 몸에서 활기가 완전히 소진되어 완전히 무의미하게 느껴졌습니다. 이디스 워튼의 소설 어느 주인공은 이렇게 말합니다. "진짜 외로움은 그저 제스처만을 요구하는 그 모든 친절한 얼굴들에서부터 나온다." 오늘 오후 초조하게 픽업을 기다리다가 결국엔 실망해버리고 세상과 직면해야 했을 때(마치 모든 게 잘된 것처럼 연기하면서), 내 기분이 바로 그랬습니다. 무언가가 변해버려서, 미안합니다.

모스.

3월 3일

친애하는 B,

당신을 괴롭히는 양극성이라는 개념에 대해 좀 생각해봤습니다. 내 생각에, 양극성은 끈 이론과 관련이 있는 것 같아요. 우주의 기본 구성단위는 더 작은 분자들로 나눠지지 않으며 끊임없이 진동하는 아주 가느다란 끈이라는 이론 말입니다. 그리고 만약 끈 이론이 정말로 TOE(theory of everything, 만물의 이론)라면, 물리학이 절대 설명하지 못하는 문제들도 밝혀낼 수 있어야 합

니다. 사랑이나 예술의 문제까지도 말이죠.[12]

　당신이 첼로를 연주한다고 생각해봐요. 당신이 연주하는 음악은 청중 속으로 흘러가지만, 또한 당신 존재의 핵 속으로도 들어갑니다. 왜냐하면 어찌 되었든 당신은 그 순간 첼로와 조율되어 있기 때문이죠. 음, 이런 생각을 하게 된 건 우리가 하나의 현이라고 여기기 때문입니다. 나는 하나의 현입니다. 우리의 육체적 특징은 수십억 개의 DNA가 작은 음표들처럼 모여서 이루어진 겁니다. 여기에 지리, 배경, 기타 등등의 요소들이 더해져 저마다의 고유한 음역을 형성해나갑니다. 그다음에는 또 우리가 행동하고 생각하고 선택하는 모든 것이 우리의 정신과 마음에 심리적 차이를 일으키는데, 이 차이들은 필연적으로 우리의 음역을 변경시킵니다. 인생은 여러 현들이 겹겹이 쌓인 층이 맞습니다만, 그렇더라도 가장 기저에 있는 현만은 절대로 바뀌지 않습니다. 이 점이 끈 이론과 사랑과의 연관성을 생각하게 합니다. 나의 개별적 현은 타인의 개별적 현에 공명합니다. 그리고 인생은 가끔 우리에게 우리와 완전하게 조화되는 타인을 만나게 해줍니다. 이럴 때 우리는 DNA 단계보다 상위에 있는 지배적이며 압도적인 매력에 직면합니다. 그러나 한편 이 세상에는 우리와 정반대로 보이는 사람들도 살고 있으며, 이 '정반대의 매력'이 생겨난 건 그들이 자기들 현을 다른 방식으로 조율했기 때문입니다. 실

12) 로버트 L. 쉬라그의 『신의 코드: 마음속 풍경에서의 끈 이론』을 보라.

제로 우리는 우리가 되고 싶지 않다고 선택한 사람들에게 더 끌리며, 자신의 현과 닮은 게 거의 없는 현에 따라 우리의 현을 조절합니다. 그럴 때 현과 현은 충돌하게 되고, 그 충돌에서 현들은 함께 소리를 내며 더욱 커다란 풍부함으로 발전합니다. 때문에 사랑에 빠진 당신이 그 감정을 표현하거나 애정을 전시하지 않을 때에도, 당신은 멜로디 속으로 녹아들고 있는 것입니다. 우리는 같은 심포니를 연주하는 연주자들이니까요.

모스.

M,

그게 당신이 연구실에서 하루 종일 생각했던 것인가요? 왜 당신의 연구실 안으로 날 들이지 않죠?

B.

4월 9일

나의 가장 소중한 B.

맙소사, 우리가 대화를 나눈 지 벌써 하루가 지났네요. 곧 이틀이 지나겠죠! 잘 지내시나요? 혹시 죽었나요? 도로가에 구부정하게 처박혔나요? 그 묵직한 돌들이 당신의 등을 바수고 당신을 얼음 위에 자빠뜨릴 겁니다. 오, 당신은 H자로 시작되는 헐링(hurling, 투척)처럼 쓰러지겠죠. 내 말에 너무 신경 쓰지 마세요.

당신 소식을 너무 오랫동안 듣지 못해 차인 줄 알았거든요. 또 그것도 괜찮다 싶기도 했고…. 어떻게 지내냐고요? 오, 난 좋습니다, 바위처럼 굳건히 잘 지내고 있어요. 아무 문제도 없습니다. 조금 의기소침해져 멍한 상태이긴 하지만요.

모스.

4월 11일

친애하는 모스,

공감각 환자들이 느끼는 고통이 이런 거구나 싶으면서도, 지금 이 순간 참담한 심정을 숨기기 어렵군요. 왜냐하면 나는 줄에 꿰인 여러 진주알 중 단 하나의 알일 뿐이니까요. 나는 과거에 당신을 흠모했던 여인들, 그리고 앞으로 당신을 흠모할 빛나고 아름다운 여인들 가운데 한 여자일 뿐이니까요. 당신은 나로 인해 이제 방황은 끝났다고 했지만, 당신은 절대 여기서 만족할 사람이 아니에요. 당신은 또 내가 당신을 닮았다고도 말했죠? 사실, 우리는 단순히 많이 닮은 것 이상입니다. 바로 그 때문에 당신의 손가락은 이 진주에서 저 진주로 계속 옮겨갈 것이고, 그러면서도 가짜 진주알들 가운데 진짜 진주인 내 존재를 결코 깨닫지 못할 거예요…. 당신은 자신이 무엇을 찾고 있는지조차 알지 못해요.

B.

4월 12일

오, 버터플라이.

우박이 내 연구실 지붕을 때리며 태곳적 음향을 들려줍니다. 물은 내 인생에서 가장 중요한 순간들과 꿈들과 추억들의 표시입니다. 한 가지 고백하죠. 칠 년 전 눈보라가 쳤던 그 밤, 당신은 분명 거기 없었음에도 내 마음속으로 들어왔습니다. 그때 내 마음속에 당신의 모습이 얼마나 뚜렷하게 떠올랐던지, 그때부터 어디에서든 당신을 찾기 시작했습니다. 세월이 흘러 지금으로부터 넉 달 전 당신이 내 인생으로 들어왔습니다. 폭풍이 칠 때마다 내 마음을 찾아오던 바로 그 여인이었습니다. 정말이지 당신은 깜짝 놀래키는 여인입니다.

내 사랑이여, 내게 당신은 신비입니다. 그러니 행여나 내가 당신에게 싫증났을 거란 생각일랑 하지 마십시오, 그렇다고 내가 당신을 속속들이 알리라고 속단하지도 마십시오. 또 당신은 나라는 인간에 대해 안다고 믿고 싶어하지만, 그 바람만큼 나를 알지는 못합니다. 당신이 누구보다도 내 영혼에 근접한 사람임은 분명합니다. 하지만 사랑에는, 사랑하는 연인 안에는, 늘 또 다른 층이 존재합니다. 그러니 앞으로도 계속 당신의 속마음을 털어놓기를 바랍니다. 나한테는 당신 말고 딴 사람은 없습니다. 다른 사람들은 모두 차가운 과거 속에 남겨졌으니까요.

당신의 모스로부터.

추신: 그런데 당신은 늘 자신보다 주변 사람을 치켜세우는 습관이 있더군요. 나비는 생각합니다. "아, 내가 참새들처럼 재빠르고 민첩하다면 얼마나 좋을까. 참새들은 저렇게 빠르게 방향을 틀고 저렇게 무리 지어 재재거려. 이 세상에는 참새들이 아주 많아! 그리고 대개는 참새들이 옳아." 내 사랑, 나비로 사는 삶이 때로는 외롭겠죠. 하지만 당신은 공중을 날아다니는 생명체 가운데 가장 눈에 띄며, 당신의 삶은 어디에서든 빛납니다. 당신은 참새가 되어선 안 됩니다. 참새가 되려는 건 시간 낭비입니다.

5월 29일

친애하는 M,

몸엔 여전히 힘이 없고 자꾸 졸음이 밀려와요. 오늘 몸무게를 재보니 또 4.5킬로그램이나 줄었네요. 하지만 그동안의 경험을 되새겨 이젠 약을 먹지 않아요. 당신에게 화냈던 거 너무 미안하지만, 어제는 정말이지 당신을 대하기가 너무 힘들어요. 지금 내게 필요한 건 마음이 아니라 정신의 이끌림이에요. 솔직하게 털어놓자면, 콜로라도로 돌아갈까 생각중이에요. 혹시 당신과 다시 만나서 도란도란 이야기를 나누고 당신을 품에 안으면, 무언가 표현 불가능한 일이 생겨날까요? 우리는 깊이를 헤아릴 수 없는 힘을 가지고 있으니까요.

버터플라이.

추신: 난 당신한테 깊이 물들었어요. 오늘 밤 아들에게 바나나 빵을 만들어줬는데, 아들이 빵 이름이 왜 '보난자'냐고 묻더군요. 베어 물 때마다 빵이 콧노래를 부르기 때문이라고 대답했어요. 그러고는 빵을 베어 무는 아이를 보며 옛날 텔레비전 드라마 〈보난자〉 주제가를 콧노래로 불렀어요. 그러자 아들이 말하더군요. "엄마, 굉장히 이상하게 구시네요."

5월 29일

B,

그래요, 난 지금 화났습니다. 어제 오전에 그 카페에 있겠다고 해놓고선 나타나지도 않고 전화도 없더니, 이제 와서 이런 답장이나 보내다니. 당신은 자신을 어차피 떠날 사람이라고 생각해서 아무렇지 않은지 모르겠지만, 내게는 반드시 당신에게 해야 할 말이 있습니다. 단순히 하고픈 이야기를 넘어서, 반드시 당신의 답을 듣고 싶은 질문들입니다. 만약 당신이 답을 회피한다면, 당신은 당장 내일이나 모레는 아니더라도, 남은 인생 내내 후회하게 될 겁니다. 당신의 변명은 충분치 못했습니다.

모스.

5월 30일

친애하는 버터플라이,

저녁 식사를 마칠 무렵 당신의 전화를 받았습니다. 당신은 전화에 대고 고함을 질렀었죠. 그건 화나지 않습니다. 이상하게 들릴지 모르지만 오히려 기쁩니다. 입버릇처럼 "자기 실력을 100퍼센트 발휘하지 않는 선수에게는 따뜻한 말을 해줄 수 없다"고 말했던 어느 축구 코치가 떠오르는군요. 아무튼 나도 매정한 연인에게 고함도 비명도 지르지 않는 사람에게는 다정하게 대할 마음이 조금도 없습니다. 우아하지 못하게 험한 말을 한 것, 사과합니다. 삭막한 초원 한가운데 서서 비가 되돌아오기를 소리쳐 부르는 남자만큼 애처로운 광경은 없겠지요. 하지만 적어도 그런 열정만큼은 유지하고 싶습니다. 당신은 칠 년 전 눈보라가 부는 날 내 인생으로 들어왔지만, 이제 그 눈보라는 수평선에 걸린 눈구름에 불과합니다. 내가 다시 그 구름을 불러내기 전에는 다시 폭풍이 되지 못합니다. 당신은 내가 당신의 눈보라를 다른 곳으로 끌고 가버리길 바라겠지만, 다시 생각해봐요. 당신이 진정으로 찾고 있는 게 무엇인지 알아내길 바랍니다.

M.

5월 31일

친애하는 M,

욱, 이런 식의 괴로움이란…. 아무튼 예전에도 말했듯이, 이렇게 된 건 우리 잘못이 아니라 내 잘못이에요…. 당신은 내게서 벗어나야 해요. 도대체 어떻게 생겨먹은 사람이기에 이런 말을 하느냐고요? 난 변덕스럽고, 흔들리고, 확신이 없으며, 성미가 급하고, 걸핏하면 식언을 일삼고, 참을성도 없고, 감정적인 사람이니까요. 제가 지금 하는 이 말만은 믿으세요, 그러면 당신 인생은 한결 쉬워질 거예요.

내 삶은 예술 작업의 전개에 다름 아닙니다. 다만 나의 혼란은 그걸 어떤 매체로 표현해야 할지 확신할 수 없는 데서 비롯됩니다. 소설에만 매달려야 할지 시를 시도해도 좋을지 모르겠어요. 작업이 즐거워야 하는데 지금은 전혀 그렇지 못하다는 것만 알겠어요. 그래도 어떤 팔레트를 사용해야 할지는 알고 있어요. 그나마 이룬 진보이지요. 또 내 예술 세계에 자연이라는 주제가 들어 있음도 알고 있습니다. 내 삶의 중요한 메타포는 폭풍, 선(禪) 사상에서 나온 폭풍입니다. 파괴하지 않는 폭풍, 연료를 다시 채우고 자양분을 먹여 살리는 폭풍 말이죠. 하지만 당신은 폭풍을 조절하는 법을 몰라요.[13]

버터플라이.

6월 21일

친애하는 B,

내가 당신을 사랑한다는 걸 어떻게 아느냐고, 당신은 거듭 물

---

13) 자연은 자연에서 기쁨을 취한다. 자연은 자연을 함유하며 자연을 극복할 수 있기 때문이다. — 연금술 공식.

었었습니다. 그리고 오늘 또다시 특별한 화법으로, 같은 질문을 상기시키더군요. 그걸 어떻게 아느냐고요? 당신 때문에 내 가슴이 이토록 아프다는 걸로 알 수 있습니다. 사람에게 기쁨을 주기란 아주 쉽습니다. 심지어 잘 모르는 사람도 행복하게 해줄 수 있죠. 하지만 고문처럼 깊은 고통을 주는 이는 사랑하는 사람뿐입니다. 자신이 알아가는 대상 또는 마음을 뺏으려 애쓰는 대상으로부터 거절당하면 순간적인 분노가 치밀기보다는 당혹스러움에 빠지게 됩니다. 거기서 비롯된 고통은 놀라울 정도로 아주 날쌔고 강렬합니다. 오늘 난 당신이 얼마나 빨리 내 심장에 날카로운 손톱자국을 낼 수 있는지 새삼 확인했습니다. 그럼에도 당신이 "미안해요"라고 말하면 당장 당신을 용서하게 됩니다. 그래도 고통은 사라지지 않습니다. 난 눈물을 지으면서 웃음을 흘립니다. 이 웃음은, 당신을 원하고 사랑하게 되면서 내 존재를 깨닫는 그런 유쾌한 웃음이 아닙니다. 나 자신을 조롱하는 웃음입니다. 당신이 내게서 웃음을 거두어 가 그걸 다른 사람에게 주었다는 사실을 알게 된 다음에 짓는 웃음인 거죠. 당신이 여전히 날 원한다고 믿었던 나 자신을 저주합니다. 그러고는 또 웃고 마는데, 비록 당신이 변덕스럽더라도 난 여전히 그런 당신을 사랑하며, 또 그런 나 자신을 기꺼이 받아들이기 때문입니다. 심지어 당신이 날 매도하더라도 나는 당신을 사랑하는 데서 기쁨을 얻기 때문입니다.

"이건 우리들 잘못이 아니라 내 잘못이에요"라고 당신은 말했습니다. 맞습니다, 당신이 잘못했죠. 당신이 스스로를 사랑하기 전엔 우리라는 말은 없을 겁니다. 언제쯤이면 당신은 자신을 사랑할 수 있을까요? 그 전까지 당신에겐 당신을 가지는 데 실패하는 자들이 계속 필요할 것이며, 당신과의 섹스를 바라는 자들에게서 당신의 영향력을 확인하면서 자신이 사랑할 가치가 있는 존재임을 증명하려 할 겁니다. 하지만 실제로는 그런 것들은 아무것도 증명하지 못합니다, 맞죠? 다른 사람들을 만나더라도 당신은 자기혐오를 떨쳐내지 않을 테니까요. 이젠 그만 자기혐오를 멈추고, 자신을 사랑하십시오. 당신이 알아내야 할 더 어려운 문제들이 있으니까요.

모스.

6월 24일

친애하는 M,

때로는 심장이 터져버릴 것 같아 마음을 밖으로 방출시키고 싶을 때가 있습니다. 그런데 종종 그 마음은 옳지 못한 시간에, 잘못된 대상에게로 풀려나가는군요.

B.

추신: 당신이 날 이 이원성의 구렁텅이에서 구출해줬더라면 좋았을 텐데. 떠나기 전에 당신을 보고 싶어요.

6월 26일

사랑하는 버터플라이.

인생에는 '앨리스의 토끼 굴'로 떨어져 의미심장하게 변화된 자신을 발견하는 전환점이 있습니다. 당신에겐 바로 지금이 과거와는 완전히 달라진 자신의 존재를 보는 시기인 듯합니다. 이야기가 길어지겠지만 이원성, 이 두 개의 문화라는 개념을 설명해보겠습니다. H_2O를, 어떤 사람은 얼어 있는 고체인 얼음으로 알고 있으며, 어떤 사람은 액체인 물로 알고 있습니다. 이 두 가지 문화는 각각 자신들만의 개념으로 H_2O의 용도, 정의, 이야기 등등을 만들어내고, H_2O의 이원성(똑같은 것이 다른 조건들에서는 급진적으로 다른 성격들을 취한다는 사실)을 제대로 의식하지 못합니다. 당신은 지금 당신이 지닌 이원성의 한 면을 발견해가고 있습니다. 당신은 단순하게 현재의 버터플라이가 아니며, 그렇다고 과거의 버터플라이도 아닙니다. 당신은 당신 속에 있는 모든 버터플라이들의 총합이며, 당신이 가진 이원성의 특성들은 다양한 상황에 따라 선택적으로 표현됩니다. 그게 가장 올바른 이해입니다.

요즘 내 고민은 이런 겁니다. 내가 가진 모든 모스들의 총합이 이 스크랩북 안에 천천히 축적되고 있는데도, 날 자유롭게 튀어 오르게 할 구조물은 여기 어디에서도 보이지 않는다는 사실. 정말 이상한 일이죠. 나는 당신이 나를 사랑하고 이해해주기를, 내게 도전하기를 바라며, 또한 내가 당신을 원하듯 당신도 날 원하길 간절히 바라지만, 그렇게 되려면 당신은 모스가 지닌 모든 이원성들을 알아야 하는데, 그는 바보 같은 스크랩북에 갇혀 있기만 하니 말입니다.

모스.

6월 29일

소중한 모스,

E로 시작해서 D로 끝나는 "어머!"라는 뜻의 네 글자 단어가 뭐죠?

T로 시작하고 D로 끝나는 "진저리나다"라는 뜻의 여섯 글자 단어는 뭐죠?

L로 시작하며 "좋지 않은"을 뜻하고 있는 다섯 글자 단어는 뭐죠? 실패자(Loser)는 제외하고 말이에요.

B.

7월 1일

오, 모스.

묘지에서 스냅 사진을 찍었던 그날의 기분이 고스란히 되살아나요. 마음은 말 못하는 벙어리처럼 먹먹하지만, 몸으로는 세상이 작은 바늘로 변해 날 찌르는 아픔을 또렷하게 느껴요. 그래도 분명한 한 가지가 있어요. 만약 나한테 당신에게 알릴 기회나 알리지 않을 기회가 주어졌다면, 알리지 않는 게 잘못이라 해도 내 것을 지키기를 천 번이라도 주장했을 겁니다. 지난 칠 개월을 결코 잊지 못할 거예요. 내가 이 세상에서 가장 행복한 여자였던 그 시간, 당신이 내 영혼을 자랑스러워했음에도 불구하고 당신과 함께했을 때 내 영혼은 결코 살아 있지 못했던 그 시간을 말이죠. 우리의 관계에서 그 어느 때보다 나 자신을 인식하게 됐지만, 이상하게도 그것은 내가 커다란 전체성의 일부라는 사실, 역사상 존재했던 수많은 연인들 가운데 하나일 뿐이라는 사실을 알려줬어요. 다양한 시간대와 장소에서, 과거에도 사랑이라는 이름으로 이루어진 그 모든 일들을 보세요. 우리는 그들의 이야기들에서 우리의 모습을 볼 수 있으며, 그들은 우리의 이야기들에서 자신들을 볼 거예요.

버터플라이.

7월 7일

친애하는 버터플라이,

당신이 허락하든 말든, 나는 다정하면서도 불안정한 당신에게 내 행복과 당신의 행복 모두를 맡기겠습니다. 당신이 내 마음을 모른 척하며 호응해주지 않아도, 나는 당신과 내가 함께 창조할 수도 있었던 인생을 반영하는 아름다운 예술작품을 홀로 만들 겁니다. 하지만 그보다는 당신과 함께 그 작품을 창조할 수 있기를 간절히 원합니다. 그리고 그런 믿음이 당신을 돌아오게 하는 것은 물론, 믿기 어려운 기적을 통해서 우리의 사랑을 이루리라 믿습니다.

모스.

안녕 모스.

몇 가지 물어볼 게 있어요. 이삿짐을 꾸리는 데 필요해서인데, 성실하고 솔직한 답변 부탁드립니다.

— 회벽 구멍을 메우는 법을 아시나요? 예를 들면 내 집의 벽 같은 회벽 말입니다.

— 내 책상하고 잘 어울리는 큰 거울이 있는데, 이걸 어찌하면 좋을까요?

— 선인장을 키우는 건 어떨까요?

— 대체 내가 지금 무슨 짓을 하고 있는 거죠?

B.

B,

— 음, 그 대답은 구멍의 크기에 따라서 달라집니다.

— 그 거울은 창고에 보관하든지 아니면 우연인 척하고 떨어뜨리십시오(러시아에서는 행운의 표시입니다).

―음, 내 생각은, 아닙니다. 선인장은 보살피기 너무 까다로우니까요.

―당신 인생의 다음 장으로 옮겨가십시오. 당신은 이곳에 머물더라도 그렇게 했어야 했습니다. 큰 문제는 없을 겁니다.

모스.

7월 10일.

사랑하는 B,

감상적 달콤함도 끝나고 압도적인 사랑도 소멸되었으니 나는 마땅히 슬피 울부짖어야겠죠. 눈보라를 볼 때마다 일상적 삶에 절대로 길들여지지 않을 당신을 떠올리게 되겠죠. 나를 당신과 사랑에 빠졌던 남자로 추억하진 마십시오. 그보다는 지평선에 뜬 작은 무지개를 보여주려 당신을 앨버타 주로 데려갔던 남자로, 스위스의 산장에서 당신에게 담배를 가르친 남자로, 당신이 자신을 괴롭힐 때마다 영국에서부터 달려왔던 남자로 기억해주십시오. 나 역시 당신을 그런 방식으로 기억할 것입니다. 내 마음속으로 걸어 들어오면서 온 공간을 환하게 밝혔던 미소의 주인공으로, 내 몸의 모든 뼈를 녹여버린 연인으로, 내 영혼을 감동시킨 글의 저자로 당신을 기억하겠습니다. 그랜드캐니언은 당신을 그리워할 겁니다. 질풍을 너무나도 사랑하는 나로서는 그 소멸을 지켜보는 게 가슴이 아픕니다. 사랑하는 내 여인이여, 당신의 마음을 보십시오. 무엇보다 자신의 안전과 위안을 생각하십시오. 현명하게 선택하십시오.

모스.

12월 3일

다정한 버터플라이,

이런 글을 쓰는 걸 용서하세요, 하지만 쓸 수밖에 없습니다. 오늘 아침 당신은 정말로 내 어깨에 기대어 있었거든요. 먼저 나는 그 카페로 들어갔습니다. 우리가 몇 번인가 멋진 시간을 보냈던 장소이기에 망설이지 않고 그곳으로 들어가 자리에 앉고는, 옅게 미소 지으며 추억에 잠깁니다. 맙소사, 카페는 난파선 같았습니다! 뒤쪽 공간엔 손님이 한 명도 없고 진열장들도 거의 비어 있었습니다. 카운터에서 일하는 여자는 처음 보는 얼굴입니다. 사이버비전 티셔츠에 몸에 꽉 끼는 청바지를 입은 아름다운 여자임에도 난 그 여자가 사라지길 바랐습니다! 그 장소는 서서히 죽어가는 것 같았습니다. 《월스트리트 저널》을 펼쳤는데, 거기 한 귀퉁이에 콜로라도 이야기가 실려 있었습니다. '오늘 오전에 가벼운 눈이 더해짐으로써 아스펜 산맥의 총 적설량은 2미터 54센티미터가 넘어 이 도시의 적설 기록을 바꿔놓았다.' 내 여자는 얼어 죽어가고 있을 거야, 나는 생각했습니다. 당신이 그곳에서 무사하길 바랍니다. 당신의 숨결이 내 뺨에 닿지 않는, 당신의 미소

를 보지 못하는 일 초 일 초가 너무 두렵습니다.[14]

모스.

12월 7일

사랑하는 모스.

얼어 죽어가는 기분이지만, 이제 더는 콜로라도에 있지 않아요. 책을 마무리한 다음부터는 시간이 어떻게 흘러가는지 모르고 지내다가 문득 정신을 차려보니 비행기 안이더군요. 심지어 더 추운 곳으로 여행하고 있었어요. 처음 간 곳은 오슬로였어요. 그곳에서 아름답고 맑은 살결에 머리에 뿔을 단 키 큰 노르웨이 사람들을 보고, 소들의 목에서 기분 좋게 흔들리는 경쾌한 워낭 소리를 들었어요. 다음에는 핀란드에서 이틀을 보냈어요. 깨끗하고 조용하며 질서정연하고 아주 추운 땅이었어요. 지금은 러시아에 있어요. 예술과 음악과 건축의 땅, 발아래엔 구혈(歐穴)들이, 머리 위로는 고드름이, 그리고 눈 돌리는 곳마다 소매치기가 득실대는 곳이에요.

패트리아크 연못을 찾아가보니, 구불구불한 구리 난간과 아름드리나무들로 둘러싸인 사방형의 큰 연못이었어요. 붉은 광장과 크렘린궁전도 보고, 성 바실리우스 대성당과 고리키 공원도 둘

---

14) "우리가 함께한 시간은/ 아주 짧은 한 순간뿐이었네/ 그래도 우리는 믿었네/ 우리 사랑이 천 년은 갈 거라고."—야카모치(718~785)

러봤어요. 고리키 공원에서 당신과 내가 지리적으로 얼마나 멀리 떨어져 있는지를 새삼 실감했어요. 이 글을 쓰고 있는 순간에도 내 마음은 끝없이 떨어지는 눈과 촛불의 불꽃, 벽 위로 어른거리는 그림자들, 당신의 입술과 젖은 머리칼과 차가운 발가락, 그리고 세상에서 가장 따뜻한 포옹을 그리고 있답니다.

버터플라이.

〈심리와 색상〉을 보라.

모스와 버터플라이, 크리미아(p.348 참조)

참고문헌

알베르투스 세바(1665~1736, 암스테르담 출신의 자연사학자 – 옮긴이), 《Locuplryissimi Rerum Naturalium Thesauri Accurata Descriptio》, 암스테르담, 1760년.

Ice
얼음

물이 얼어 딱딱해진 것으로, 표면은 대개 불투명하게 반짝거린다. 또한 체리소다 잔에 든 사각 얼음이나 맨해튼 센트럴파크의 스케이트 링크처럼 특정한 틀 속에 갇혀 있는 형태일 때가 많다. 나는 털장갑 낀 손을 아빠의 손안으로 집어넣었다. 넘어질 것 같으면 아빠의 몸을 꼭 붙들었다. 조금만 더 연습하면 나도 저기 보이는 언니들처럼 얼음 위에서 8자 형태를 그리고, 몸을 빙그르르 돌리고, 돼지꼬리 회전을 할 수 있겠지. 그러나 아직은 이 새로운 얼음의 영토에서 조심해야 했다. 나는 물 온도를 재려고 발가락을 대야에 집어넣을 때처럼, 스케이트 날을 한 번에 한 쪽씩 조심스럽게 내밀었다. 아빠는 옆에서 따라오며 응원했다. 하나, 둘, 셋, 쭉 밀어! 하나, 둘, 셋, 쭉 밀어! 나는 아빠의 구령에 맞춰 움직이다가 낮은 소리로 말했다. 좀 조용조용 말해요. 아빠 때문에 사람들이 놀라겠어요. 아버지는 노래를 멈췄다.

우리는 엄청나게 커다란 크리스마스트리를 끼고 돌았다. 아기자기한 트리 장식물들과 한가운데 자랑스럽게 매달린 종과 별에 잠시 한눈을 팔다가도, 행여 넘어질까 얼른 다시 앞을 바라봤다. 아빠는 스케이트를 신은 두 다리에 잔뜩 힘을 주며 조심스럽게 움직였다. 저러다 가랑이가 찢어지면 어쩌지? 아빠의 동작이 불안하게만 보였지만, 선수 못지않은 실력자라고 주장하는 아빠의 말을 믿기로 했다. 아빠, 더 빨리 움직여요, 어서요. 내가 말했다. 프랜시스, 그건 좋은 생각이 아냐, 넌 날 따라오지도 못하잖아. 아빠가 대답했다. 사람들은 모두 모자를 쓰고 있었다. 밝은 색 모자, 줄무늬 모자, 방울 달린 뜨개 모자. 몇몇은 아이스 공연 연기자들처럼 서로 손을 잡거나 팔짱을 끼고서 쉭쉭 얼음을 지쳤다. 머리부터 발끝까지 빨강 모직 옷을 입은 성가대가 노래책을 펼치고 허밍으로 〈고요한 밤 거룩한 밤〉을 부르고 있었다. 아빠의 노력 덕분에 결국 우리의 스텝은 빨라졌다. 나는 한 발씩 내딛는 단계를 지나 제법 얼음을 지치게 되었다. 정말이지 얼음을 타고 있었다! 이젠 아빠의 손을 놓고 있었지만, 아빠에게 멀리 가지 말라고 다짐을 받았다. 나는 아빠로부터 떨어져 얼음판에서 날고 있었다. 뒤로 가기에 성공했고, 정확하게 8자 형태를 그렸으며, 하나로 묶은 내 금발 머리와 치맛자락이 동시에 휙휙 돌았다.

아빠는 어디에 있는지 보이지 않았다.

〈윙크와 휘파람〉을 보라.

F. 퍼거슨, 뉴저지(p.340 참조)

Impatiene

갈망

우리는 북해가 가까운 성에서 살고 있다. 바람이 몹시 울부짖는 성이다. 밤이 되어 바람이 긴 복도를 타고 내려오는 소리에, 내 몸은 전율한다. 오, 변덕스러운 마음이여, 나의 상상이 날 잘못된 길로 이끄는구나! 나는 이 성을 다시 소유하기를, 무덤 밑의 사자(死者)들이 다시 살아나 그들을 누른 돌을 들어 올려 내 수의를 걷어내기를, 너무나도 애타게 바란다. 당신이 내 상상의 우주를, 불 속을 산책하듯 가로지를 수 있다면….[15] 당신이 날 알고 사랑해주었다면!

G. 드 스탈 부인, 스위스(p.355 참조)

---

15) "황량한 한겨울, 얼음 바람이 소리 내어 울고 있었네.""내게 오라, 밤의 침묵 속에서, 꿈의 말하는 침묵 속에서."—크리스티나 로제티(1830~1894)

Journey

여행

모스크바에서 바리키노까지 가는 기차. 달팽이 처럼 느릿하게 저(低) 켈메 마을로 다가가던 기차가 마침내 멈춰 섰고, 희고 매끄러운 눈 더미가 나와 내 가족을 맨 먼저 맞이했다. 남자들이 객차에서부터 눈밭으로 내려섰다. 지난 일주일 내내 저 켈메와 인근 마을을 강타한 눈이 철로에 쌓여 있었고, 바람이 불면 거대한 덩어리째 나부꼈다. 자꾸 보채는 애들을 생각하면 한시라도 빨리 목적지에 도달해야 하는데, 그러기 위해선 먼저 마을 사람들에게 도움을 청해야 했다. 남자들이 작업 조를 짜는 동안 여자들과 아이들은 건초를 깐 열차 객실에서 서로 부둥켜안고 지냈다. 남자들은 둘로 나뉘어 기차 양편에 쌓인 눈을 치우기 시작했다. 선로 전체를 깨끗이 치우는 데 꼬박 사흘이 걸렸다! 지금은 겨울이 끝나가고 있다. 맙소사, 벌써 4월이었다. 또한 단 한 번의 뇌우로 바리키노가 완전히 말끔하게 청소됐다. 이로 써 눈보라에 몸서리쳤던 몇 달, 류머티즘 때문에 매일 실내에서 면도를 해야 했던 기간은 끝이 났다. 돌이켜보면, 눈에 갇혔던 그 때가 모스크바를 떠난 이후 가장 좋은 시절이었다.

유리 안드레예비치, 바리키노(p.337 참조)

Kiss

키스

두 사람 또는 두 개의 생명체가 서로의 입술을
가두거나 코를 문지르는 방법으로 상대방의 속으로 사라지는 행
위를 말한다. 나는 열네 살 때, 모피와 고래 기름을 팔던 쉰세 살
의 북극곰 나누크와 첫 키스를 했다. 그가 물건을 팔려고 입을 열
면 새하얀 입김이 공중으로 퍼져나갔다. 나는 매주 그를 보았다.
"안 사요, 됐어요. 모피는 필요 없어요, 고마워요" 하고 말하면,
나누크는 손을 옆으로 올렸는데, 그건 토탄으로 만든 그의 이글
루로 나를 초대한다는 몸짓이었다. 따라와요. 나는 그의 뒤에서
터벅터벅 눈밭을 걸어갔다. 내가 그의 개썰매에 올라타자 썰매
가 출발했다. 설피를 신고 걸어서 갔다면 시간이 훨씬 더 걸렸을
것이다. 그의 집까지는 5마일이었다. 나누크는 혼자 불을 피우

고, 혼자 훈제 생선으로 저녁을 먹으며, 혼자서 살고 있었다. 살림이라곤 잠자리 매트 하나와 아비 가죽으로 만든 외투 하나, 슬레이트 물범 나이프 하나가 전부였다. 말린 풀을 바닥에 깐 이글루 안은 좁지만 충분히 따뜻했다. 나누크는 내 쪽으로 몸을 기울이더니, 흰 눈이 쌓인 속눈썹을 껌벅이며 내 쪽으로 고개를 올렸다. 내 코끝에 닿는 그의 코는 놀랄 만큼 따뜻했다. 내가 살짝 웃자, 그는 두 눈을 부릅뜨더니 자기 코로 내 코를 부드럽게 문질렀다. 자기 콧잔등을 내 콧잔등에 대며 냄새를 킁킁 맡더니, 날 안으로 빨아들였다.

〈우우카르니트〉를 보라.

마사크, 알래스카(p.346 참조)

Legend

전설

그대는 유스테 에르게, 매섭게 추운 밤에 집들의 문과 지붕에 공 튀기는 소리를 내는 겨울 아이의 정령이다. 그대는 어둠 속에서 아이들에게 밖으로 나오라고 소리친다. 아이들이 나오지 않자 그들의 집에 몰래 들어가 그들의 손가락과 발가락을 잘라낸다. 그대는 서리의 아버지, 얼음 사슬로 땅과 바다를 묶는 힘센 대장장이다. 그대는 지구상 모든 빙하를 만든다. 그대들은 유스테 쿠구자, 울타리를 흔들어대고 사람들을 눈밭에 자빠뜨리는 늙은 부부다. 그대들은 뜨끈뜨끈한 사람의 피를 탐한다. 그대는 플레아데스의 일곱 별(아틀라스의 일곱 딸들) 가운데 하나. 그대의 몸은 반짝거리는 고드름이 주렁주렁 매달린 것처럼 차가우며, 일 년에 한 번 제 몸에서 얼음꽃들을 뽑아내어 땅으로 던진다. 그대는 유스테 무즈, 한기로 사람을 감염시키는 마귀다. 그대에게 감염된 인간은 발작을 일으키고 이 신경이 죽어 이빨이 떨어져나간다. 그대는 거인 위미르의 자손 흐림수르사르, 그대는 얼음 조각이다. 그대는 눈의 여인(雪女), 화이트아웃 때 자신을 드러내지. 남자들을 잠에 빠뜨려 죽이는데, 죽기 전에 남자들은 그대의 모습을 꼭 보아야 한다.

편찬자(p.339 참조)

＊

Lost
길 잃음

여보세요?

…여보세요, 여보세요, 여보세요…

거기 누구 없어요?

… 거기, 거기…

캡틴 오츠, 남극(p.350 참조)

Man
설인

'무시무시한 눈사람'이라는 뜻이며 '예티'라고
도 부른다. 내가 지금 말하는 건, 인간이 아니라 야수다. 온몸에
시꺼먼 긴 털이 덮이고, 두 발로 서면 키가 3미터 30센티에 달하
며, 형용키 어렵게 역한 악취를 내는 별종 말이다. 그 생명체를
보면 누구라도 자기 눈을 의심하게 된다.

내가 그와 맞닥뜨린 건 1986년의 어느 밤, 티베트의 고지에서
였다. 나는 사이클을 타고 있었다. 내가 사이클이라고 했나? 아
니, 사이클을 타고 있었던 게 아니라… 하이킹 중이었다. 연도도
1987년으로 정정하겠다. 아무튼 그때 난 조각처럼 그 자리에 얼
어붙어서 그의 처분만을 기다려야 했다. 그가 날 죽이거나, 다른
어떤 짓이라도 하기를. 하지만 그는 나를 쓰러뜨리더니 이내 네

개의 팔다리를 휘저으며 재빠르게 달아났다.[16]

L. 윌리엄스, 티롤 남부(p.357 참조)

---

16) 연금술에서 죽음과 대면하거나 연기하려는 욕구, 또는 극복하려는 욕구는 사물들이
가진 생명력의 고통과 부활과 질문들이라는 상징을 낳는다.

Materia Prima

제일질료

연금술에서 현자의 돌, 제5원소, 또는 궁극의 목적이라는 이름으로도 불린다. 연금술은 돌과 물을 계속 타협시키며 창조해내는 작업인데, 그림도 바로 그러하다. 화가가 추구하는 제일질료[17]를 흔히 걸작 또는 마그눔 오프스(Magnum Opus, 필생의 역작)라고 부른다. 그 이유는 화가의 예술작품은 제일질료로 준비되고 성취된다는 근본 전제가 깔려 있기 때문이다. 제일질료는 무엇보다 작품을 시작하기 직전 폭풍 전야의 고요와도 같은 침묵의 순간을 가리킨다. 이 얼마나 고귀한 침묵의

---

17) 제일질료는 현자들의 불완전한 육체와 부단한 영혼과 그들을 관통하는 성향과 투명한 쾌활함의 실체이다. 연금술 관련 텍스트들은 제일질료를 여러 이름으로 부르는데, 그중에서 내가 개인적으로 좋아하는 표현은 침묵과 추위를 표현하고 있다. 하얀 습기, 순수한 처녀, 카오스, 수정, 흰 연기, 유리, 태양의 그늘 등.

시간이란 말인가! 화가는 그림을 시작할 때 자신 속에 제일질료의 카오스가 숨어 있음을, 자신만의 카오스를 믿어야 한다. 이것은 창세기의 태초, 그러니까 만물이 개별적 요소들로 분리되기 이전에 혼돈 속에서 위태롭게 균형을 이루던 시기와 비견할 만한 시간인 것이다. 그러기에 그림을 그릴 때 우리 화가들은 정형성과 형태와 맞서 싸움을 벌이게 되는 것이다. 붓으로 덧칠하고, 두들기고, 그을 때마다 아이디어는 향상된다. 그러므로 예술작품은 필연적으로 카오스일 수밖에 없다. 섬광과 시점들이 소용돌이치고, 자기 자신도, 지금 자신이 무언가를 창조하고 있다는 사실조차 잊어버릴 정도로 모든 게 함께 붕괴하는 상태이기 때문이다. 예술작품은 위로하고 순환하는 무언가가 되어야 한다. 날렵한 한 번의 손놀림으로 캔버스에 주홍빛 줄기가 그어지고, 밝은 청색과 백납의 층들 위에 물 흐른 흔적이 남는다. 비단 위에는 노란색과 나는 듯한 하얀 섬광들이 끌린 흔적이 남지만, 뒤로 물러서서 보면 거기 남은 것은 혼합된 푸른 색조다

〈수의〉를 보라.

C. 모네, 베퇴이유(p.347 참조)

Moon
달

마레 프리고리스(MARE FRIGORIS) — 추위의 바다.

오세아누스 프로세사룸(OCEANUS PROCESSARUM) — 폭풍의 바다.

라쿠스 솜니오룸(LACUS SOMNIORUM) — 몽상가들의 호수.

시누스 로리스(SINUS RORIS) — 이슬의 만.

라쿠스 모르티스(LACUS MORTIS) — 죽음의 호수.

마레 크리시움(MARE CRISIUM) — 고통의 바다.

파루스 솜니(PALUS SOMNII) — 잠의 늪.

윌리엄 블레이크, 영국(p.339 참조)

Naga Nagashi Yo

길고 긴 밤

1.

한 무리의 빛줄기가

가뭇가뭇 반짝거리며,

흔들리며 떨면,

하늘에는 오로라가.

2.

정원, 강의 신들의 조상을

눈이 덮고 있네.

내 베개에 흘러내린 그의 흰 머리칼은

그의 사랑의 징표.

3.

변덕스러운 내 가슴은

타우니츠 호수를 일렁이네.

내 마음을 남기고 나는 떠나네.

4.

첫 서리가 내리자

후지 산에 올라

만추의 달 아래서

안개에 싸여 그대를 기다리는

내가 느껴지나요, 그대여?

5.

내 님이 떠났으니

바람은 영원한 무덤이어라.

세월은 얼어붙노라.

6.

배나무 꽃 판으로

짜인 초원은

아름다움과

더 적은 슬픔의 흔적들을 남기네.

7.

임을 찾아

하늘의 강가로 가리다.

밤이 이슥하면

가슴에 용기를 가득 채우고[18]

임을 기다리겠네.

〈증언〉을 보라.

조토몬인(上東門院) 황후의 궁녀, 나니와 만(p.345 참조)

---

18) "그 죽음, 자궁의 죽음에서부터의 해방은 또 다른 죽음으로 옮겨가는 입구이다."—존 돈,
〈죽음의 대결〉.

Naked
벌거벗음

달과 구름과 눈의 순백색처럼 순수하고 투명한.

나는 고등학교 복도를 걷고 있었다. 혈색 좋은 얼굴들 위로 떨어지는 복도의 형광등 불빛은 내가 일하는 병원의 환자들 얼굴에 쏟아지는 불빛만큼이나 차갑고 무정했다. 공기에서도 병원에서처럼 암모니아 냄새가 어정거렸다. 또한 병원에서처럼 육체에서 분리된 목소리도 들렸지만 "아무개 박사님은 어디로 오시오"가 아니라, "아무개 선생님은 어디로 와주세요"라고 하는 점이 달랐다. 하지만 이곳에서 나는 아픈 환자에게 웃음을 보이려 달려가는 사람이 아니라 벽에 기댄 흐릿하고 외로운 존재였다.

다이얼 자물쇠를 돌려 사물함을 열었다. 단짝 친구 리비와 함께 쓰는 사물함을. 리비가 쪽지를 남겼을까? 쪽지가 아니더라도 아무튼 아침 시간을 견딜 만한 작은 징표가 있으면 좋겠다. 그리고 거기, 명화를 복제한 엽서들과 음악가, 작가, 자유 투사들의 사진들에 둘러싸인 우리의 백색 칠판에, 쪽지가 있었다. 그렇게나 열심이더니 결국 보상을 받았구나. 널 위해 불꽃놀이나 행진이라도 벌여 줘야 할까봐. 네가 정말 자랑스러워. xxx. L.

나는 빙긋 웃으면서도 리비가 이런 쪽지를 남긴 이유가 짐작이 가지 않았다.

누군가 내 어깨를 쳤다. 리비일 거야, 생각하며 반갑게 몸을 돌렸다. 하지만 아니었다. 거기 서 있는 건 러시아어 수업을 같이 듣는 사내아이였다. 머리는 불꽃 같은 빨간 빛에, 코에는 둥근 코걸이를 달고, 앞니는 완벽할 정도로 가지런했다. 그와 말을 섞은 적은 한 번도 없었으나 이름은 알고 있었다. 드류. 그런데 얘가 나한테 무슨 볼일이 있담?

"학교 식당 내 테이블에 그림을 그린 게 너니?" 드류가 물었다.

"뭐라고?" 나는 잠시 기억을 더듬어야 했다. "아, 그래." 지난주에 드림 바를 먹으면서 테이블에 호박벌을 그린 적이 있기는 했다. 그러나 그게 그의 테이블인지는 몰랐고, 그에게 보여주려고 그린 건 더더욱 아니었다.

"맞구나, 고마워. 그림 잘 그리더라." 드류가 말했다. "시간 있어?" 구깃구깃한 레깅스 비슷한 옷을 입은 그는 내 머리 위로 우뚝 솟을 만큼 키가 아주 컸다. 교재를 꽉 쥔 그의 손은 떨리고 있었지만 그것만 빼면 다른 초조감은 비치지 않았다. 카페인 때문에 좀 흥분했나.

"음, 그래." 나는 거짓말로 답하며 물었다. "근데 그건 왜 물어? 시간 있으면 전화하라는 거야?"

드류는 고개를 끄덕이며 반짝거리는 커다란 흰 이를 계속 드러냈다. "솔직히 말하면, 맞아. 마침 마사이 전사가 등장하는 영화 티켓이 생겼는데, 보고 싶어할 것 같아서."

뭐라고? 너무 이상한 일이었다. 첫째는 키도 크고 기품도 넘치고 놀라운 지성과 끝없는 창의성을 가진 드류에게는, 늘 커피를 마시자고 따라다니는 여자애들이 많았기 때문이다. 두 번째로는, 그의 곁엔 언제나 키가 크고 검정색 옷을 잘 소화해내는 저메인(더구나 그 여자는 프랑스 애였다)이 붙어 다녔다. 세 번째로, 내가 마사이 족에 관심이 있는 줄 어떻게 알았을까?

"러시아어 교실까지 같이 갈래?" 그가 물었다.

나는 리비가 오고 있는지 주변을 살폈다. 리비는 보이지 않았다. "좋아."

드류와 나란히 복도를 걷고 있는데 학생들이 식당에서 쏟아져 나왔다. 친구들은 물론 얼굴만 아는 애들도 희한하다는 듯 우리를 쳐다보았다. 당연한 반응이었다. 그들에게 드류 데이비드슨은 철학자이자 천재이고, 나는 새침데기에 평범한 시인 폴리나

이기 때문이었다. 몇몇은 손을 흔들어주었으나 다른 애들은 눈썹을 치켜뜨며 노골적으로 의아해했다.

"…음, 오늘 밤 전화해줘." 드류가 말을 꺼냈다. "정치 얘기도 좋고, 그게 싫으면 날씨나 사랑이나 결혼이나, 아무튼 얘길 해보자."

내 바인더와 드류의 바인더가 부딪혔다. 나는 얼굴을 붉혔다.

"내 전화번호는 863-9102야. 옛날 번호는 863-2415인데, 거기로는 전화하지 마. 지금 그 번호 주인이 누구인지 모르니까."

"알았어."

우리는 교실에 도착했다. 갑자기 누가 내 허리를 감아서 돌아서보니, 리비였다.

"안녕." 리비는 내 옆에 있는 남자 동료를 무시하며 내게 얼굴을 들이밀었다.

"어머… 쪽지 읽었어. 어디 있었던 거야?"

드류는 교실 입구에 서서 날 향해 웃었다. 그러곤 어깨를 으쓱하더니 교실 안으로 사라졌다. 그가 보인 갑작스러운 관심은 불안정한 것이었다.

"소식 들었어. 너, 멋지다…." 리비가 입술을 샐쭉 내밀었다.

"소식이라니, 무슨…?"

리비는 한 손으로 입을 가리며 말했다. "어머나, 정말 몰라?"

나는 고개를 가로저었다.

"세상에나! 오늘 아침에 폴 선생님을 만났는데, 그 선생님 말

150

이…, 그만두자. 아무튼 허비 교장선생님이 오늘 중으로 널 찾으실 거야, 그럼."

"리비, 무슨 일인데 그래?"

"별일 아냐!" 리비는 내 볼을 꼬집고 입술을 샐쭉거리며 허공에 키스를 날렸다. "그만 들어가봐. 이따 봐."

리비는 두 팔을 휘저으며 멀어져갔다. 길고 가는 허벅지에 분홍 치마가 휘감기고, 윤기 흐르는 검은 머리칼이 어깨 위에 찰랑거렸다. 그 모든 동작이 동시에 일어나는 것 같았다. 리비가 모퉁이를 돌자 벌써 그녀가 그리워졌다.

그리고 리비가 예언한 것처럼 심리학 수업 중간에 허비 선생님이 나를 불러냈다. 교장실로 가니, 교장선생님은 처음엔 초조한 듯 수다스러울 정도로 너스레를 떨다가 갑자기 입술을 앙다물고 깍지 낀 손으로 탁자를 짚으며 몸을 숙였다.

"폴리나, 네가 우리 학교 차석 졸업생이 됐어."

나는 얼굴이 확 달아올랐다. 잘못 아신 게 분명했다. 아니면 선생님들이 채점을 급하게 하셨거나. 난 차석이 될 정도로 똑똑한 학생이 아니었다. "정말이에요?"

"물론이지."

"수석 졸업생은 누군데요?" 답을 알면서도 충동적으로 물었다.

"드류야."

"잘됐네요."

나는 창밖으로 눈을 돌렸다. 구름이 움직일 때마다 어둠이 빛을 조금씩 침범해가고 있었다. 콘크리트, 노란색의 스쿨버스들, 바람에 나부끼는 성조기, 모든 게 변함없이 친숙하건만 나는 말이 안 통하는 이상한 나라에 발목이 잡힌 이방인의 심정이었다. 이 사람들은 누구지? 지난 세월 동안 난 여기서 뭘 하고 있었나? 정말 내가 차석 졸업자가 될 수 있단 말인가?

"자네도 알겠지만, 차석 졸업생은 졸업식 연설을 해야 해. 연설문을 빨리 쓸수록 자네에게 좋을 거야." 연설문이라니? 천여 명이 지켜보는 앞에서 입을 열어야 한다고? 연설문 쓸 시간을 낼 수나 있을까?

"정말 멋진 일이네요. 고맙습니다, 교장선생님. 그럼 전 이만 교실로 돌아가겠습니다."

"폴리나, 우리 모두는 자네를 자랑스럽게 생각하네. 또 자네의 가정이 잘되기를 바라고."

"물론 저희 집에는 아무 문제없어요, 선생님." 이것은 거짓말이었다. 나는 교장실에서 도망치듯 뛰쳐나갔다.

방과 후에 나는 병원으로 달려가지 않고 리비 집으로 갔다. 리비가 축하주라며 와인 두 잔을 따랐다. 우리는 리비가 침실 겸 화실로 쓰는 다락방으로 올라갔다. 우리 둘 모두 그 다락방을 아주 좋아했다. 리비의 아버지는 늘 작업을 하고 있어서 다락방에선 어떤 비밀 이야기도 나눌 수 있었다. 리비의 방에는 책과 옷가지들이, 화실에는 붓과 캔버스가 어지러이 흩어져 있었다. 리비가 엘비스 코스텔로의 시디를 찾아 플레이어에 거는 동안, 나는 동양식 요에 편하게 누웠다. 우리는 데이지 꽃무늬 요에 나란히 누워 하늘을 올려다보았다. 손가락을 단단하게 깍지 끼며 나는 흥분과 희망이 솟아나기를, 더 나아가 초조함이 느껴지기를 기다렸지만, 내 기분은 병원에서 처음 해골 같은 몰골의 리비를 만났을 때처럼 자꾸 암울해져갔다. 글, 상심한 아빠, 그리고 가출한 엄마. 이 현실들은 앙상한 갈비뼈를 지나 쿵쾅거리는 내 심장을 파고들었다.

"다 잘될 거야." 리비가 속삭였다.

"아니, 그렇지 않을 거야."

리비는 왼손으로 자기 머리를 받친 뒤 내 머리칼을 쓸어주었다. 날 쳐다보는 갈색 눈은 암사슴의 눈이었다. 리비가 눈을 깜빡거리면 아래 속눈썹과 위 속눈썹이 어긋나게 교차하며 작은 덩어리로 변했다. 그 곤충의 엉킨 다리처럼 보이는 덩어리는, 관능적이었다.

"차석 졸업이라니, 나 그런 거에 욕심도 없고 더구나 옳지도 않아. 난 오래전에 학교를 그만둬야 했어."

리비는 와인을 홀짝 들이켰다. "그럼 글쓰기는 어떡하고?"

"음, 뉴멕시코처럼 따뜻한 지방을 찾아가 메사 위에 올라가 시를 쓰면 좋겠어."

153

"넌 여기서도 벌써 작가야." 리비가 와인을 꿀꺽 삼키며 말을 이었다. "그리고 또 나는 어쩌라고? 넌 날 사랑하지 않는구나." 리비는 도톰한 아랫입술을 샐쭉거렸다. 너무도 잘 알고 있는 표정이었다.

"물론 널 사랑해. 넌 내가 정신을 놓지 않도록 붙잡아주는 유일한 사람이야."

"어머니가 보고 싶니?"

"음, 겨우 일곱 달 지났을 뿐인데 이젠 엄마 모습이 생각나지 않아."

"언젠가 다시 만나게 될 거야…."

"정말 그렇게 생각해?"

리비는 고개를 끄덕거렸다.

온몸이 타들어갔다. 다락방은 달궈진 뙤약볕을 쏟아내는 감옥이었다. 이 년 전 처음 리비를 만난 이후 지금 같은 순간을 수없이 함께 보냈다. 우리 사이의 공간이 자꾸자꾸 줄어들어, 어디서부터가 나고 어디서부터가 리비인지 모르게 되는 순간들을. 둘의 몸이 점점 가까워져 계속 이렇게 가다가는 서로의 속으로 녹아들고 말리라는 생각에 이르러, 우리 스스로 결합을 막았던 순간들을.

나는 리비 몸에서 나는 일랑일랑 나무 냄새와 주니퍼 냄새를 들이키며 벽을 쳐다봤다. 늘씬한 클림트의 여인들이 엉켜 껴안은 채 내 시선을 되받아쳤다.

　나를 쳐다보던 리비의 눈빛이 막 깨달음에 다다른 듯 순간적으로 번득였다. "넌 머리를 뒤로 묶으면 영화배우 킴 노박하고 아주 닮았어. 우리 머리색을 백금 색으로 염색해보자. 어때?"

　"글쎄, 아빠가 날 죽이려 할 걸?"

　"죽이라지 뭐. 너네 아빠가 설마 그러겠어?"

　아버지는 내게 남아 있는 전부였다. 하지만 이번에도 리비의 말이 맞았다. 나는 부모님, 선생님들, 친구들에게 늘 애완 인형이었으며, 바로 그 이유로 그들을 싫어했지만, 내가 가장 경멸한 건 그런 식으로 살아가는 나 자신이었다. 자신에게조차 낯선 존재, 내가 동일화시키고 진심으로 알고 싶어하면서도 동일화되지도 이해하지도 못하는, 어느 책의 등장인물 같은 존재, 그게 바로 나였다. 나는 내 줄들을 끊어내 자신을 깨뜨리고 싶어하면서도, 정작 행동으로는 못 옮기는 겁쟁이였다.

　리비의 눈은 계속 감겨 있었다. 나는 조금씩 다가가 리비를 두 팔로 꼭 끌어당겼다. 전화벨이 울렸다. 우리는 잠시 우리의 무거운 숨결에 귀 기울이며 그대로 있었다. 결국 내가 먼저 몸을 떼냈고, 리비가 수화기를 들었다.

　"여보세요? 네, 아저씨…. 네… 알겠어요. 곧 떠날 거예요." 리비가 그렇게 말하더니 수화기를 내려놓았다.

　아빠의 말은 듣지 않고도 알 수 있었다. 저녁 식사 시간이 다

되도록 내가 왜 집에 오지 않는지 물었을 것이다.

"이만 가봐. 아저씨가 꽤나 씩씩거리던 걸." 리비는 요에 누운 채 길게 기지개를 켰다.

"넌 천사야, 알고 있니?" 내가 말했다. 리비는 유령을 본 듯 얼떨떨한 표정으로 날 쳐다봤다. 울지 않으려 애쓸 때 짓는 표정이었다. 리비는 담뱃불을 붙이고는 몸을 일으키는 내 쪽으로 담배 연기를 뿜어냈다.

아버지는 부엌 입구에서 나를 맞았다.

"늦었구나." 아버지가 툴툴거렸다.

"알아요, 죄송해요, 리비하고…."

아버지는 내 말을 자르며 말했다. "넌 그 애하고 너무 붙어 다녀. 마음에 안 들어. 걘 문제가 많은 애야."

설령 그때 내가 리비와 내 관계에 대해 순간적이나마 어떤 죄의식을 가졌다 하더라도, 그 죄의식은 순식간에 사라졌다. 나는 얼음처럼 냉랭해지며 방어 자세를 취했다. "리비랑 있는 게 좋아요. 걘 내 친구예요."

"친구보다 가족이 더 중요한 거야."

나는 아버지를 쏘아보았다.

아버지는 조리대를 손가락으로 두들기며 초조한 목소리로 물었다. "학교에선 잘 지냈니? 재미있는 일 있었어?"

"없어요, 하나도." 나는 우물우물 내뱉었다.

엄마, 여기 봐줘요. 나 다쳤어요, 엄마, 나 다쳤다니까. 나는 이렇게 말하곤 했다.

음, 불쌍한 것. 엄마는 날 쳐다보지도 않고 그렇게 말하고는 계속 아티초크를 데치고, 국수를 삶고, 토마토를 졸였다. 그러고는 덧붙였다. 현관 옆에 있는 쓰레기통 좀 비워라. 어서 숙제 끝내. 그래야 우리 둘이 쇼핑을 가지.

나는 아빠를 찾아갔다. 아빠, 여기 봐주세요! 아야야, 나 다쳤어요! 나는 팔이나 다리를, 아무튼 넘어져 생긴 상처를(일부러 넘어지지는 않았다) 자랑스럽게 내밀었다. 아버지는 연장을 내려놓으며 천천히 고개를 돌렸다. 어쩌다가 다친 거야? 너 얼간이냐, 응? 그러곤 이내 방금 전 하던 일로 고개를 돌렸다. 상처 입은 내 살갗에서는 계속 피가 흘러나오고 있었고, 내 눈에서도 절로 눈물이 주룩 흘렀다. 그러면 아빠는 당장 불호령이었다. 제발, 칭얼대지 마라, 징징 짜지 좀 말라고.

그래서 나는 어디에라도 가고 싶었다. 내가 바라는 건 어디까지나 관심이었다. 아빠와 엄마는 그러지 않지만, 내게 관심을 기울여줄 다른 누군가가 있을 거라고 생각하면서. 열다섯 살에 그런 누군가를 찾아냈다. 눈물과 고통과 피를 이해해줄 사람, 안타깝고 낮은 소리로 오, 내 새끼, 널 위해 상처를 핥아줄게…라고 말할 사람을.

그 누군가는 물론, 리비였다.

처음 만났을 때 리비는 신경성 식욕부진증과 식욕과다증을 번갈아 앓고 있어서 고무호스로 영양분을 받아먹으며 그룹 치료와 미술 치료를 받고 있는, 몸무게 32킬로그램의 소녀였다. 그때 나는 봉사 활동 시기여서, 우울증이나 다른 정신질환을 앓는 소녀들이 있는 병동에서 자원봉사를 했다. 리비를 만나기 이전에는 병원 신세를 지는 이런 소녀들을 '괴물'이나 '사이코'로만 생각했었는데, 알고 보니, 그들 대부분은 나와 비슷한 데가 아주 많았다. 그들은 자신이 사랑받지 못하거나 무시당한다고 느끼고 있었다. 자신의 꿈을 펼치고 싶어하면서도 용기가 부족했다. 그들은 자기 삶을 조절하기 위해, 모든 수단으로 애쓰고 있었다. 그 노력이 죽음을 향한 다이어트라 해도.

나 또한 구원이 필요한 영혼이었다. 리비는 한눈에 그걸 알아보고는 제단에 널브러진 날 일으켜 세워주었다. 그때부터 리비는 나의 천사, 나의 작은 별이었다.

처음 리비의 병실에 들어갔던 날이 생각난다. 병실 벽은 리비가 그린 우스꽝스러운 그림들로 장식되어 있었다. 검은 눈동자와 엉클어진 머리칼에 오동통한 살집, 그리고 표정이 더없이 슬픈 누드의 여인들이었다.[19] 그들 가운데 한 여인, 살결이 제일 검은 여왕이 유난히 눈길을 끌었다. 그 여인에게서 눈을 뗄 수가 없었다.

"저건 나야." 그 애가 힘없이 말했다. 도드라진 등뼈로 인한 통증 때문에 몸을 한쪽으로 기울여 두 손을 엉덩이 밑에 넣은 채로. 시든 시금치 같은 그 애의 얼굴은 짧게 친 검은 머리칼에 갇혀 있었으며 눈은 각성 상태처럼 크게 뜨여 있었다.

"저게 너라고?" 나는 그림을 다시 찬찬히 살폈다. 그림 속 코와 뾰족한 입술은 리비의 헝가리 혈통을 잘 보여주고 있었다. 그렇지만 그림 속 엉덩이는 지나치다 싶게 컸다. "농담이지?"

"자화상이야." 리비가 커다란 흰 이를 드러내며 말했다.

"이게 예고편이면 좋겠네."

"무슨 뜻이야?"

"이렇게 네 몸에 살이 좀 붙으면 좋겠다고."

"내 몸은 이미 저 그림보다 훨씬 뚱뚱한걸. 병원 사람들은 날 살찌우려고 난리야. 정말 짜증나 죽겠어."

"요즘 거울 들여다봤니?"

"아니. 하지만 네가 무슨 말을 하려는지는 잘 알아. 근데 넌 날 모르잖아. 모르면서 어떻게 그런 질문을 하니?"

"네 말이 맞아, 내가 뭘 알겠니?"

리비는 머리를 베개에 얹으며 내 시선을 피했다. 얼굴에는 체

---

19) '벌거벗음'은 자기 되기다. '누드'는 다른 이들에게 벌거벗은 모습을 보이면서도 그런 자신을 인식하지 않는다. 벌거벗은 육체가 누드가 되려면 하나의 오브제로 보여야 한다. (…) 벌거벗음은 꾸밈도 위장도 가면도 없는 것이 되는 것이다. (…) 누드는 절대로 벌거벗겨지지 않는 운명이 지워져 있다. 누드화는 일종의 성장(盛粧)이다." — 존 버거, 『보는 방법』.

념이 서렸는데, 자신은 어떤 감정에도 무감하며 고통 따위는 얼마든지 감내할 수 있음을 웅변하려는 듯했다. 얼핏 보면 어린애 표정 같기도 한데 사는 재미를 잃은 늙은 여인의 표정에 더 가까웠다. 그 애의 목에는 자잘한 은색 플라스틱 알들이 엮인 낡은 목걸이가 걸려 있었다. 상상 속에서 나는 그 애에게 다가가, 그 목걸이를 두 손으로 만지작거렸다. 하지만 현실의 나는 잡지 몇 권을 침대 옆 작은 탁자에 올려놓고는, 일정에 따라 옆 병실로 옮겨갔다.

내일 다시 오겠다고 분명히 알려줬어야 했어, 나는 생각했다. 그 애는 내가 금방 다시 돌아올 거라고 생각할 테니까.

교대 시간이 끝날 때까지 리비 생각이 머리에서 떠나지 않았다. 병원에서 일하게 되면서 여자들의 흉한 모습을 꽤나 많이 봐왔지만 리비만큼 내 마음에 커다란 파동을 남긴 사람은 없었다.

병원을 나와 집으로 향하는 한 걸음 한 걸음이 중요한 일에서부터 멀어지는 기분이었다. 그날 저녁 내내 식구들의 말소리와 웃음소리는 물밑에서 들리는 소리처럼 먹먹하게 들렸다. 조명에 반사되어 벽에 어른거리는 그림자들은 슬로모션처럼 느리게 움직였으며, 모든 음향은 잔물결처럼 희미하기만 했다. 마침내 침대로 도망치긴 했으나 잠을 청하려 하면 할수록 지금이 몇 시일까 궁금하기만 했다. 아래층에서 텔레비전 광고 소리가 덩덩 울려왔다. 엄마와 아빠가 토끼 귀 모양의 안테나를 만지작거리는 모습이 눈에 선했다. 아니나 다를까, 곧 두 분이 화면이 흔들린다며 불평하는 소리가 들렸다. 그러더니 엄마가 외쳤다. 또 눈이 오네! 그러자 아빠가 대꾸했다. 이놈의 눈, 지긋지긋하구먼. 결국 나는 잠 속으로 미끄러져 들어갔다. 꿈에서 육체의 이미지들을 보았다. 머리나 팔, 다리나 손발이 없는 몸뚱이, 아름다움이 메말라버린 고통스러울 정도로 바짝 마른 몸뚱이들을.

다음 날, 수업이 끝나자마자 병원으로 달려갔다. 리비는 창밖으로 떨어지는 눈송이를 바라보고 있었다. 날 발견하자 환하게 웃었다. 좋은 신호였다. 나는 전신거울을 병실 안으로 들여 구석 자리에 기대 세웠다. 흰색의 밋밋한 병원 시트는 현대적 디자인의 대학 기숙사용 시트로 바뀌어 있었다.

"시트가 멋지네." 내가 말했다.

"고마워, 남자 친구가 가져온 거야."

우리의 눈길이 부딪쳤다. 한참을 그렇게 서로 바라보았다. 리비가 안절부절못하다가 결국 먼저 말을 꺼냈다. "사실 저 시트는 용서를 비는 선물이야. 그이는 아주 멍청한 짓을 했거든."

"무슨 잘못이라도 저질렀어?"

"우리 엄마하고 잤어."

나는 도리질을 치며 뒷걸음질했다. "맙소사, 정말로 그런 일이 있었다면 시트를 돌려보내."

리비는 엷게 웃기만 했다. 그러더니 주사기 점적 장치를 떼고는 침대를 빠져나왔다. 흰색 티셔츠에 헐렁한 반바지 차림이었다. 발은 맨발이었다. 반바지 밑으로 나온 잔가지처럼 가는 다리는 혈액순환이 잘 안 되어 자줏빛이 돌았다. 그 애의 다리가 바닥을 디디면 삐그덕 하는 뼈 소리가 날 것 같아 나는 민망해졌다.

"거울은 뭐 하러 가져왔어?" 그 애가 물었다.

"너의 시간에 작은 변화를 줄 수 있을까 싶어서."

"병실에는 간호사들만 들어오는걸. 내가 구토나 설사를 했는지, 혹시 호스를 뽑아버리진 않았는지 확인하려고."

저 애는 내가 여기 있는 걸 고마워하고 있는 거야. 그렇게 생각하고 희망을 갖자. 그러면서 문가로 달려가 얼른 문을 닫고는, 등을 돌린 채 계속 서 있었다.

"있잖아… 옷을 벗어봐."

내 말에 그 애는 초조한 듯 침을 삼켰다. 고요가 퍼졌다. 나는 기다렸다. 부스럭 소리가 들렸다. 멀리서 작은 분수물이 떨어지는 것처럼, 그 애의 몸에서 옷이 천천히 떨어져나가는 소리였다. 이어서 맨발로 토닥토닥 방을 가로지르는 소리가 났다. 거울에 비친 제 벗은 모습을 평가하고 있겠지. 내가 아침에 샤워를 마친 다음 내 모습을 평가하는 것처럼.

"뭐가 보여?"

"음, 우리 엄마." 그 애가 말했다.

"뭐라고? 어떻게 그런 일이 가능해?"

"엄마의 엉덩이, 엄청 크고 둥근 엄마의 엉덩이가 보이니까."

"다른 사람들 눈엔 그렇게 안 보이는데… 넌 왜 그렇게 보지?"

"내가 우리 엄마니까."

"넌 네 엄마가 아냐, 그건 핑계야."

"의사랑 똑같은 말을 하는구나."

"나도 비슷한 경험이 있었거든." 나는 고백했다.

"너도 치료를 받았었어?"

"그런 건 아니고, 엄마에 대한 감정 말이야."

그 애가 잠시 침묵하자 돌아보고 싶어졌다. 벽에 대고 말하는 게 점점 힘들어졌다.

그 애가 목소리를 높였다. "돌아서서 날 봐."

"규칙 위반 아닌가?"

"나더러 옷을 벗으라고 한 게 규칙 위반 아닌가? 게다가 넌 규칙에 목매는 애로 보이지 않아."

"맞는 말이야." 나는 중얼거렸다.

내가 천천히 돌아서자 거기 벌거벗은 몸이 있었다. 납작한 하얀 가슴과 면도로 밀어낸 음모, 열두 살짜리 소년처럼 보였다. 하지만 가장 놀라운 건 말라비틀어진 몸뚱이였다. 홀로코스트 관련 영상물, 혹은 매달 10달러로 굶주림에 허덕이는 아이들을 도울 수 있다는 기아 캠페인 광고에 나오는, 해부용 시체를 떠올리게 하는 몸이었다. 살이라 부를 만한 게 붙어 있긴 했으나 뼈와 파리한 핏줄을 간신히 덮은 투명 덮개에 불과했다. 나는 눈을 감아버렸다. 하마터면 울음을 터뜨리거나 비명을 지르며 병실에서 도망칠 뻔했다.

다음 순간, 그 애가 울고 있다는 걸 깨달았다. 다가가 해골처럼 삐쩍 마른 리비의 몸을 안았다. 리비는 내 손 아래에서 바들바들 떨고 있었다. 그러더니 몸을 뒤로 뺐고, 일랑일랑 나무 냄새와 주니퍼 향기가 밴 그 애의 머리칼이 내 뺨을 스쳤다.

"어째야 할지 모르겠어…." 힘없이 내뱉는 그 애의 두 뺨 위로 눈물이 뚝뚝 떨어졌다.

"괜찮아질 거야." 나는 등을 토닥여주었다.

잠시 후 그 애는 몸을 빼내더니, 마치 물에 빠져 지푸라기라도 잡으려는 사람처럼 내 몸에 세게 매달리기 시작했다. 나는 그러도록 내버려두었다. 그 애의 양피지처럼 얇은 닫힌 눈꺼풀 밑에서 동공이 실룩거렸다. 눈물도 그 애의 뺨에 난 자줏빛 상처를 씻어내지는 못했다. 그 상처는, 내 얼굴의 마마 자국처럼 오른쪽 광대뼈 위에 나 있었다. 나는 그 상처를 지우려는 듯 손가락으로 문질러봤다.

"없어지지 않을 거야. 옛날부터 있었던 거야." 그 애가 말했다.

"옛날부터?"

"언니가 펜으로 찔렀던 날부터." 그렇게 말하며 침을 삼켰다.

"언니가 일부러 찔렀어?"

"응. 내가 아기였을 때 언니는 늘 날 죽이겠다며 덤볐어. 그때 생긴 상처야." 그 애는 내 몸을 놓은 다음에도 여전히 떨고 있었다. 한 줄기 빛이 창문으로 달려들어 그 애의 머리칼이 부드러운 갈색 조로 빛났다. 나는 그 애에게 아름답다고, 정말 아름답다고 말해주고 싶었다. 하지만 그녀가 먼저 이렇게 말했다.

"세상에, 너 참 아름답구나."

나는 얼굴을 붉히며 시선을 돌렸다. "고마워. 그럼 난 이만 가 볼게." 문을 향해 돌아서며 덧붙였다. "내일 또 보자."

"그런데 이름이 뭐니?" 내가 막 모퉁이를 도는 순간, 그 애가 물었다.

"폴리나…. 너는?"

"리비." 그 목소리는, 내가 그 애의 이름을 마땅히 알아야 한다는 듯 높았다.

"만나서 반가워." 나는 윙크를 하고 문을 빠져나왔다.

환자들이 지르는 비명과 외침이 복도를 걷는 내내 청바지에 휘감겼다. 수없이 들었던 그 소음들이 이상하게도 예전과 달리 괴롭지가 않았다. 비명은 서로 스미고 섞이면서 살짝 조가 어긋난 베토벤 교향곡 같았다. 의사를 호출하는 소리(나를 암울한 복도에서부터 다음 장소로 데려갔던 그 소리), 무정한 복도의 조명, 타일 바닥, 왁스로 윤을 낸 바닥, 머리를 지끈거리게 하는 약 냄새, 그 모든 것들이 한꺼번에 새롭게 느껴지면서, 나는 인생을 좀 더 선명하게, 손에 잡을 수 있을 듯이 느끼고 있었다. 그날, 그 모든 조각들은 나만의 은밀한 세계를 이루는 소중한 부분이 되었다.

〈차가움〉을 보라.

폴리나, 프랑스계 미국인(p.350 참조)

Nativity
그리스도 탄생 장식

2000년 10월 1일부터 2001년 2월 1일까지의 크리스마스 시즌을 위한 파블로프스키 가의 장식 계획.

1. 앞마당에는 베들레헴 마구간 장면을 연출한다.
2. 앞 현관에 기도하는 대형 플라스틱 천사 상을 설치하고 조명을 비춘다.
3. 이웃집을 침범하지 않는 한에서 모든 곳에 건초를 깔고 양 인형을 배치한다(예를 들어 천사의 날개 한쪽이 이웃집 경계선에 살짝 걸치는 정도는 허용된다).
4. 앞마당의 커다란 느릅나무 두 그루와 뒤란의 나무 여덟 그루에는 줄 전구로 촘촘히 장식한다. 집의 홈통, 지붕 가장자리, 서른 개의 창문 틀에는 반짝이 조명을 설치한다. 반짝이 조명은 크리스마스 색상만

쓴다. 지붕 경사면에는 빨간 산타클로스와 순록을 배치하고 조명이 비치도록 한다.

5. 현관에 가까운 큰 방은 그리스도 탄생 미니어처로 장식한다.

6. 곳곳에 작은 금속 조각과 크리스마스 장식용 겨우살이, 인공 눈과 드라이아이스를 준비한다.

7. 실로폰 연주자를 부른다.

8. 크리스마스트리를 장식한다.

9. 거실에는 독일에서 수입한 아기 예수와 동방 박사 세 사람의 인형들을 둔다.

10. 프루트케이크를 만든다.

11. 동지를 알리는 색깔들(흰색, 빨강, 초록 – 옮긴이)로 다양한 플라스틱 조화를 만든다.

12. 양말에 이름 첫 글자를 수놓는다.

13. 차고 문에는 대형 십자가 처형 장면이 비치게 한다.

14. 알코올이 섞인 음료를 만든다.

M.J. 파블로프스키, 플로리다 주 플라밍고 트레일러 파크(p.351 참조)

Orchestral
오케스트라적인

　　　　　　1741년 7월 27일에서 28일로 넘어가는 시각,
사제 안토니우스 비발디가 케른트네르 토르 인근의 잘터리시 하
우스에서 영면했다. 시체 부검은 7월 28일. 사인은 내장 파열. 향
년 60세. 장례비 19길드 45크로이처. 스피탈레르 고테자커에 있
는 성 칼스 교회 근방에 매장.

사자의 검증 조서, 비엔나(p.352 참조)

*

Patron
은인

마에케나스(로마 제국의 정치가. 아우구스투스의
충실한 조언자 역할을 함-옮긴이)를 주신 하늘에 감사하라. 그는
다가와 나의 언덕을 아름다운 정원으로 바꿔놓았도다. 예전에
이곳은 혐오스러운 장소였도다. 아무도 돌보는 이 없는 무장 산
적들과 평민들의 시체가 여기저기 방치된 전염의 땅이었다. 이
방인의 시체는 내동댕이쳐지거나 아무렇게나 만든 관에 던져져
그대로 썩어갔다. 땅은 무덤 도굴꾼들이 파헤친 구멍들로 어수
선했고, 점점 하얗게 변하는 해골들로 덮여 있었다. 악취는 또 얼
마나 고약했던가! 그러니 마에케나스를 주신 하늘에 감사하라.
이 얼마나 감사한 일인가. 이제 나는 에스퀼리누스(로마 시에 있
는 일곱 개의 언덕 중 하나-옮긴이)에서, 내 머리에 박힌 갈대로 짓

궂은 새들과 반갑지 않은 귀신들을 쫓아내며 살 수 있게 되었으

니 말이다. 사라져라, 너 익살꾼들이여!

허수아비, 로마(p.354 참조)

Polarity
양극성

〈차가움〉은 기초 요소, 대립물, 외로움, 우정…
그리고 사랑에 관한 이야기다.

등장인물:

지친 어머니

강한 아버지

왕

왕비

피아마로자 공주, 또는 얼음 여인

개인교수 휴

보리스 왕자

사산 왕자

눈

1장

강한 아버지와 지친 어머니가 그들의 열세 번 째 아기(결코 평범하지 않은 딸)가 태어났음을 세상에 알린다.

어둠 속에서부터, 찢어질 듯 높은 비명이 울려 퍼진다.

아버지: 어찌 되었는가?

불그레한 조명들이 들어오면⋯ 무대 위 작은 테이블에는 해바라기 한 송이가 꽂힌 빨간 꽃병이 보인다. 그 테이블 앞에 어머니와 아버지가 아기를 안고 내려다보고 있다.

어머니: (더듬거리며) 피⋯피⋯피⋯.

아버지: 왕자들만 줄줄이 태어났다가 드디어 우리의 첫 공주가 태어났소.

어머니: (지친 목소리로)⋯피아마로자!

아버지: 참으로 아름다운 아기요, 아기의 이 머리칼을 보시오, 새까만 모피처럼 부드럽게 반들거리잖소!

어머니: 전하, 아기 이름을 피아마로자라고 하면 어떨까요? 아기의 몸이 어쩌면 이렇게 부드럽고 다정한지.

아버지: 또한 너무 섬세하구려.

어머니: (아기를 안아 젖을 꺼내 물린다.) 아기 살갗은 백장미 이파리처럼 우윳빛이에요.

아버지: 살이 너무 여려 여차하면 도자기처럼 깨질 것 같구려. (아기에게 선언하듯이) 하지만 아가야, 세상 어느 누구도 널 해치지 못하도록 지켜주겠다!

어머니: 전하, 여길 보십시오, 아기의 눈동자 색깔을 모르겠어요…. 새로 생긴 청색인가?

아버지: 당장 아기의 몸을 따뜻하게 해줘야하겠소.

어머니: 맞아요, 어쩜 몸이 이렇게도 가늘까….

아버지: 그리고 우리는 아기를 잘 먹여야 하오. (잠시 멈칫하며 손가락을 올리고 생각에 잠겼다가 큰 소리로 외친다.) 여봐라, 아기 공주에게 먹일 음식을 대령하라, 수프, 고기, 채소 커스터드와 자발리오네를 대령하라!

어머니: 이 세상 어떤 여자도 이 아이만큼 사랑받진 못할 거예요….

아버지: 우리 딸은 아무런 흠이 없으며 순결하오.

아버지는 아기를 어머니께 건넨 다음 퇴장한다.

2장

개인교수 휴가 여인으로 피어나는 피아마로자의 존재를 깨닫기 시작한다(피아마로자는 아주 아름다운 여인이기 때문이다).

무대 오른편, 절반쯤 열린 창문으로 밝은 빛이 들어온다. 무대 중앙의 테이블에는 해바라기 한 송이가 담긴 빨간 꽃병이 놓여 있다. 무대 왼편에는 종이가 쌓인 책상이 있고, 그 옆에는 철학 서적, 우화집, 그리고 사랑과 실연을 다룬 소설들로 찬 책장이 있다. 이제 막 열세 살이 된 피아마로자는 기다랗게 땋은 금발 머리에 바닥까지 끌리는 드레스를 입고 있다. 이때 스리피스 정장에 안경을 낀 휴가 펼친 책을 들고 등장한다.

휴: (자신의 제자를 마주보며) 피아마로자 공주님, 무슨 일이 있습니까? 피곤하신가요?

피아마로자: (휴를 똑바로 마주 보며) 아니요, 왜 제가 피곤해야 하나요? (잠시 멈추었다가) 저는 평상시와 똑같아요.

휴: (창가에 다가가 피아마로자를 향해 고개를 돌리며) 스탕달은 읽었습니까?

피아마로자: 네, 읽었습니다.

휴: 스탕달이 결정화를 어떻게 정의했습니까?

피아마로자: 결정화란, 사랑에 빠진 두 사람의 마음속에서 일어날 수 있는 일이라고 했습니다.

휴: 훌륭합니다…. (손가락을 깍지 끼며) 그다음에는 어떻게 되나요?

피아마로자: 사랑에 빠진 사람은 연인과 떨어져 있게 되면 모든 걸 자기 연인의 완벽함을 증명하는 새로운 증거들로 여기게 되죠.

휴: (공주에게 다가가며) 훌륭합니다! 스탕달이 비스콘티니 백작부인과 사랑에 빠졌다는 사실을 아시나요? 그는 백작부인에게 사랑을 고백했지만, 백작부인은 그의 사랑을 무시했습니다. 그래도 스탕달은 계속 연서를 보냈습니다. 결국 두 사람은 이 주일에 한 시간씩 다른 사람들이 있는 자리에서 만나기로 합의를 합니다. 이 합의는 그 후 이 년간 지속되었지만, 그사이 스탕달의 사랑은 견디지 못할 정도로 커져서 결국 그는 밀라노로 달아나야 했습니다.

피아마로자: 백작부인은 왜 스탕달을 사랑하지 않았을까요?

휴: (어깨를 으쓱 올리면서) 아주 냉담한 여자였겠지요.

일순간 두 연기자는 얼어붙은 듯 움직이지 않는다. 조명이 점점 흐려지며 암전되었다가, 다시 밝아지면서 새날이 밝았음을 암시한다.

휴: (책장으로 다가가면서) 오늘은 성 에우랄리아의 신화를 읽겠습니다.

피아마로자: (하품을 하며) 너무 피곤해요.

휴는 책장에서 책 한 권을 뽑아 페이지를 넘긴다.

휴: 에우랄리아는 순교자였습니다. 눈 속에서 죽은 순교자였죠!

피아마로자: 정말 너무너무 피곤해요.

휴: 이건 공주님께 아주 중요한 일입니다. 공주님은 하루는 명민

했다가 다음 날에는 둔해지십니까!

피아마로자는 천천히 바닥으로 무너지지만, 휴는 그 모습을 보지 못한다.

휴: 공주님이 휴식을 원한다 해도 어쩔 수 없습니다. 예정대로 공

부를 시작하겠습니다.

휴는 몸을 돌리고, 그제야 쓰러진 공주를 발견한다. 그가 다가가 꿇어앉

는다. 공주의 고개를 받치고 머리칼을 쓸어준다. 그의 몸이 공주의 몸 위

로 무너진다. 두 사람의 몸이 서로에게 기댄다. 암전.

3장

얼음 여인과 눈.

무대는 푸른빛에 잠겨 있고, 무대 중앙의 작은 테이블에는 흰 백합 한 송

이를 담은 깨끗한 꽃병이 놓여 있다. 얼음 여인은 실내화와 얇게 짠 나이트가운 차림으로 창가에 서 있다.

눈: (무대 밖에서부터 남자의 목소리로) 나는 초원에 내리는 눈이로다.
얼음 여인: 눈 밑에는 잔디와 덤불이 숨어 있고, 내 머리 위로는 처마에 달린 긴 고드름이 보이는구나. 아, 보름달이 떴네! 보름달이 내 창문을 어루만지고 있어!

얼음 여인은 창문에 볼을 비비며 눈을 감는다.

눈: 여인은 저렇게 닿을 듯 말 듯하게 언제까지라도 내게 붙어 있다.
얼음 여인: 얼음이 내 볼을 꼭 움켜잡고 있는 것 같아!

얼음 여인은 유리창에서 뺨을 뗀 다음에도 자리를 떠나지 않고 두 손으로 창틀을 어루만진다.

눈: 청하노니 그대여, 깊은 성에가 낀 나의 세계로 들어오라.
얼음 여인: (한숨을 내쉬며) 바깥으로 나가서 저 백색 위에 눕고 싶어. 거기 누워서 부드러운 결정들과 얼굴을 맞대면 얼마나 좋을까.
눈: 달빛이 닿은 여인의 눈은 부드럽게 번득이지.

얼음 여인은 까치걸음으로 창가로 다가간 다음 몸을 굽혀 슬리퍼를 벗는다. 침착하게 공기를 들이마시다가 기쁨에 겨운 발레 동작으로 무대 여기저기를 돌아다니며 춤춘다. 춤을 마치자 나이트가운을 벗는다. 여인의 몸은 앙상하고 창백하다. 그런 다음 여인은 얼굴을 아래로, 무대 바닥에 엎드린 자세로 쓰러진다.

얼음 여인: 눈은 차가워, 하지만 날 마비시키진 않아.

눈: 나는 차고 단단하다. 나는 여인의 무릎과 허벅지와 배와 가슴을 찌르며 여인으로 하여금 콧노래를 부르게 한다. 나는 여인을 애태우며 생기를 준다.

얼음 여인: (몸을 뒤채며) 내 몸이 기뻐하며 낮은 콧노래를 부르는구나.

눈: 내 몸에서 반사된 달빛에 여인의 몸이 물들어간다.

얼음 여인: 이 세상 모든 게 검은색, 하얀색, 그리고 은색이야.

눈: 여인은 행복하다.

얼음 여인: 이게 나야, 이게 내가 정말 원하는 내 모습이야.

4장

휴가 피아마로자에게 그녀 자신의 기초 요소를(그리고 다른 많은 것들을) 이해시키려 돕는다.

피아마로자는 투명한 얇은 푸른색 드레스를 입고 있으며, 긴 머리칼은 어깨에 찰랑거린다. 책상 맞은편에는 모피 코트를 입은 휴가 커다란 책을 펼치고 마주하고 있다. 흰 백합은 아직도 존재한다.

휴: 피아마로자 공주님, 오늘은 공주님의 조상에 대해서 공부하겠습니다.

피아마로자: 어느 분 말이죠?

휴: 베리만 왕입니다. 그분은 험준한 산을 넘어 북쪽의 여러 왕국들을 원정하신 다음 얼음 여인을 데리고 귀국하셨죠.

피아마로자: 왜죠?

휴: 보여드릴 게 있습니다. (휴는 자리에서 일어나 탁자를 돌아선 다음 피아마로자의 팔짱을 끼고 창가로 데려간다.) 저기, 눈에 덮인 장미 정원의 잔디밭을 보십시오.

피아마로자의 얼굴이 발개지더니, 두 손으로 뺨을 감싼다.

휴: 공주님의 발자국이 맞죠?

피아마로자: (고개를 끄덕이며) 날 지켜보셨나요?

휴: 네, 하지만 맹세코 창문으로만 보았습니다. 공주님이 걱정돼서요. 믿지 못하시나요? 하지만 만약 제가 공주님을 따라갔다면, 눈 위엔 제 발자국도 남았을 겁니다. 보세요, 제 발자국은 없잖아

요? 저기에는 공주님의 발자국만, 아름답고 우아한 맨발 자국만 남아 있습니다.

피아마로쟈: 선생님 말씀이 맞아요.

휴: 저는 공주님이 어렸을 때부터 쭉 지켜봐왔기에, 어떨 때 공주님이 행복하고 건강한지를 잘 알고 있습니다.

피아마로쟈: 하지만 왜 지켜보셨죠? 아니, 얼음 여인의 이야기를 들려주세요, 휴 선생님!

휴: (무대 위를 걸으며) 얼음 여인은 아주 아름답고 또 놀라울 정도로 날씬한 분이었습니다. 왕은 얼음 여인을 미칠 듯이 사랑했지만, 얼음 여인은 왕의 사랑을 받아들이지 않았습니다. 얼음 여인의 아버지는 휴전 조건으로 딸을 왕에게 주었지만, 그녀는 왕의 언어를 배우길 계속 거부했습니다. 얼음 여인은 일 년 중 밤이 제일 긴 날이면 교교한 달빛 아래서 토끼 세 마리와 함께 벌거벗고 춤추기도 했습니다. 시간은 흘러갔고, 얼음 여인은 아들을 낳았습니다. 하지만 사제들은 여인을 마녀로 몰아 아들을 빼앗아 갔고, 여인을 불에 태워 벌하겠다고 위협했습니다.

피아마로쟈: 그래서 어떻게 되었죠?

휴: 얼음 여인을 사랑했던 왕은 그런 일을 용납하지 않았습니다. 그러던 어느 날, 북쪽에서 백마를 탄 세 남자가 도끼를 들고 성문으로 달려왔습니다. 그들은 얼음 여인을 돌려달라고 요구했습니다. 얼음 여인은 끌려 나갔고, 북쪽 남자 한 명이 자기 말에 태웠

습니다. 그들은 돌아서서 다시 떠났습니다.

피아마로자: 그다음엔 어떻게 되었죠?

휴: 얼음 여인은 한순간도 뒤돌아보지 않았습니다. 그 일 직후 왕은 돌아가셨고, 왕의 동생이 잠시 통치하다가 얼마 후 레오닌이 즉위를 했습니다.

피아마로자: 레오닌이요?

휴: 왕의 아들 레오닌 말입니다. 레오닌은 어머니가 물려준 얼음이 완전히 녹아버린, 아주아주 뜨거운 피를 가진 사람이었습니다.

피아마로자: 정말이에요, 휴?

휴: 제 말은 모두 사실입니다. 저는 오랫동안 잊혀졌던 존재가 많은 세대가 흘러간 다음에야 다시 자기가 깃들 몸을 찾아낸 것이라고 생각합니다.

침묵.

피아마로자: 그러니까 선생님 말씀은 내가 그 얼음 여인이라는 거군요.

휴: 공주님의 일부에 얼음 여인이 들어 있고, 바로 그 때문에 걱정스럽습니다.

피아마로자: 선생님의 이야기를 들으니 뼈가 시리네요.

휴: (공주에게 다가가 힘주어 쳐다보며) 피아마로자 공주님, 이건 당

신의 이야기입니다. 공주님의 몸은 추위를 위한 것입니다. 공주님은 추운 곳에서 행복하게 살 수 있습니다. (잠시 말을 멈춘 후) 제가 도와드리겠습니다! 왕궁의 정원들에 공주님을 보호할 얼음집들을 세우도록 힘쓰겠습니다.

피아마로자: 휴 선생님, 선생님은 나를 진정으로 이해하시는군요. 사실 제가 정말 살아 있다고 느낄 때는 저 바깥, 눈 내리는 곳에 있을 때거든요. 어렸을 때 난 늘 목이 졸리는 답답함으로 괴로웠어요.

휴: 당연히 그랬을 겁니다. (애틋한 표정으로 공주의 팔을 잡는다.)

피아마로자: 그런데 선생님, 선생님의 언어 선택은 참으로 교묘해요. 선생님은 내 몸이 '추위를 위한' 거라고 말했을 뿐 내 천성이 차갑다고는 말하지 않았거든요. 얼음 여인은 남편과 아들을 떠날 때 뒤도 돌아보지 않았습니다. 그렇다면 그 여자는 몸속의 피뿐 아니라 영혼도 아주 냉랭한 사람이 아니었을까요?

휴: 얼음 여인은 왕을 자신을 잡아둔 사냥꾼이나 정복자로 보았을지도 모르죠. 어쩌면 북부에 그 여자가 사랑하는 남자가 있었는지도 모르고요. 또 얼음 여인은 공주님이 여름날에 느꼈던 황량함을 늘 느꼈고 그래서 어둠 속에서 살아갔는지도 모르죠.

피아마로자: 선생님은 어떻게 내 마음속 감정까지 아시죠?

휴: (공주에게 몸을 기울이며) 당신을 지켜보니까요. 나는 당신을 연구합니다. 당신을 사랑합니다.

피아마로자는 시선을 피하며 돌아선다.

5장

  왕이 공주를 불러 대화하다.

무대는 황량하다. 왕이 옥좌에 앉아 있고, 공주가 공손하게 다가가 절을
한다.

왕: 잘 지냈느냐, 공주.

공주: 평안하셨습니까, 아바마마. 저를 부르셨나요?

왕: 오냐, 공주. 올해 몇 살이더냐?

공주: 열여섯이옵니다.

왕: 그렇다면 이젠 여인이로다. 결혼할 나이지. 특히 공주에겐 남
편이 꼭 필요하지.

공주: 하지만 저는 좋은 신부가 되기보다 혼자 지내는 생활이 더
행복합니다.

왕: 말도 안 되는 소리! 공주는 더 부드러워지고 더 넓은 세상을
알아야 한다. 그래서 많은 신랑감들에게 편지를 보냈는데, 내 생
각에는 그중에서도 아이슬란드의 보리스 왕자가 너의 천생배필
같구나. 공주야, 여러 곳에 네 사진을 보내놨으니 구혼자들이 밀

184

려들게다.

공주: 하지만 아바마마, 저는 얼음의 심장을 가지고 있습니다!

왕: 이 모두가 네가 잘되라고 하는 일이다. 두고 보거라.

6장

결혼 적령기의 공주가 얼음 나라에서 온 보리스 왕자와 사막 출신의 큰 키에 검은 살결의 사산 왕자를 만난다.

무대에는 흰 백합이 있다. 피아마로자와 보리스 왕자가 등장한다.

보리스 왕자: 나는 북쪽에서 온 보리스 왕자입니다.

피아마로자: 뵙게 되어 반갑습니다.

보리스 왕자: 전하께서 당신이 짠 천과 당신의 순백의 아름다움을 그린 초상화를 보내주셨습니다. 고맙게 잘 받았습니다.

피아마로자: (냉담하게) 저 또한 왕자님이 보내신 선물을 잘 받았습니다. 비단과 진주, 여러 종류의 알들과 큰 접시, 표범, 조랑말… 또 뭐가 있었더라? 아, 뮤직박스도 있었죠. 모두 아주 멋진 선물이었습니다. 하지만 그 어떤 선물보다 저는 왕자님이 사시는 나라에 대해 듣고 싶습니다.

보리스 왕자: 제 고향은 얼음덩이와 빙하가 가득한 아주 추운 북

쪽입니다. (곰의 앞발로 만든 목걸이를 건네며) 받아주십시오. 제 어머니가 할머니한테 물려받아 쓰시던 아주 귀한 물건입니다.

피아마로자: (목걸이를 받지 않고 두 손으로 목을 어루만지기만 하며) 그건 받을 수 없습니다, 죄송합니다.

보리스 왕자: 왜요?

피아마로자: 안녕히 가십시오, 보리스 왕자님

보리스 왕자: 하지만… 공주님은 저의 완벽한 아내가 될 수 있는데!

이제 무대 위에는 해바라기가 보인다. 보리스가 퇴장하고 사산 왕자가 등장한다.

사산 왕자: (고개 숙여 절한 다음 공주의 손을 잡고는) 정말 아름다우십니다.

피아마로자: 황공하옵니다!

사산 왕자: 공주의 초상화를 처음 보는 순간부터 당신께 반했습니다. 공주는 내가 꿈에서 보았던 바로 그 여인입니다.

피아마로자는 침착하게 미소를 짓는다. 사산 왕자가 비단으로 싼 커다란 선물을 기리킨다. 선물을 열자 얼음덩이 비슷한 물건이 나온다. 공주는 이 물건을 돌려가며 세심하게 살펴본다.

피아마로자: 어머, 신기하네요! 안이 이렇게 선명하게 들여다보이니 말예요! 얼음 속에 든 유리 궁전과, 그 궁전의 복도와 침실, 나선형 계단들과 커튼 장식을 한 침대들도 아주 또렷하게 보여요. (공주는 얼음덩이를 어루만진다.)

사산 왕자: 사실 그건 얼음이 아니라 유리랍니다. 하지만 그건 내 마음, 공주 당신을 기다리고 있는 공허한 내 인생의 이미지입니다.

피아마로자: (얼음덩이를 응시하며) 정말 멋져요, 훌륭해요!

사산 왕자: 당신은 지금 나의 세계, 모든 계절을 담고 있는 낙원을 보고 있습니다. 나는 당신께 내 아내가 되어달라고, 모래언덕과 파도가 춤추는 내 나라로 같이 가자고 하기 위해 찾아왔습니다. 이제 당신을 만났으니, 나는….

피아마로자: 유리는 뭘로 만들죠? 언뜻 보기엔 물을 얼린 것처럼 보입니다만.

사산 왕자: 보기엔 그렇게 보이지만, 사실 유리는 모래를 뜨거운 용광로 불꽃에 녹여서 만든답니다.

두 사람의 눈길이 부딪치고, 순간 피아마로자는 전율한다.

피아마로자: 유리의 재료가 모래일 줄은 생각도 못했어요. 이게 정말 얼음이 아닌 게 확실한가요?

사산 왕자: 나와 함께 사막으로 가신다면 더 많은 걸 보여드리겠습니다.

피아마로자: 좋아요, 왕자님. 당신을 따라가겠어요. 사막으로 가서 유리 공예 기술을 배우겠어요.

7장

휴가 피아마로자에게 중요한 질문을(그리고 다른 많은 것들을) 던진다.

순백색 백합이 있는 무대 위에서 피아마로자와 휴가 마주 보고 있다.

피아마로자: 휴 선생님, 저는 곧 사산 왕자님과 결혼할 거예요.

휴: 결혼 소식은 들어 알고 있습니다. 또 공주님이 사산 왕자와 결혼하시는 이유가 한낱 유리조각 때문이라는 것도요.

피아마로자: 입장을 바꿔서 생각해보세요. 만약 선생님이 여자라면, 곰 앞발로 만든 목걸이를 더 좋아하시겠어요?

휴: 남자와 그 남자가 주는 선물은 별개입니다. 또 유리는 유리일 뿐이지 절대로 얼음이 아닙니다.

피아마로자: (몸을 돌리고 골똘한 표정으로) 선생님, 저와 함께 사막으로 가주세요.

휴: 그럴 수 없습니다. 공주님도 잘 아시잖습니까? 저는 이곳 사람이며, 이곳이 저를 필요로 하는 장소입니다. 그러나 공주님이 정말 걱정됩니다. 공주님이 그렇게 뜨거운 기후에서 살아가실 수 있을지 너무 걱정입니다.

피아마로자: 사람은 필요하면 어디에서든 적응할 수 있답니다.

휴: (공주의 두 팔을 잡으면서) 그렇게 간단하게 말할 일이 아닙니다. 사산 왕자는 공주님을 녹여 흐물흐물하게 만들고 말 겁니다!

피아마로자: 사랑은 사람을 변화시킬 수 있죠. 중요한 건 나의 의지죠. 사랑에의 의지가 내게 살아갈 힘을 줄 거예요. 사랑하는 남자 없이 사느니 차라리 죽는 게 나아요….

휴: (뒷걸음질 치며) 공주님과 사산 왕자 두 분이 함께 행복해질 수 있을까요? 두 분은 서로 상반된 세상에서만 잘 살 수 있는 분들입니다. [20]

피아마로자: (고개를 저으며) 글쎄, 모르겠네요, 휴 선생님.

8장

피아마로자와 사산 왕자가 서로의 차이점을 발견하다

---

20) "모든 것이 불과 물(서로 조화될 수 없다는 그 두 가지 신격들)로 이뤄졌기 때문에, 우리 아버지가 불과 흩어진 물로 된 육체를 건드리기 위해 이러한 기초 요소들과 생각을 결합시켰다고 봐야 하나요?"—오비디우스, 『달력』제4권.

어둠 속에서… 한 여인이 울부짖고 있다.

   사산 왕자: 무슨 일이오?

   피아마로쟈: (한숨을 내쉬며) 오, 내 사랑, 당신이군요.

   사산 왕자: 내가 당신을 아프게 했구려. 여길 보시오! 당신의
피부가 벌겋게 익어버렸소!

   피아마로쟈: 그런 게 아니에요, 이 상처들은 화상이 아니라 순
수한 쾌락의 자국이니까요. 우리가 행복한 연인임을 증명할 수
있다면, 이런 자국쯤은 얼마든지 숨기겠어요.

조명이 켜지며 붉은 벨벳 천을 드리운 침대에 엉켜 누워 있는 연인이 보
인다. 가까이 있는 꽃병에 해바라기들이 꽂혀 있다.

   사산 왕자: 당신은 얼음이고, 나는 불이오.

   피아마로쟈: 당신 말씀이 맞는다면, 어떻게 우리가 지금 살아
있을 수 있겠어요?

   사산 왕자: 모르겠소, 공주. (공주를 끌어안으며) 얼음은 불꽃에
비칠 때 가장 아름다우며, 불은 얼음에 반사될 때 가장 아름답소.

   피아마로쟈: 맞아요, 왕자님. 하지만 불과 얼음이 함께 있으면
불꽃은 얼음을 녹이고, 녹은 물은 불꽃 위에 떨어져 불을 꺼트리
고 말죠. 상호 아름다움에서부터 상호 파괴가 자라납니다.

사산 왕자: 쉬잇, 아무 말도 하지 마오…. 산중에 유리 궁전을 지어 당신께 바치겠소, 우리 둘 다 살 수 있도록 공기와 빛과 물이 있는 궁전을 지어주겠소.

두 사람은 키스를 나누기 시작한다. 조명이 꺼진다.

9장

피아마로자와 휴의 편지들이 불행하게도 엇갈린다.

두 사람은 관객을 향해 편지를 들어 보인다.

피아마로자: 사랑하는 휴 선생님, 나는 매일 조금씩 죽어가고 있어요. 이곳에서 나는 잘 지내지 못하고 있으며 하루가 다르게 쇠약해지고 있답니다.

휴: 공주님, 나는 아주 행복하답니다. 비록 우리의 육체는 멀리 떨어져 있지만, 내가 행복하다는 걸 꼭 알려드리고 싶습니다. 나는 총리의 딸 호르텐세와 결혼했답니다!

피아마로자: 난 임신한 것 같아요. 낯선 땅에서 낯선 사람들과 함께 있는 게 너무 두렵습니다. 나는 철저하게 혼자이며, 이 이상한 나라에서 병들었습니다.

휴: 나는 지금의 삶에 만족합니다. 날 사랑하는 아내와, 멋진 의자와, 새싹을 피워내는 정원이 딸린 새집에서 만족하며 살고 있습니다.

피아마로자: 바깥의 열이 날 녹여버리려 해요. 이곳의 낮은, 선생님이 말씀하셨던 대로, 너무 깁니다.

휴: 그러나 나는 절대 완전한 만족을 맛보진 못할 겁니다. 이번 생애에 안주할 가능성은, 아무도 밟지 않은 순결한 눈밭에서 춤추는 당신을 보았을 때부터, 완벽한 아름다움에 둘러싸인 당신을 본 순간부터, 영원히 사라졌기 때문입니다.

피아마로자: 사산은 지금 먼 곳으로 여행을 떠나고 없어요. 휴 선생님, 선생님의 차가운 머리와 지혜가 그립습니다. 선생님과 마주 앉아 역사와 과학을 논하고 싶습니다. 당신의 충고, 당신의 다정한 목소리, 당신의 훌륭한 감각이 너무도 그립습니다.

휴: 피아마로자 공주님, 나는 당신의 세상에서는 살아가지 못합니다. 당신처럼 그런 양극적인 경험을 하는 곳에서는 살지 못합니다. 이젠 깨달으셨나요? 극은 극을 열망하며, 순수한 불의 존재와 순수한 얼음의 존재는, 한번 흘끗 본 다음 잊어야 할 희열이라는 사실을 말입니다.[21]

---

21) 칼 융은 '그림자'가 제기한 대립물 문제는 연금술에서 결정적 역할을 한다고 말한다. 대립물 문제는 최종 단계에서는 '왕과 왕비의 결혼'처럼, 두 개의 주요한 반쪽들의 합일을 지향하기 때문이다.

피아마로자: 그래도 한 번은 날 보러 오실 수 있잖아요?

휴: 공주님, 당신의 방식대로 행복한 삶을 구가하십시오. 그러다가 혹시 저를 기억할 시간이 난다면, 당신을 몰랐다면 나름대로 아주 행복할 수 있었던 사람으로 절 기억해주십시오.

조명이 서서히 흐려진다.

10장

강한 아버지와 지친 어머니는 예측하지 못했던 결말을 깨닫게 된다.

무대는 어둠에 잠겨 있고, 여인의 비명이 울려 퍼진다.

아버지: 어찌 되었는가?

조명이 켜진다. 작은 테이블 위에 해바라기 한 송이가 흰 백합들에 둘러싸여 있다. 그 테이블 앞에 어머니와 아버지가 품에 안은 아기를 내려다보고 있다.

어머니: 쌍둥이입니다!

아버지: 사내아이는 어미를 닮아 창백한 얼굴에 금발이구려.

어머니: 계집아이는 아버지를 닮아 대롱 불기 유리공예가의 입을 가지고 있어요.

아버지: (아내에게 고개를 돌리며) 우리 아기들은 아무런 흠 없이 완전하오.

어머니: 아기들이 이곳 유리 왕궁에서 우리와 함께 안전하게 지낼 수 있을까요?

아버지: 물론이오, 왕후. 아이들은 제 힘으로 숨 쉬며 살아갈 것이며, 당신도 그럴 수 있소.

아버지와 어머니는 순간 멈칫하다가 아기들을 한쪽 옆으로 내려놓는다.

어머니: 왕자님, 저와 함께 저 눈 내리는 곳으로 나가 춤춰요.

커튼이 내려온다.

〈하모니〉를 보라.

A. 헤르넬, 노르웨이(p.343 참조)

참고문헌
A. S. 바이어트의 〈차가움〉, 《성분들: 불과 얼음의 이야기들》, 런던, 1999년.

Preservation

보존

눈 속에서는 어떤 시체가 보존되며 어떤 시체가 보존되지 못할까? 눈으로 시체를 보존하려면 어떤 조건을 충족시켜야 할까? 시체가 쭈그러들거나 부풀게 하지 않으려면, 변색되거나 냄새가 나지 않게 하려면 어떻게 해야 할까?

J. 다머, 위스콘신(p.340 참조)

Promise

약속

마이아: 날 산으로 데려가 세상의 모든 영광을
보여주겠다고 했잖아요.

루베크 교수: 그런 말 한 적 없소. 정신이 돌아버린 게요? 저기 다
가오는 폭풍이 보이지 않는단 말이오? 저 매서운 바람 소리가 당
신 귀엔 들리지 않는단 말이오?

H. 입센, 오슬로(p.343 참조)

Psyche & Colour

심리와 색상

1. 대치 쌍들 = 두 개의 극들

흑	백
어둠	빛
죽음	탄생
죄	무결함
카오스	질서
절망	희망
악	신성함
따스함	추위

2. 두 가지 운동

1) 저항: 서로 상반된 힘들이 갈등하며 우주를 항진시키는 하나의 힘에 통합되는 것.

물리적인   ↔   영성적인

2) 안/밖

암흑의	빛이 있는
흑	백
희망이 있는	가능성이 없는

3) 완전 대칭

수백만 개의 부분들은 무한한 창의력을 발휘하며 하나의 결정적 형태로 결합되어간다.

〈꿈〉을 보라.

W. 칸딘스키, 베를린(p.344 참조)

Quiet
고요한

고요하다. 눈이 소리 없이 떨어지며 번잡한 세상사 소음을 덮어버린다. 바람만이 나직하게 속삭인다. 창밖을 내다보는 내 마음은, 눈 덮인 자그마한 현관 계단 위에 뚜렷하게 적힌 글의 소리까지도 들을 수 있다. 아련하지만 끝없이 되풀이되는, "내 바람은 당신을 지켜보는 것, 오로지 그 하나입니다"라는 글을. 이 글을 해가 떠오르자마자 발견했다. 누군지는 모르지만 이 글을 쓴 이는, 내가 잠에서 깨기 전이나 어젯밤에 이 글을 써놓고 갔을 것이다. 거친 눈발을 헤치며 내 창문으로 다가와 장갑 낀 손으로 썼으리라.

E. 누스바우머, 암스테르담(p.349 참조)

Revelation

계시

나는 오른손에 일곱 개의 봉인으로 된 두루마리 책을 들고 있으며[22], 흰옷을 입은 스물네 명의 장로들이 스물네 개의 보좌에 앉아 나를 둘러싸고 있다. 보좌 한가운데는 사자, 수소, 인간, 천사를 닮은 네 개의 생물이 있도다. 내가 첫 봉인 네 개를 열자, 그들은 "오너라" 하고 말한다. 다섯 번째 봉인을 열자, 나는 죽임당한 영혼들을 본다. 여섯 번째 봉인을 열자, 대지진이 일어나며 별들이 땅으로 떨어진다. 일곱 번째 봉인을 열며 나는 분노의 날이 도래했음을 선언하고, 우리 앞에 하늘이 펼쳐진다.

---

22) 일곱 개의 봉인을 아래의 '7의 신비들'과 혼돈하지 말라. 즉 연금술 작업의 7단계, 지구라트(고대 바빌로니아 아시리아의 피라미드 형태의 산 – 옮긴이)의 테라스, 일곱 가지 치명적 죄, 이 세상에 있는 일곱 가지 죄악, 불교의 일곱 색 계단, 그리고 시베리아 샤먼의 자작나무에 새긴 일곱 개의 금과 혼돈하지 말라.

네 개의 생물들은 계속해서 내게 "우리 위로 무너져라" 하고 말한다.

YHWH, 이 세상 어디서든(p.357 참조)

※

Schmutter

슈무터

원래는 겨울철 보온을 위해 몸에 걸치는 다양
한 소품들을 포함한 의복이나 의류를 가리키는 속어이다. 페티
시즘에서는 특별히 선호하는 대상을 가리킨다. 성적 충동에 복
종하는 열정 또는 숭배를 뜻하는 페티시즘은, 그리스도교도의
유물과 성물을 향한 종교적 외경을 흉내 낸다. 가장 자주 나타나
는 의복 페티시즘 또는 슈무터 페티시즘의 품목들을 꼽으라면,
아래와 같이 요약할 수 있다.

부츠 또는 구두

발을 가리는 물건들. 굴욕의 수단으로 여겨지는 부츠나 구두가 특
별한 성적 집착의 대상물이 되는 사례는 수없이 발견되고 있다.

사례77. Z는 쉰 살의 목사이다. 그가 밤에 꾸는 꿈에서는 숙녀화가 자주 등장한다. 그는 제화점의 진열장 앞에서 우아한 숙녀화를 망연히 바라보거나, 숙녀 앞에 꿇고 앉아 여자의 구두를 핥는다. Z를 매료시키는 건 여성용 구두를 보고 만지는 일뿐이다. Z의 고백에 따르면, 여자들이 발에 신는 물건 말고는 여자의 다른 어떤 점도, 심지어 여자의 맨발도 그를 자극시키지 못한다. Z는 종종 창녀에게 접근해서 멋진 구두를 사줄 테니 제화점으로 같이 가자고 청한다. 여자가 승낙하면, 그는 여자에게 거름과 진흙으로 범벅된 더러운 길을 걸어달라고 요구한다. 그다음 여자를 호텔로 데려가는데, 들어가기 직전에 여자의 발밑에 몸을 던지고 여자의 구두가 반짝반짝해지도록 혀로 싹싹 핥는다. 구두를 깨끗하게 다 핥으면 여자에게 돈을 지불하고는 혼자 돌아선다.

모피

벨벳처럼, 모피는 단열제로 작용하며 촉각을 자극한다.

사례17. 서른세 살의 I 씨는 다음과 같이 진술했다. "모피는 아주 촘촘하고 털이 긴 상품이어야 합니다. 싸구려 모피나 털이 성긴 것, 호저 모피는 날 자극하지 못합니다. 또 바다표범, 비버나 어민(ermine) 가죽 따위에도 관심 없습니다. 마찬가지로, 회색 곰의 털처럼 털이 지나치게 긴 것도 싫습니다. 하지만 만약 어떤 여자가 모피를 두르고 있거나 벨벳에 감싸여 있다면, 더 나아가 모두 모피와 벨벳으로 치장하고 있다면, 나는 그 여자를 보는 것만으로도 흥분하고 맙니다. 그것들을 만지면 다른 생각은 전혀 못하고 말죠! 여인의 어깨에 걸쳐진 나의 주물(呪物)을 응시하며 그 촉감을 느끼는 건, 내겐 더없이 뜨거운 쾌락입니다."

손수건

주머니에 넣고 있다가 눈썹을 닦고, 코를 풀고, 입술의 얼룩을 지울 때 사용하는 물건이다. 의류품 중에서 가장 자주 전시된다. 온기를 지닌 손수건은, 실수로 다른 사람의 수중으로 들어갈 가능성도 많다.

사례187. 1890년 8월, 마흔두 살의 제과기술자 조수 V씨가 여성용 손수건 절도죄로 체포되었다. 그의 집을 수색하자 여성용 손수건 446장이 나왔다. V는 손수건으로만 꽉 채운 상자 두 개는 이미 불태워 없앴다고 말했다. V의 부친이 울혈 증세가 있었으며 그의 질녀가 정신박약이라는 점을 제외하면, 그에게서 별다른 수상쩍은 점은 보이지 않았다. V가 범죄를 저지른 건 순간적인 충동을 제어하지 못했기 때문이었다.

나이트캡

나이트캡은 의류 중에서도 속옷으로 분류된다.

사례 37. 서른일곱의 서기 L은 평소엔 아주 정상적인 남자다.

하지만 나이트캡을 쓰고 있는 못생긴 노파를 상상하기만 해도 그의 심장은 빨라지기 시작했다. 나이트캡을 쓴 어떤 것을 보면, 그게 남자든 여자든 짐승이든 상관없이, 흥분과 충동을 억누르지 못했다. 나이트캡 자체나 나이트캡을 쓰고 있지 않은 머리만으로는 전혀 흥분이 되지 않았다.

〈결정화(부정적)〉를 보라.

R. 크래프트-에빙, 베를린(p.344 참조)

Shroud
수의

몸을 덮는 덮개. 때로는 눈으로 만들어진 수의
가 순교자의 몸을 신비롭게 덮기도 한다. 성녀 에우랄리아가 광
장의 차디찬 돌바닥에 쓰러져 있다. 반쯤 찢긴 겉옷 밑으로 맨가
슴이 드러나고, 돌돌 말린 금발 한 가닥이 처진 옷 주름과 함께
땅을 덮고 있으며, 한쪽 손목에는 밧줄이 매여 있지만, 더없이 평
화롭고 고요한 모습이다. 군중들이 그녀의 몸이 십자가에서 내
려지는 광경을 지켜보고 있다. 한 사내는 아내가 시체를 보지 못
하게 눈을 가려준다. 군인 둘이 뾰족 창으로 사람들의 접근을 막
는다.

에우랄리아가 쓰러진 자리로 흰 새들과 파란 새들이 날아와
눈을 쪼고 있다. 외로운 비둘기 한 마리가 날아올랐으니, 이것은

이별하는 영혼이었다.

〈질풍〉을 보라.

J. W. 워터하우스, 영국(p.356 참조)

Sledding

썰매 타기

엉덩이 아래에 물건을 받치고 눈 덮인 경사면을 지치며 내려가는 것이다. 엉덩이를 받치는 물건으로는 작은 썰매, 개나 말이 끄는 썰매, 터보건, 대형 타이어, 플라스틱 판 등이 있다. 나처럼 가난한 어린이들은 골판지를 이용하기도 한다. 열두 살 때, 부모님은 썰매를 태워준다면서 뉴욕 주 버펄로 시에서 15마일 떨어진 렌섬빌의 본드레이크로 갔다. 그때 내가 가져간 썰매가 잘라낸 골판지였다.

본드레이크에는 어린이용, 아마추어용, 전문가용 세 가지 코스가 있었다. 부모님은 전문가용 코스로 날 끌고 갔는데, 거기 가면 십대 자녀를 둔 다른 가족들과 만날 수 있을 거라 생각하셨던 것이다. 다른 아이들은 모두 환상적인 썰매를 가지고 있었다. 눈밭을 시원스레 지치는 번쩍번쩍 빛나는 금속 날, 듬직한 손잡이, 그리고 중세풍의 덮개가 달린 참으로 멋진 썰매들이었다. 아빠, 왜 꼭 썰매를 타야 하죠? 난 타고 싶지 않단 말이에요! 사실은 너무나도 타고 싶었지만 그렇게 말했다. 그게 거짓말이란 걸 아버지가 알아채도 상관없었다. 물론 내 썰매를 만들려고 오전 시간을 다 바쳤던 아버지께 썰매가 마음에 들지 않는다고 말하는 게 불편하기도 했지만. 아무튼 나는 내 썰매가 너무너무 싫었다. 골판지는 시간이 지나면서 축축해지다가 찢어질 테니까.

그때 드류 데이비드슨이 구세주처럼 나타났다. 반짝거리는 대머리에(그 무렵 그는 페인 스트리트 학교 연극에서 샴 왕 역을 맡았기 때문이었다) 미소가 환했던 열여섯 살의 드류. 그는 커다란 도넛처럼 생긴 검정색 튜브를 같이 타자고 했다. 나는 좋다고 했다. 눈 덮인 언덕들은 언뜻 보면 한없이 부드럽게 보였다. 하지만 실제로는 경사가 무척 가팔라서 언덕 위쪽에서는 아랫부분이 전혀 보이지 않았다. 알록달록한 몸뚱이들이 휙휙 소리를 내며 순식간에 저 아래로 멀어져갔다. 어떤 이들은 일자 꼬리를 남기며 눈밭을 내려갔고, 또 어떤 이들은 눈밭을 지그재그로 가르며 시야에서 사라져갔다. 그밖에도 많은 사람들이 출발선으로 엉금엉금 기어 올라오고 있었다. 그래서 썰매가 출발하자마자 충돌하는 경우도 많았다.

드류가 날 보며 웃었다. 준비됐지? 내 얼굴은 보나마나 겁에 질려 있었을 것이다. 하나, 둘, 셋… 출발! 드류가 발을 세차게 구르며 타이어 썰매를 출발시켰다. 우리는 떨어지지 않으려 서로의 몸을 꼭 껴안았다. 몸뚱이가 위아래로 덜컹거리고, 매서운 바람이 얼굴을 찔러댔다. 그래도 우리는 날고 있었다! 드류는 몸을 오른쪽 왼쪽으로 꺾으며 방향을 조정했고, 그때마다 나도 그를 따라 몸을 틀었다. 언덕엔 사람들이 너무 많았다. 너무 많은 몸뚱이들이 움직이고 있었다. 하지만 어쨌거나 우리는 공기를 가르며 날고 있었으니 뭐가 문제인가! 다음 순간, 나는 팔분음표들의 완전한 끝을 보았다…. 네 사람이 탄 썰매가 우리 쪽으로 돌진해오고 있었고, 내 눈은 절로 질끈 감겼다. 다시 눈을 떴을 때 잎사귀들이 나부끼고, 사람들의 팔다리가 허공에서 격렬하게 요동쳤으며, 그들의 몸뚱이는 건조기 속에서 돌아가는 양말처럼 엉켜 뒹굴고 있었다. 다음 순간 팔꿈치 하나가 어마어마한 속도로 내 이마를 향해 돌진했다. 쾅!

S. E. 미아노, 뉴욕 주 버펄로(p.347 참조)

✳

Snow

눈

일 칸타르 케 네 아니마 시 센테(Il cantar che nell' anima si sente)[23].

페트라르카, 보클뤼즈(p.351 참조)

---

23) 영혼 속에서 듣는 노래.

Snow
눈

끝없이 이어지는 순백이

유콘 강을 부드럽게 덮고

내 발목에는 늑대 개가 있다.

이곳은 알래스카 칠쿠트 고개.

영하 45도

내 턱수염과 콧수염은 단단해진다.

영하 50도

내가 뱉어낸 침은 눈 위에서 바삭 부서진다.

영하 55도

내 침은 허공에서 부서진다.

영하 60도

계곡은 위에서부터 밑바닥까지 꽁꽁 얼어붙는다.

영하 70도

개는 불을 알고, 불을 원한다.

〈표류〉를 보라.

J. 런던, 유콘(p.345 참조)

※

Snow, Lorenzo

스노, 로렌조

1814년 4월 3일 오하이오에서 태어나 1901년 10월 10일 유타 주 솔트레이크 시티에서 사망. 1853년 유타 주 브리검 시티에서 설립된 말일성도 5대 대관장이었으며, 1852년부터 1853년까지 주 입법부에 봉직했음. 1856년에 복혼으로 금고형을 받았음.

미국 인명사전

Streamers
긴 끈들

그날 태양은 11시가 돼서야 기습 공격을 감행한 기동 타격대처럼 강한 빛줄기로 구름을 찢어내며 등장하더니, 그때부터 거침없이 쨍쨍 비쳤다. 나는 건넛마을에 사는 단짝 루이지와 함께 자전거를 끌고 밖으로 나갔다. 반짝거리는 앵두 입술의 루이지에게선, 여름에도 삼나무와 시나몬 향기가 풍겼다.

우리는 브로드 가의 내리막을 나란히 달렸다. 주차된 자동차들과 쓰레기통들에 가끔 몸이 부딪히긴 했지만, 자전거 타기에 이보다 더 좋은 장소는 없었다. 강렬한 뙤약볕 아래에는 얼마 전 타르를 새로 입힌 포장길이 검정 카펫처럼 펼쳐져 있었다. 세상은 잠든 듯 고요했다. 오늘은 일요일, 마을 사람들이 푹 쉬기 때문이었다. 포포비치 부부와 윤크헤 부부는 일요일에도 정오 전부터 부지런히 움직였지만 그들은 모두 예순이 넘은 노인들이라 크게 신경 쓰지 않아도 됐다. 나는 자전거 타기를 좋아했다. 그리고 때는 여름, 아홉 살 소녀에겐 자기가 사랑하는 것들로만 ─ 레모네이드, 해먹, 여치, 자전거 타기 ─ 하루를 채우기에 너무나도 좋은 계절이었다. 겨울은 아직 멀었다.

루이지가 상반신을 곧게 펴며 자전거 뒷바퀴로만 달리는 곡예를 부리기 시작했다. 상쾌한 은빛으로 반짝이는 그 애의 새 슈윈 자전거에 비해 나의 고무 후피 자전거는 너무 초라했다. 물론 내 자전거에는 길게 휘날리는 분홍 끈과 녹색 끈이 달려 있었지만, 루이지의 새 자전거에는 물병 꽂는 자리와 땅콩버터와 바나나 샌드위치를 담을 수 있는 자리도 따로 달려 있었다. 얼마나 질투가 나던지! 루이지는 얼굴 가득 미소를 피우며 인적 없는 브로드 가의 언덕길을 신나게 내려갔다. 잘게 나눠 안쪽으로 만 갈색 머리카락, 갈색의 올빼미 눈과 주근깨가 잔뜩 난 코, 루이지는 하나의 완벽함이었다. 루이지는 혀를 쏙 내밀며 막대기로 내 바퀴살을 찌르려 위협했다…. 그러려는 것처럼 보였다.

갑자기, 따르릉 소리가 크게 울렸다.

자전거 타는 사람이 우리만이 아니었다.

따르르르르르르릉…. 그 소리는 메이플우드 공원을 울렸다. 소리가 점점 가까워지더니, 자전거 한 대가 커다란 단풍나무 두 그루 사이에서 무서운 속도로 튀어나왔다. 따르르르르르릉….

"어머나, 저 사람 '미치광이 에디 아저씨' 맞지?" 루이지가 소리 쳤다. 일주일에 한 번씩 쓰레기통을 뒤져 밥벌이를 하는 동네 아 저씨였다.

"얼간이!" 나는 소리쳤다. 에디는 숱이 적은 머리칼을 뾰족하게 세우고 있어 멀리서도 한눈에 들어왔다. "에디, 속도를 줄여요."

우리는 브레이크를 잡아 속도를 늦췄지만, 에디는 자기 다리 만 내려다보며 모터 자전거 페달을 죽어라 밟고 있었다. 그의 자 전거 뒤 바구니에는 소다수 캔과 오래된 양말, 플라스틱 용기, 베 니어판들이 가득 실려 있었다.

루이지가 소리쳤다. "에디 아저씨, 경적을 울려요, 경적을!" (아 직은 이른 시각이었지만 상대가 에디라면 누구라도 아무 때나, 어떤 상 황에서든 고함을 쳐도 괜찮았다. 그에게 소리치는 건, 적어도 우리 동네 에선 전혀 문제가 되지 않았다. 오히려 만약 우리가 소리를 지르지 않았 다면, 에디뿐 아니라 모든 사람들을 실망시켰을 것이다.)

에디가 빨간색 경적을 누르며 고개를 들었다. 멍하게 웃는 입 가에서 침이 줄줄 흘렀다. 중년의 나이에도 얼굴엔 여드름이 나 있었다.

"이이이야야야!" 나는 소리쳤다.

루이지는 이쯤에서 물러서려 하지 않았다. "다시 해요, 에디. 다시 눌러봐요!"

에디는 어디로 향하는지 아무 생각이 없었다. 엉덩이를 위아래로 계속 들썩거리며 빨간색 경적을 자꾸자꾸 눌러대었다. 그러더니 우리 쪽으로 방향을 홱 틀었다. 바깥쪽에 있던 루이지가 갑자기 페달을 밟기 시작했고, 그 바람에 나는 꼼짝없이 갇혀버렸다. 다음 순간, 눈앞에서 연석이 불쑥 솟아올랐다.

루이지는 웃음 섞인 목소리로 다시 고함쳤다. "경적을 눌러요, 에디!"

나는 윤크혜 씨의 흰색 말뚝 울타리에 쾅 부딪혔다.

그런 다음 내 몸은 핸들 대 위로 미끄러지듯 날아, 머리는 라일락 덤불 속에, 등은 진흙 바닥 위에 떨어졌다.

루이지는 여전히 깔깔 웃고 있었다.

윤크혜 씨가 자기가 키우는 부들레이야 더미 위로 고개를 내밀었다. 그는 어슬렁어슬렁 다가와선 억센 한쪽 팔로 날 일으켜 세웠다. 반대편 손에는 괭이가 쥐여 있었다. 나는 흔들리는 시선으로 햇볕에 그을린 그의 얼굴과 소금과 후추를 섞어 뿌린 듯 희끗거리는, 기름 바른 그의 머리칼 너머를 쳐다봤다. 예전에 자전거를 타고 그의 집 앞을 지날 때면, 그는 내게 손을 흔들거나 캔디를 내밀곤 했었다. 그래도 이렇게 가까이에서 보는 건 오늘이 처음이었다. 윤크혜 씨는 키가 컸다. 또 은빛 머리칼에 성긴 콧수염, 그리고 바다를 연상시키는 푸른 눈동자 때문에 미남 축에 들만한 얼굴이었다. 그의 몸에서 애프터셰이브 로션 올드 스파이스 냄새와, 내가 제일 좋아하는 채소인 싹양배추 냄새가 났다. 그는 나를 부드럽게 안아 들고 집으로 걷기 시작했다. 윤크헤 씨의 어깨너머로 뒤따라오는 루이지의 다리가 보였다. 또 앞바퀴가 휘어진 채 말뚝 사이에 끼여 있는 내 자전거도 보였다. 자전거 체인은 풀려 기름으로 번들거리는 기어에 대롱대롱 달려 있었다.

"고맙습니다…." 나는 인사를 하고 싶었다.

"뭐, 이 정도 일 가지고." 윤크헤 씨가 말했다. "그렇잖아도 네가 언제쯤 찾아올까 궁금해하던 참이었다. 그런데 이렇게 다친 걸 보게 되니, 마음이 안 좋구나."

우리는 오두막으로 들어갔다. 윤크헤 씨는 나를 코르덴 소재의 소파 겸 침대에 뉘인 다음 바닥에 앉아 내 이마를 짚었다.

"넌 엄마를 닮았구나." 흐릿한 소리로 그가 말했다. "정말 미인이야."

나는 미소를 지었다. 내 눈은 반짝거렸다. "고맙습니다."

"아름다운 푸른 눈동자야." 그가 힘주어 말했다.

나는 얼굴을 붉혔다. "할아버지 눈도 파란색이잖아요."

윤크헤 씨는 씩 웃었다. "폴란드 계니?" 그가 물었다. "나는 폴란드 계란다."

"절반만요. 폴란드와 이탈리아 피가 반반씩 섞였어요."

"예쁜 다리를 다쳤으니 밴드를 붙여줘야겠구나." 윤크헤 씨는 밴드를 찾으려 나갔다.

양쪽 정강이가 쑤셨다. 나는 숨을 고르자고 속으로 말하며 눈을 감았다. 그러나 다시 눈을 뜨자 온 세상이 흔들리는 것처럼 어지러웠다. 루이지의 윤곽이 얼핏 눈에 들어왔는데, 내 발치에 앉아서 미소를 짓고 있는 것 같았다. 나는 호기심으로 방 안을 둘러보았다. 실내는 바깥 정원의 절반만큼도 예쁘지 않았다. 언젠가 캐넌다이과 호수에 갔을 때 들렀던, 밋밋한 가구들과 고리버들 세공품으로 장식한 농가와 비슷했다. 벽은 모두 베이지색으로 칠해져 있었다. 체리나무 계단이 보였다. 테이블들에는 윤크혜 부부의 딸들로 보이는 어린 소녀들의 사진들이 놓여 있었다. 그들은 이제 모두 어른이 되어 여기서 아주 먼 곳에서 살고 있겠지. 미술품이라 할 만한 것은 없었으며, 라디오도 텔레비전도 보이지 않았다. 문은 부엌으로 통하는 자동 여닫이문이 전부였다. 그리고 난로 옆 팔걸이의자에는 홈드레스를 입은 늙은 여자가 앉아 있었다. 표정이 다정했는데, 처음 보는 얼굴이었다.

"애야, 괜찮니?" 여자가 말할 때 아래턱이 흔들거렸다.

나는 고개를 끄덕였다.

"윤크혜 씨가 보살펴줄 테니까 걱정할 거 없어." 그 여자는 날 안심시키려 했다. "너 살레르노 집안 딸이지, 맞지?"

나는 다시 고개를 끄덕였다.

"쟤 이름은 스텔라예요, 윤크혜 부인." 루이지가 끼어들었다.

"오, 예쁜 이름이구나."

아릿한 쓰라림이, 몸속에서 두방망이질 치는 심장처럼 계속 쿵쿵거리는 기분이었다. 갑자기 슬퍼졌다. 낯선 장소가 불편해서 집으로 돌아가고 싶은 초조감 때문이리라. 윤크헤 씨는 어디 있담? 빨리빨리 오지 않고! 나는 숨을 깊숙이 들이마셨는데, 그때 눈물이—눈물이 날 줄은 정말이지 몰랐다—천천히 솟아오르더니 뺨과 턱을 타고 흘러내려 셔츠 위에 똑 떨어졌다. 루이지는 날 위로하려 내 다리를 자기 무릎에 올리고는 부드러운 두 손으로 천천히 쓸어주었다.

아주 짧은 순간, 루이즈의 몸에서 시나몬 향기가 났다.

"쿠키와 우유를 좀 내와야겠네." 윤크헤 부인이 말했다. "루이지, 같이 부엌으로 가서 날 좀 도와주련?"

루이지는 망설였다. 입술을 꽉 다물고선 시큼한 식초를 삼킨 표정으로 윤크헤 부인을 노려보았다. "음, 저는 스텔라 옆에 있는 게 좋겠어요."

"오, 그러지 말고 좀 도와줘." 윤크헤 부인이 구슬렸다. "잠깐이면 된단다. 게다가 너는 아주 오랜만에 우리 집에 왔잖니. 널 보면 내 딸들 어렸을 때가 많이 생각나."

나는 루이지가 내 옆에 있기를 바랐고 그래서 그렇게 말하려 했는데, 색색거리는 숨소리만 간신히 나왔다. 루이지는 뒤돌아보며 작은 소리로 말했다. "금방 돌아올게."

윤크헤 씨가 밴드가 든 깡통을 들고 계단을 내려왔다.

"오, 마침맞게 잘 왔어요." 윤크헤 부인이 말했다.

윤크헤 씨는 아내의 말에 대꾸도 하지 않았다.

루이지는 자기 무릎에서 내 다리를 내려놓고는, 소파 뒤에서부터 내 쪽으로 드리워진 조각이불을 잡고 일어섰다. 그 애는 윤크헤 부인을 따라 부엌으로 가다가 다시 돌아보았다. 두 개의 커다란 올리브 열매 같은 눈으로 날 힘주어 보았다. 식기실 문이 크게 한 번, 작게 또 한 번 흔들리다가 멎었다. 나는 마치 하루 종일 윤크헤 씨와 보낸 듯한 기분이었는데, 벽난로 위의 종 모양 나무 시계는 7시 5분을 가리키고 있었다.

윤크헤 씨는 나를 굽어보다가 조각이불을 걷어냈다. 차갑고 찐득한 손을 내 배 위에 올렸다. 그는 젊었을 적 의사였는지도 몰라, 하고 나는 생각했다. 왜냐하면 병원 검진을 받으러 갔을 때 스지르마이 박사가 늘 이렇게 내 배를 만졌기 때문이며, 또 윤크헤 씨는 자신이 할 일을 잘 알고 있는 것처럼 보였기 때문이다. 그래서 나는 진료실에서 했던 것처럼 눈을 감았다. 배와 어깨와 다리에서 힘을 빼려 했다. 윤크헤 씨의 손이 내 배에 둥근 원을 그리기 시작하자 간지러워도 얌전하게 있자고 생각했다. 그다음 그의 손은 내 배에서부터 아래로, 배꼽 아래로까지 내려갔다. 내 몸은 바짝 긴장했다. 나는 눈을 떴다.

"뭐… 하시는 거예요, 윤크헤 씨?"

"가만있어라, 얘야. 그냥 얌전히 있으면 돼. 눈은 꼭 감고."

나는 다리를 버둥대었다. "하지만…."

"널 다치게 하진 않아. 그냥 눈만 감고 있으면 돼."

그런데 왜 이렇게 마음이 불안하지? 나는 생각하며 눈을 감았다. 할아버질 믿자.

윤크헤 씨가 몸을 기울였다. 그의 몸이 너무도 가까워져서 향긋한 흙냄새 대신 녹슬고 썩은 냄새가 끼쳐왔다. 나는 숨을 참아야 했다. 갑자기 윤크헤 씨가 내 버뮤다 반바지와 면 팬티를 무릎까지 휙 잡아 내렸다. 나는 움찔했다. 내 다리는 걸쳐져 있던 조각이불이 바닥으로 떨어질 정도로 떨고 있었다. 눈을 다시 떠보니, 윤크헤 씨가 자기 바지를 벗고 있었다. 그가 무슨 짓을 하는건지 전혀 알 수 없었다. 그저 내 꽃무늬 팬티를 얼른 올리고 달아나고만 싶었는데 몸이 말을 듣지 않았다. 내 몸은 장의자에 정박해버렸다. 내 눈은 거실을 지나 식당 쪽을 바라보며, 루이지가보이길 애타게 기다렸다. 나는 힘을 모아 힘차게 상반신을 일으켰지만, 윤크헤 씨는 두 손으로 내 몸을 밀었다. 그의 상체가 내몸을 덮었다. 못이 박힌 투박한 손으로 내 허벅지 안쪽을 비비고, 입술로 내 배를 꾹 눌렀다. 그는 손을 올리며 내 젖꼭지를 만졌고, 상체로는 내 허벅지 사이를 눌러댔다. 그는 끙끙거리며 숨을 거칠게 몰아쉬었다. 나는 눈을 감은 채로 숨 쉴 공간을 찾아서 고개를 옆으로 틀었다. 아랫도리에서부터 심장까지 찌르르 통증이울렸다. 할아버진 멈출 거야, 그들이 돌아올 거야, 내가 할아버지한테너무 친절하게 대했나봐. 이건 진짜로 일어나는 일이 아닐 거야 ….

내 영혼은 한정 없이 부풀어 올라 시공을 모를 세상으로 떠도
는 풍선이 되었다. 저 아래에서는 늙은 남자가 침을 삼키는 소리
가 들려왔지만, 저 위, 떠다니는 세상 속에서 나는 언제라도 천둥
소리를 터뜨릴 구름에 휩싸여 있었다. 저 아래에서는, 늙은 남자
의 이마에서 땀방울이 내 가슴 위로 떨어졌다. 위, 떠다니는 세상
에서, 나는 소낙비를 뚫고 빛나는 햇살 속으로 들어갔다.

갑자기 윤크헤 씨가 움직이지 않았다. 그다음 그는, 서지도 앉
지도 않은 어정쩡한 자세로 내 발밑으로 무너졌다. 내 허벅지에
닿는 윤크헤 씨의 숨결이 점점 흐릿해졌다. 할아버지가 죽어버
렸나? 한순간 걱정이 되었지만 이내 생각을 바꿨다. 죽은 건 아
냐, 그저 늙고 나이가 많아서 그런 거야. 잠시 후, 윤크헤 씨는 내
몸에서 몸을 떼어냈다. 내 눈은 찝찝한 액체 방울과 싸우며 식료
품 저장실 문에 조준되어 있었다.

나는 방황하는 내 영혼을 되찾았다.

윤크헤 씨가 몸을 추스르는 기색에 나는 내 옷가지들을 끌어
당겼다. 그는 바지를 추켜올리고 손수건으로 땀을 훔쳐낸 다음
내가 반바지를 입는 걸 도와주었다. 그사이 나는 내 몸 아래쪽을
살펴보았다. 허벅지 위에 작은 얼룩 두 개가 보였다. 정원사가 남
긴 지문들이었다. 그는 내 셔츠로 배를 덮어주었다. 그런 후 내
정강이의 까진 자리에 밴드 두 개를 붙여주었다. 그러고는 이불
을 당겨 내 몸을 덮어주고는 작은 베개도 받쳐주었다.

윤크헤 씨는 뒤로 물러섰다.

"얘야, 이건 좋은 일이야. 넌 이제 여자가 된 거란다. 이건 어른들이 하는 일이야. 아주 정상적인 일이지. 걱정할 건 전혀 없어, 알았지?"

나는 고개를 끄덕였다. 당혹스러움에 귓불까지 붉은 기운이 퍼졌다. 난생처음인 색다른 느낌을 느꼈지만, 그것이 어떤 느낌이며 왜 그런 느낌이 오는지는 알 수 없었다. 나는 구토를 하고 싶었다.

윤크헤 씨는 내 시선을 피하며 말했다. "그래도 아무한테도 말해선 안 돼. 다른 사람들은 이해하지 못할 테니까."

나는 다시 고개를 끄덕였다. 말하고 싶지 않아요, 누구에게 말하겠어요?

"스텔라, 이건 너하고 나 둘만이 아는 특별한 비밀이야. 이 사실을 절대 잊어선 안 돼, 알지?" 윤크헤 씨가 부드럽게 말하며 푸른 눈을 끔벅였다.

"오케이." 나는 작은 소리로 대답했다. 우리가 특별한 뭔가를, 내가 전에는 결코 알지 못했던 일을 나눈 사이임은 사실이었다. 작은 그 비밀은 막대사탕을 주거나 미소를 짓는 것 이상의 일이었다. 나는 그저 모든 게 예전으로 돌아가기만을 바랐다.

그리고 그렇게 되었다, 적어도 그렇게 보였다.

공간은 다시 정상적인 거실로 바뀌었다. 윤크헤 부부는 자상하고 행복한 노부부였다. 윤크헤 씨는 내게 손을 흔들어주고 넘어진 날 일으켜 보살펴준 남자일 뿐이었다.

루이지가 거짓 미소를 가득 지으며 식기실에서 나왔다. 그 뒤로 윤크헤 부인이 쿠키와 우유를 올린 쟁반을 들고 나왔다.

나는 간신히 미소를 지어 보였다.

"쿠키를 해동하느라 생각보다 오래 걸렸네." 노부인은 한 마디 한 마디 뱉을 때마다 눈을 깜빡거렸다.

"맞아, 그래서 난 부인에게 내 이빨 빠진 자리를 보여줬어." 루이즈가 말했다.

윤크헤 씨는 빛바랜 낡은 청바지를 추켜올리며 계단을 올라갔다. 그는 뒤돌아보지 않았는데, 나는 몇 가지 이유로 그가 돌아보아주기를 바랐다.[24]

"집에 가고 싶어요." 나는 소파에서 일어섰다. 온몸에서 힘이 빠진 듯 다리가 후들거렸다. 하지만 정원에서 넘어졌기 때문이 아니라는 걸 알고 있었다.

"쿠키는 어쩌고, 애야? 애써 쿠키를 내왔는데."

"죄송합니다, 윤크헤 부인, 하지만 부모님이 기다리고 계셔서요."

"오, 그래. 그리고 아프기도 할 거야."

"네, 아파요." 나는 말했다. 죽을 것처럼 아파요.

---

24) 연금술적 상상력은 자신의 분할을 마음으로 의식함으로써 나타나는데, 마음속 깊은 불일치가 극장에서처럼 재현되기 때문이다.

루이지는 쿠키를 하나 집어 들었다. "잘 먹겠습니다, 윤크헤 부인."

"와줘서 정말 기뻤단다." 윤크헤 부인이 말했다.

루이즈와 현관 앞에 섰을 때, 나는 마지막으로 안쪽을 쳐다보았다. 장의자엔 아무도 없었다. 조각이불도 사라지고 보이지 않았다.

우리는 다시 바깥에 섰다. 잔디밭에서 윙윙 돌아가는 스프링클러와, 바닥에 떨어진 감자 샐러드와, 여기저기 흩어져 있는 장난감들이 오후의 햇살과 함께 우리를 맞았다. 갑자기 이 모든 것에 진저리가 났다. 나는 루이즈와 함께 집 쪽으로 자전거를 굴리면서 겨울이 어서 빨리 와주길 기도하고 있었다. 혹시 루이즈도 윤크헤 씨하고 나 같은 경험을 하지 않았을까? 궁금해서 물어보고 싶었지만, 그런 질문을 하기에는 너무 제정신이 아니었다. 길고 어색한 침묵이 지나간 다음, 루이지가 먼저 입을 뗐다.

"다쳐서 안됐다."

"난 괜찮아."

"정말이야?"

"그럼." 괜찮아야지, 난 이제 어른 여자인 걸.

우리 집 진입로에 도착하자 루이즈는 자전거를 세우며 날 돌아봤다. "난 …" 그 애는 더듬거렸다. "…음, 네 아빠가 자전거를 고쳐주시면 좋겠다."

"나도 그러면 좋겠어."

"네 기분도 좀 좋아지고."

"나도 그래. 그래도 시간은 조금 걸릴 거야, 적어도 겨울까지는." 내가 말했다.

"무슨 말이야?"

"아무것도 아냐." 하며 나는 찌그러진 자전거를 진입로로 돌렸다. 풀어진 자전거 체인이 땅바닥을 긁으며 차고로 향했다. 시멘트벽에 후피 자전거를 기대 세울 때, 나는 알아차렸다. 핸들에 매달아놓은 나의 분홍색과 초록색 긴 끈들이 흔적만 남기고 떨어져 날아가버렸다는 것을.

〈비전의 일격〉을 보라.

S. 샌손, 매사추세츠 주 보스턴(p.354 참조)

Журáние
웅성임

명사. 소곤거림, 웅성대는 낮은 소리.

빈데크 가문은 노이 빈데크의 어느 성에서 살고 있었다. 세월
과 함께 가세가 차츰 기울더니 결국 백작과 그의 딸만 남게 되었
다. 빈데크 가의 아델하이트는 오만하며 고집 센 여자였다. 어느
날 아델하이트는 약혼자인 귀족 청년을 모욕했고, 청년은 그녀
의 창문에서 뛰어내려 차디찬 콘스탄스 호수의 잔물결 아래로
사라졌다. 아델하이트는 눈썹 하나 까딱하지 않았다.

귀족 청년의 어머니는 저주를 퍼부었다. "빈데크의 아델하이
트, 이 순간부터 너에겐 사랑은 없어. 살아서는 물론 죽은 후에도
절대 사랑을 이룰 수 없다고! 내 아들처럼 순수한 영혼의 소유
자, 죽을 만큼 널 사랑하는 진정한 연인에게 구혼을 받기 전엔,

넌 절대 평화로울 수 없을 거야."

아델하이트는 깔깔 웃었다. "늙은 마녀 따위는 꺼져버려."

하지만 세월은 흘러갔으며, 그 숙녀는 결혼하지 못했다. 결국 아델하이트는 죽어 가족 묘지에 묻혔다.

성 근처에 사는 사람들은 괴기스러운 빛이 성의 작은 탑 창문으로 펄럭이며 들어가더니, 유령이 이 방에서 저 방으로 넘실대며 춤추는 걸 봤다고 주장했다. 나그네들은 흰옷을 입고 갈색 머리칼을 길게 늘어뜨린 여인이 벽을 따라 걷는 걸 목격했다. 농부들은 낮고 웅성거리는 여자의 목소리를 들었다.

어느 날, 한 사냥꾼이 사슴을 쫓다가 성의 안뜰까지 들어가게 되었다. 사냥꾼은 갑자기 너무 길고 힘든 여행을 했음을 깨달았다. 그래서 사슴 추격을 포기하고 그대로 풀 위로 쓰러졌다. 눈을 감자 깊고 깊은 잠 속으로 빠져들었다. 아주 오랜 세월 만에 맛보는 아주 평화로운 순간이었다.

얼마 후 사냥꾼이 눈을 뜨니, 자신이 있는 곳은 대리석 조상들에 둘러싸인 웅장한 식당이었다. 홀 중앙에는 2인용 식탁에 금그릇과 은그릇이 격식에 맞게 차려져 있었다. 문이 열리더니 순백색 옷에 찬란한 보석들로 치장하고 아름다운 머리 다발을 풀어헤친 여인이 들어왔다. 이토록 사랑스러운 여인은 처음이었다.

여인이 사냥꾼의 손을 잡았다. "당신은 나와 함께 저녁 식사를 해야 합니다."

"물론이죠, 아름다운 아가씨." 사냥꾼은 대답하며 자리에 앉았다. 그는 여인이 와인 잔을 채우는 모습을 감탄스럽게 바라봤다.

"저는 우리 가문의 유일한 생존자랍니다. 내 아버지와 남자 형제들은 모두 죽었습니다." 여인이 말했다.

이 넓은 성에서 여자 혼자 살아갔다니, 얼마나 외로웠을까. 사냥꾼은 마음이 아렸다. "그렇다면 저와 결혼합시다. 제가 당신을 영원히 돌보겠습니다." 사냥꾼이 말했다.

"기사님, 진심으로 하는 말인가요? 이 자리에서 당장 저와 결혼할 수 있나요?"

사냥꾼은 여자의 발밑에 무릎을 꿇었다. "물론입니다, 아가씨. 제 목숨이 다하는 그날까지 당신과 함께 살기를 바랍니다."

여자가 일어서서 다른 방으로 들어가더니, 잠시 후 신부의 베일로 얼굴을 가리고 돌아왔다. "당신과 결혼하겠습니다. 결혼식은 미루지 말고 당장 해야 합니다."

사냥꾼은 기꺼이 결혼할 마음이었기에 망설임 없이 여인이 내민 손을 잡았다. 여자는 그의 손을 이끌고 문을 지나 홀을 가로지른 다음, 돌이 깔린 수많은 통로와 어둠침침한 복도들을 지나 예배당으로 들어갔다.

여인은 제단 앞에서 멈춰 섰다. 돌 형상들이 두 사람을 에워쌌다. 사냥꾼이 자세히 살펴보니 돌 형상들은 주교들, 기사들, 사제들과 호위자들의 모습을 하고 있었다. 사냥꾼은 몸을 떨었다.

갑자기—사냥꾼은 이게 현실인지 거의 믿을 수 없을 지경이었다—하얀 형상들 중 하나가 깨어나 움직이기 시작했다! 당당한 사제복을 입은 주교가 대좌에서부터 발을 떼 두 사람 앞으로 다가오고 있었다.

주교는 두 사람 맞은편에 멈춰 서서 기도서를 들어 올렸다. "스타인 집안의 커트여, 그대는 이 여인을 아내로 맞아들이겠는가?"

사냥꾼은 아무 말도 할 수 없었다. 그다음 다른 조상들도 하나씩 깨어나 두 사람 뒤편에 길게 늘어서기 시작했다.

"커트 폰 스타인, 이 아가씨를 맞아들이겠는가?"

사냥꾼이 자기 신부를 쳐다보니, 놀랍게도 죽음의 색조가 그 여자에게 드리워져 있었다! 색과 아름다움은 그 여자에게서 일제히 사라져 있었다. 여자는 시체처럼 보였다. 사냥꾼은 기겁하여 비틀거렸다. 그의 몸뚱이가 고꾸라지며 수의처럼 여자의 다리를 덮었다.

시간이 흘러 같은 날 저녁, 서늘한 냉기가 사냥꾼을 깨웠다. 그는 보름달이 비치는 정원의 풀밭에 누워 있었다. 그는 재빨리 말에 올라탄 뒤 무작정 달리기 시작했다. 하지만 성 경내를 벗어나는 순간 그는 뒤를 돌아보았다. 여인의 웅성거리는 목소리가 그의 뒤를 바짝 쫓아오고 있었다.

〈어둠〉을 보라.

H. 가의 그리젤다, 독일 흑림(p.342 참조)

Testimony

증언

당신에게 진짜 눈 이야기를 들려드리죠. 그런데 그 이야기는 어른이 된 이후 '대칭 결정학'에 빠져서 어리석게 시간을 허비한 사람에게서 기대할 법한 그런 이야기는 아니랍니다. 그보다는 훨씬 더 중요한 이야기이니, 한 여자에 대한 이야기, 한 여자를 위한 이야기, 그 여자에게 가는 이야기입니다.

나의 헌신적인 도제이자 내가 아끼는 시인, 나의 흰 나비인 당신에게, 이 책의 모든 페이지에 등장하는 모든 여인이자 내 인생에서 단 하나뿐인 위대한 여인인 당신에게, 들려주겠습니다.

크림 반도를 기억합니까? 또 유례없는 한파 때문에 도시 전체가 눈에 갇혀 질식했던 몇 년 전의 겨울을 기억하는지요? 이 글을 쓰고 있는 이 순간에도 무(無)가 소용돌이치던 그날의 세계가 생생하게 보입니다. 그날 나는 리바디에의 어느 공원을 산책하고 있었습니다. 태고의 음향이 이럴까 싶은 쉬익 하는 소리를 들으며 미지의 세계로 걸어 들어갔었죠. 오레안다로 이어지는 오솔길 근처에 다다랐을 때, 한 여인이 어지러운 눈보라 속에서 벤치에 앉아 있는 게 설핏 보였습니다. 눈송이는 하늘을 어지럽히며 이리저리 휘날리다가, 여자의 양 볼과 눈썹에 내려앉아 녹아갔습니다. 여자는 열여섯 남짓 되어 보였습니다. 하지만 가까이 다가가자, 그보다는 더 나이를 먹은 듯 보였습니다. 또 순간적이긴 하지만 여인의 형태를 빌린 가젤(하프 모양의 뿔이 달린 솟과의 동물 – 옮긴이)이 아닐까 하는 생각도 들더군요. 나는 여자에게 말을 걸고 싶었고, 그래서 용기를 내서 벤치로 다가갔습니다. 바로 그때 여자의 목소리가 침묵을 깨뜨렸습니다. 나는 멈칫 섰습니다. 그 여류 시인을 방해하고 싶지 않았으며, 나 자신에게서도 기쁨을 뺏고 싶지 않았기 때문입니다. 여자는 아주 달콤한 목소리로 푸시킨의 시를 읊조리기 시작했습니다.

초원 위 그토록 넓고 하얗게 내린 눈은
우리의 비통한 눈물을 묻어버렸도다.

여자의 목소리가 바람을 타고 나의 놀란 귀에 닿았습니다. 나는 세상을 향한 형용할 수 없는 기쁨과 영혼에서부터 우러나는 감사를 느꼈습니다. 그 노래는, '눈처럼 하얀 기쁨의 깃털을 입은' 천사들처럼 허공을 뚫고 내게로 날아오고 있었습니다. 나는 생각했습니다. 이 여자는 건드리면 부러질 듯이 너무나도 연약해. 이 여자를 사랑하고 이 여자에게 키스하는 일은, 너무도 신성하며 아름다울 거야. 여인의 노래를 듣는 것만으로 아름다움의 극치에서 죽는 기쁨을 알 것 같았습니다. 그 기쁨은 날 무력하게 만들 정도로 압도적이었습니다. 그리고 그 순간 처음으로, 내게 눈은 잊혀지기 쉬운 것 이외의 다른 것이 아니게 됐습니다. 죽음에 이르러서도 아름다울 추억이 될 순간이었습니다.

여자가 노래를 멈추고 다시 침묵했고, 바람이 날카로운 채찍처럼 내 눈동자를 파고들었습니다. 여자는 자리에서 일어선 다음 책을 펼친 채 파닥거리는 빠르고 가벼운 걸음으로 내 옆을 지나가려 했습니다. 나는 여자를 뒤따르고 싶었는데[25], 여자가 돌연 몸을 돌리더니 날 쳐다봤습니다. 얼음처럼 깨끗하며 눈처럼 청록색을 띤 눈동자였습니다.

여자가 책을 내밀더군요. 나는 그 책을 받아들고 두 손으로 꼭 감싼 채 여자를 — 외래에서 온 이 종(種)을 — 한참 동안 쳐다보았습니다(그때 그녀를 얼마나 오래 쳐다보았는지, 지금 이 순간도 거기

---

25) "우리가 사랑하는 사람들에게는 우리가 항상 선명하게 구분하지는 못하지만 늘 추구하는 엄청난 어떤 꿈이 들어 있다." — 마르셀 프루스트.
시＝존재＝사랑＝희망. — 앙드레 브르통의 공식.

오솔길 위 사그라지는 강설의 무음 속에 서 있던 여자의 모습을 그릴 수 있답니다). 여자가 생긋 웃었습니다.[26] 순간 나는 깨달았습니다. 우연히 만난 이 여인이 내 삶 전체를 파멸시킬 수 있으며 또한 지복의 황홀경을 안길 수도 있다는 사실을, 그러기에 이 여자를 꼭 붙잡고 절대로 놓아줘서는 안 된다는 진실을 말입니다.

나는 이 여인을 미치도록 사랑할 수 있다. 나는 그 자리에서 깨달았습니다. 그곳에 서서, 이반 부닌(1870~1953. 러시아의 작가이자 시인. 1933년 노벨 문학상을 받았다. - 옮긴이)의 시가 담긴 책을 내려다보기 전부터, 그런 생각을 했습니다. 그 시는 내 애송시 가운데 하나이기에, 나는 책장을 날렵하게 넘겨 특별한 구절을 찾아냈습니다.

그리고 그 방 안으로
알록달록 비단나비 한 마리가 날아들 터이니
펄럭거리며, 바스락거리고, 심장을 팔딱거리며
푸른 천장 위로

이 구절에서 나는 드디어 여자에게 말을 걸려고 입술을 축이며 고개를 들었습니다. 그런데 나 혼자였습니다. 여인은 사라지

---

26) "이 미소가 영혼의 기쁨을 나타내는 섬광이 아니라면, 저 빛은 그 안에 무엇이 있음을 증명한단 말인가? - 단테 알리기에리.

고 없었습니다. 내 사랑, 그 여자는 바로 당신이었습니다.

아십니까? 내가 신의를 지키기 위해, 그리고 그 멜랑콜리한 폭풍이 불었던 짧은 순간을 위해 크림 반도로 되돌아갔다는 사실을. 그 여자, 바로 당신을 봤던 그 오솔길을 다시 찾아갔으나 당신을 다시 놓쳤다는 걸 아십니까? 나는 그곳에서 죽음처럼 먹먹하게 침묵하는 눈의 소리에 귀를 기울이며 당신을 기다렸습니다. 당신과 조금이라도 닮은 여인이 보이면 그 뒤를 따라갔습니다. 결국 당신이 아니란 게 밝혀지면 내 마음이 다칠 걸 알면서도, 두려움 속에서 많은 여자를 따라갔습니다. 아니나 다를까, 내게 돌아온 건 두려움과 고통스러운 상실감뿐이었습니다. 당신의 부재는 영원처럼 길었습니다. 하지만 신은 내게 은혜를 베풀었습니다. 결국 난 당신을 찾아내었으며, 모든 게 다시 시작되었으니 말입니다.

칠 년이 흐른 지금 돌이켜보면, 당신에게 이런 일들에 대해 한 번도 이야기하지 않았다는 사실이 믿어지지 않습니다. 왜 나는 말하지 못했을까요? 아마도, 당신이 내 생명을 다시 깨운 사람이며 당신이 없는 내 인생은 살 가치가 없다는 사실을 지금까지는 깨닫지 못했기 때문에, 아니, 아니, 인정하지 못했기 때문일 겁니다. 랭보는 말합니다. 무릇 예술가란 사랑이 빚어내는 모든 걸 겪으며 고통스러워하고 미쳐야만 삶의 진실을 발견한다고 말이죠. 그러기에, 내 사랑이여. 만약 이 고백이 너무 늦은 게 아니라면,

또 당신이 내 여생의 의미가 되기를 바란다면, 내 인생은 물론 당신의 것입니다.

나는 예술가란 홀로 완벽한 의미를 모색해야 한다고 믿었습니다. 예술가란 자신의 눈을 자신의 대리인으로 활동시키며 예술가로서의 여정을 시작하고 또 마쳐야 한다고 믿었습니다. 예술가에게 동료란, 궁극적 질문을 가리는 장애물이라고만 생각했습니다. 이 얼마나 어리석은 착각이었는지! 둘은 하나보다 훨씬 좋습니다. 혼자라면 어떻게 따뜻해질 수 있겠습니까? '벌들의 웅성임'에 귀 기울였던 테니슨을 생각해보십시오. 겨울에 벌집을 둘러싸고 윙윙거리는 벌 떼들을 보십시오. 수천 마리 벌들 중에서 가운데 자리한 놈들은 몸이 따뜻한 반면, 바깥쪽에 있는 놈들은 바깥 기온이 떨어지면 추위에 몸을 떱니다. 그러면 가운데 있는 벌들은 날개를 퍼덕이고 발을 비벼 동료들을 격려합니다. 무리 전체가 하는 이 활동으로 열기가 무리 전체로 퍼집니다. 나는 벌들이 내게 돌아오리라고는, 특히 가장 중요한 교훈을 알려주려 돌아오리라고는 생각하지 않았습니다. 하지만 그들은 돌아와 여기 내 귓불에 대고 다시 날갯짓을 하고 있군요.

그동안 나는 살아 있는 시인들과 예술가들이 아니라 죽은 시인들과 예술가들의 내면을 들여다보며 지냈습니다. 이 세상에는 내 뜻을 이해하거나 완료시킬 다른 인간은 없다고 믿었습니다. 그런데 꿀벌들이 내게 이렇게 웅성거렸습니다. 당신에겐 그 여자가 필요해. 자연의 모든 생명체가 다른 존재를 필요로 하는 것처럼, 그 여자가 필요해. 예술이 자연에서 자신의 작동 모드를 모방하는 것처럼. 그리고 만물이 해와 달, 겨울과 여름, 죽음과 생명, 낮과 밤, 검정과 하양, 얼음과 불처럼 이율배반으로 존재하는 것처럼 말이야. 그렇게 당신에겐 그 여자가 필요해. 왜냐하면 남자와 여자, 나비와 나방, 연금술사와 시인은 하나의 원형을 이루는 상호보완적 존재이며, 서로가 없으면 무의미한 존재이기 때문이야. 이것은 연금술의 근본 진리이기도 합니다.

만물은 비록 시간과 공간, 재료, 천성, 그밖에 아주 많은 것들에 따라 서로 다르게 보이더라도, 똑같은 본질적 특성을 소유하며 그것을 나타낼 수 있습니다.

당신을 위해 전통에 따라서 그림으로 이걸 설명하겠습니다.

자기의 꼬리를 물고 '조화롭지 못한 조화'를 보이고 있는 이것은 우로보로스 뱀입니다. 이 뱀이 만든 두 개의 호가 만나 영원히 끝나지 않는 완벽한 고리를 형성한다고 믿어집니다. (이 그림을 자세히 본다면, 우리가 분리되지 않고 연결된 머리와 꼬리임을 당신도 알

것입니다.) 이처럼 반대되는 부분들의 결합이 천정의 완성, 자웅
동체의 완벽함, 제일질료의 발견입니다.

당신은 나의 라피스 혹은 레비스, 잃어버렸던 자웅동체의 반
쪽입니다.[27] 통일과 정점과 깨달음과 돌을 찾아 연금술의 7단계
를 밟던 나의 모색이 닿은 곳이 결국 당신이니까요. 성배를 찾아
온 세상을 헤매 다니던 ─ 나 자신을 제외한 모든 곳을 찾아다니
던 ─ 나는, 비로소 당신 덕분에 '입 밖에 낸 몽상'을 찾아낸 겁니
다. 이로써 오랫동안 내 안에 숨어 있던 어두운 무의식을 정복할
수 있게 되었습니다. 남자와 여자로서, 나비와 나방으로서, 연금
술사와 시인으로서 우리 둘은 함께 세계영혼(anima mundi, 아니마
문디)을, 또는 존재의 깨달음을 불러낼 수 있습니다.

현자의 돌은 우리 가슴 안에 놓여 있습니다.

아마 당신은 벌써부터 이 사실을 알고 있었으며, 그래서 오랫
동안 그 사실을 내게 드러내려 애썼을 것입니다. 당신의 인내심
을 시험했던 날 용서하십시오. 당신은 길지 않은 세월을 살았으
면서도 그토록 대단한 지혜를 얻어냈습니다. 그러고 보니 우리
가 트레타흐슈피체(독일 오베르스도르프 근처의 산 ─ 옮긴이)를 올
랐던 때가 떠오릅니다. 기억나세요? 우리는 완벽한 에델바이스
채취 장소로 알려진 그곳의 가파른 오르막에 올랐다가 눈보라에

---

27) 잃어버린 연인을 찾아가는 일은 연금술에서는 성배 탐사, 깨달음을 향한 모색에 비유
된다.

갇히게 되었었죠. 그리고 무섭게 소용돌이치는 눈보라 속에서 나란히 절벽에 기댄 채 잠들고 말았습니다. 다음 날 아침이 밝자, 당신은 날 깨우려 발로 내 몸을 건드렸습니다. 밤사이 기온은 더 떨어졌지만 맹렬하던 눈보라는 그쳐 있었습니다. 주위를 돌아보자 온 세상이 흔들리고 있었습니다. 구름들이 머리 위에서 빠르게 질주하고 있었습니다. 서쪽으로는 강풍에 휩쓸려 온 눈이 만들어낸 커다란 등성이, 동쪽으로는 깊이를 알 수 없는 흰빛에 잠긴 계곡이 있었습니다. 나는 두 손을 비벼보려 했지만 마비 상태 직전이었습니다. 바로 그때 당신이 내 쪽으로 팔을 뻗었습니다. 당신의 몸은 모직 모자며 옷깃이며 모두가 새하얀 눈에 덮여 있었습니다. 당신은 먼 곳을 응시했고, 나는 그런 당신 모습을 하염없이 바라봤습니다.

그때 당신이 물었습니다. "말해봐요, 이곳에 온 이후로 왜 얼어붙은 물웅덩이처럼 아무 말도 하지 않죠?" 나는 입술을 벌릴 수도 없었습니다. 내 몸을 다시 덮어오는 바람에, 새로이 흩날리는 눈보라 때문에, 꼼짝할 수 없었죠. 당신은 다시 "말해요, 말하지 않으면 어떻게 내가 당신께 닿겠어요?" 하며 간결한 눈빛으로 내 눈을 쳐다봤습니다. 나는 어떻게든 대꾸하고 싶었으나, 내 감정과 생각은 추위와 침묵과 고도라는 삼각형 틀에 갇혀 꼼짝할 수 없었습니다. 그래서 말을 하는 대신 부츠를 털기 시작했는데, 당신은 계속되는 나의 침묵에 미쳐버리고 싶었을 겁니다. 내 다리에서 눈 더미가 두 개의 호를 그리며 폭포처럼 떨어졌습니다. 이 동작이 내게 가능한 유일한 의사소통이었습니다. 그다음 나는 두 팔로도 비슷한 동작을 했습니다. 잠시 동안, 아무 말 없이 두 손을 부채꼴로 흔들었습니다. 당신은 얼어붙은 얼굴로 날 쳐다보았고, 결국엔 내가 왜 당신의 파란 눈동자를 힘주어 쳐다보는지 이해했고, 그러자 고개를 끄덕이며 내 동작을 따라했습니다. 당신은 팔과 다리를 가볍게 흔들고, 부츠를 탕탕 턴 다음 팔을 뻗었습니다. 우리 둘의 손끝이 가볍게 스쳤습니다.

많은 방식에서 우리는 완벽한 조화를 이룬 눈 결정의 가지들 같았습니다. 서로가 상대방이 하는 일을 잘 알고 있었으니까요. 그건 우리 사이엔 지극히 자연스럽고 자발적인 에너지였습니다. 그때 우리는 루소가 투명성으로 표현했던 두 사람 사이의 총체적인 감정적 친밀감, 서로를 결합 상태로 이끄는 아주 귀하고 드문 의사소통을 이룬 것입니다. 한 사람이 다른 사람의 영혼으로 듣는 언어를 이룬 것입니다. 그러나 때로 우리는 우리의 눈에 속기도 합니다. 당신은 달 표면에 있는 추위의 바다나 순백의 북극곰이나 나비의 날개처럼, 그렇게 늘 투명하게 날 보지는 않을 것이며, 내 내면이 모두 당신을 향해 열려 있음을 늘 보지도 못할 겁니다. 나 또한 당신이 흰빛으로 쓰여진 나의 행복임을 늘 알아채진 못했을 것이며, 당신에게 도달할 힘을 얻으려고 내가 희망의 날개를 펼치고 있음을 늘 깨닫지는 못했을 겁니다.

네, 여기에 내가 있습니다.

당신이 지금 내 이 고백의 진정성을 받아주시길, 그리고 우리
가 다시 만날 날까지 그걸 놓치지 않고 꼭 붙잡아주시길 희망합
니다. 사랑하는 버터플라이여, 당신은 너무 이른 시기에 고통을
배워 스스로 자신의 행복을 포기한 사람이었습니다. 그렇다 하
더라도 지금 내가 당신에게 달려가고 있다는 사실만은 꼭 믿어
야 합니다. 그리고 행여 내가 여행을 마무리 짓지 못하더라도 우
리의 운명은 영원하며 서로를 향하고 있다는 믿음을 지켜내야
합니다. 내가 준 키를 받아주시길 바랍니다. 그 키는 나의 전생
(全生)에 걸쳐 당신의 접근을 허용할 것이며, 나의 해법서는 물론
내가 알고 있는 모든 이야기들을 풀어줄 것이니까요. 일단 그 이
야기들을 받은 다음에는 좋을 대로 처분하세요. 빈 칸은 당신의
이야기들로, 우리의 이야기들로 채워주시리라 믿습니다. 당신만
이 내 영혼을 완전하게 이해할 분이기 때문이죠. 그러기 위해선
당신은 너무 늦기 전에 내게 와야 합니다. 나는 우리의 비밀 장소
에 있겠습니다. 우리의 비밀 장소인 천정에서, 까마귀들이 날개
들을 엮어 만든 은하수[28] 가운데 있는 그 다리에서 날 찾으십시
오. 나는 7월 7일에 그 다리 반대편에서 견우로 변장하고 나의

---

28) 가이아는 자신의 젖가슴에서 흰빛이 도는 달콤한 에센스인 '백설(white snow)'을 짜내
은하계를 창조했다. 은하수는 이렇게 창조된 은하들 중 하나다. 스웨덴 사람들은 은하수가
'겨울의 거리'이며 하늘까지 이어져 있다고 믿는다. 고대 스칸디나비아 인들에게 은하수
는 '유령들의 길'이다.

직녀인 당신을 기다리겠습니다.

그날까지 내 날들은 얼어 있습니다.

편찬자, 뇌샤텔(p.339 참조)

참고문헌

로버트 왈저, 『산책』.

아델베르트 스티프터, 『눈』.

어니스트 헤밍웨이, 『킬리만자로의 눈』.

마르셀 프루스트, 『잃어버린 시간을 찾아서』.

Truth

진실

　　　오, 신이여. 지켜주소서. 당신을 피난처로 삼은 제게
은혜를 보이소서.

　잠에서 깨자마자 셰이는 기도문을 읊조렸다. 혼자 눈 뜨는 또
다른 아침, 또 다른 청결한 하루를 맞아들였다. 찌푸린 눈을 창밖
으로 돌리자 벌거벗고 구부러졌어도 눈보라 속에서 꼿꼿이 자리
를 지키고 있는 연기나무(옻나무 과의 관목, 가지가 연기처럼 보
임 ─ 옮긴이)가 보였다. 오늘은 특별한 날이야. 그는 지난 십 년을 되
돌아봤다. 헌신, 세례, 사제 서품. 누가 뭐래도 축복받은 십 년 세
월이었다. 더구나 그가 서른세 살에 사제 일을 시작했을 때, 사람
들은 그에 대해 이렇게 말했었다.

셰이는

하느님의 아들인

애덤의 아들인

노아의 아들인

아브라함의 아들인

다윗의 아들인

요셉의 아들인

예수의 아들이었다.

나는 '돌아온 탕자'야. 아버지의 집으로 돌아온 지 십 년이 지나서야 제 몫을 하게 됐지. 셰이는 자리를 가볍게 털고 일어나 평화로운 마음으로 몸을 씻었다. 조심조심 꼼꼼하게 면도를 하면서는 아홉 가지 행복이 팔락팔락 내려오는 걸 느꼈다.

한 시간 후 셰이는 트위드 정장과 파란색 타이와 울 외투를 입고 있었다. 군살 없이 날씬한 몸에 말쑥한 이상적인 모습이었다. 셰이는 집을 나가 위협적인 고층건물들이 석순처럼 즐비한 버펄로 거리로 들어섰다. 오늘의 목적지는 초등학교였다. 발을 끄는 걸음걸이로 건물들을 지나치던 그는 웨스트사이드의 드럭하우스가 보이자 두 손을 호주머니에 찌른 채 걸음을 재촉했다. 그 건물을 완전히 지나칠 때까지 고개를 푹 숙이고 눈을 들지 않았다.

한편, 도라도 잠에서 깨어났다. 천장을 때릴 듯이 크게 기지개를 켠 다음 조각이불을 걷고 차가운 마룻바닥에 맨발을 디뎠다. 왠지 특별한 날이 될 것 같아.

도라는 생각했다. 창밖으로 고개를 돌렸을 때, 이 예감은 더욱 강해졌다. 창밖엔 눈이, 축제날 걸린 긴 끈들처럼 휘날리고 있었다. 도라는 바닥에 쌓인 책과 종잇조각들을 피해 마루를 가로질러 가서 창턱에 앉았다. 눈 내리는 거리를 자세히 보고 싶었다. 매일 아침 그녀를 기쁘게 하는 풍경 — 대학생들이 담배를 피우거나 깔깔거리며 아침 수업을 들으러 걸어가는 엘림우드 스트립의 풍경 — 이 눈보라 때문에 잘 보이진 않았지만, 그래도 그런 장면을 떠올렸다.

보이진 않아도 저 밖 거리엔 대학생들이 있어. 퍼피 재킷 속에 몸을 웅크리고 보세 시장에서 건진 군화를 자랑하며 걷고 있겠지. 보이진 않지만, 난 그들을 느껴. 도라 자신은 퍼피 재킷을 입지 않으며, 더구나 오늘 같은 날씨엔 보세 군화를 신을 생각도 없었다. 그러나 도라의 복장 또한, 작가라는 점을 감안해도 결코 평범하진 않았다. 흰색 티셔츠에 레이스 스커트, 흰색 토끼털 코트를 입고, 175센티미터의 키를 180센티미터로 보이게 하는 카우보이 부츠를 신는, 분명 범상치 않은 복장이었다. 더 나아가 서른 살의 도라는, 사람들의 말에 따르면 이런 사람이었다.

방향요법의 딸,

정신치료법의 딸,

역경(易經)의 딸,

팅크제의 딸,

담배의 딸,

우연한 섹스의 딸,

성형수술의 딸.

도라는 사팔뜨기 눈으로 거울을 쏘아보았다. 립스틱 색깔이
너무 짙지 않아야 할 텐데. 이목구비 하나하나를 계속 자세히 검
사했다. 거울에 비친 얼굴이 싫었다, 아니 경멸스러웠다. 거울에
는 자신의 얼굴이 아니라 엄마의 얼굴이 들어 있었다. 눈, 코, 입,
모두 엄마의 것이었다. 뾰족한 코, 주머니쥐 같은 눈, 밀가루처럼
허연 낯빛과 직모의 머리칼. 그렇다, 마법 지팡이를 휘둘러 차례
차례 전부 없애버리고 싶을 정도로 경멸스러운 얼굴이었다.

그리고 나는 계속 말한다. "오, 비둘기처럼, 내겐 날개가 있었지!" 카
페가 있는 엘림우드 애비뉴로 막 접어들 때 셰이는 공기 속에 버
르토크의 소나타처럼 나풀나풀 내려오는 눈 외에 다른 것도 섞
여 있음을 느꼈다. 그는 1905년 개장한 올브라이트 녹스 화랑을
지나갔다. 버펄로 주립대학과 베일리 정신병원을 지나 한길에서

벗어났고, 윌리엄 맥킨리(제25대 미국 대통령─옮긴이)의 묘비(그는 1901년 전미 박람회에서 총살당했다)가 겸손하게 자리한 포레스트 론 공동묘지를 지났다. 셰이는 생각했다. 오늘은 어떤 복음을 전해줄까? 카인과 아벨의 이야기를 할까? 아니면 다윗 왕과 요나단 이야기를 할까? 카페에 들어간 그는 평소처럼 더블 에스프레소와 베이글 샌드위치를 주문했다. 그리고 창문을 마주한 구석자리에 앉아 성경을 펼치고 룻기를 읽기 시작했다. 룻이 나오미에게 말하는 장면은 특별히 좋아하는 구절이었다. "당신을 저버리라고 요구하지 말아주세요. (…) 당신이 어디를 가든 난 그곳으로 갈 것이며, 당신이 밤을 지내는 자리에서 나 또한 밤을 지낼 겁니다. (…) 당신이 죽는 곳에서 나도 죽어 그곳에 묻힐 것입니다." 이 친밀한 성경 구절은 늘 가슴을 뭉클하게 했다. 셰이는 고개를 절로 끄덕이며 에스프레소를 한 모금 마셨다.

도라는 문을 열며 일곱 살짜리 아들 톰을 불렀다. 아이는 눈 쌓인 현관의 작은 계단에 붙박이처럼 서 있었다. "톰, 안으로 들어와! 이렇게 추운데 왜 거기 서 있니? 맙소사 얘야, 움직이지 말고 그대로 있어. 엄마가 금방 꺼내줄게." 바로 어제 계단을 쓸었는데 벌써 눈이 한 자도 넘게 쌓여 있었다. 눈발은 쉽사리 그칠 것 같지 않았다. 도라는 집 벽에 세워둔 빨간 플라스틱 삽을 찾아 들고 톰을 가두고 있는 눈을 퍼내기 시작했다. 그런 다음 아들과 함께 삽으로 눈을 듬뿍 떠 주차장에 갖다 버렸다. 얼마 후 계단에서부터 자동차를 세워둔 자리까지, 그럭저럭 걸을 만한 작은 통로가 만들어졌다. 그런 다음 도라는 푸른색 볼보 왜건 문을 열려 했는데, 손이 쩍 달라붙을 뿐 열리지 않았다. 제기랄. 도라는 뜨거운 물을 가져오기 위해 집 안으로 달려갔다.

예수 가라사대, 내 어린 양을 먹이라. 셰이가 옥수수 베이글을 한 입 베어 물자 매운 맛의 할라페뇨와 체더치즈와 짓이긴 계란이 섞인 맛이 한 덩어리로 폭발했다. 셰이는 비록 대식가도 미식가도 아니지만 자신에게 소박한 즐거움 몇 가지는 허용하고 있었고, 베이글 샌드위치는 그런 즐거움 가운데 하나였다. 주님도 포도주 한 병과 물고기 한두 마리 정도의 소박한 사치는 받아들이지 않았던가. 그리고 벳사이다에서는, 빵 다섯 개와 물고기 두 마리로 5천 명을 먹이셨지. 그건 놀라운 기적이야, 생존과 축제 사이의 완벽한 균형이야. 셰이는 이런 생각을 하며 카페 앞쪽 창문을 바라보았다. 눈송이가 무리 지어 움직이며 거리의 풍경을 아른거리게 했다. 하지만 그는 아직 자신이 뭘 기다리는지 알지 못했다.

자동차가 주간(州間) 고속도로를 타기 시작하자 눈이 반사한 흰빛이 차창을 날카롭게 때리며 간밤에 잠을 설쳐 피곤한 눈을 찔러댔다. 얼마 후 도라는 고개를 많이 돌리거나 곁눈질을 하지 않고도 한 손으로 핸들을 조정하고 다른 손으로는 카세트덱에 비틀즈의 〈화이트 앨범〉을 넣을 수 있었다. 엄지손가락을 핸들에 얹고 장단을 쳤다. 여기서 학교까지는 1마일이고, 카페는 학교에서 다시 몇 마일 떨어진 곳에 있었다. 고속도로의 노란 차선을 구별하기가 힘들었다. 타이어는 눈길에서 헛돌았다. 잘 나가던 자동차가 빙판이 진 곳에서 핑 미끄러지는 게 느껴졌다. 도라는 조심조심 운전했다. 브레이크나 가속페달을 까딱 잘못 밟으면 차체가 옆으로 미끄러질 것이다. 앞에 빙판이 보이면 핸들을 바깥이 아니라 안쪽으로 조정하려 애썼다. 시속 15마일 속도를 계속 유지했지만 눈발은 점점 굵어져 전면은 여전히 흐렸다. 숨이 막혀왔다. 왜 버펄로 시는 휴교령을 내리지 않는 거야? 도라는 맥킨리 초등학교 출구를 찾아 차선을 바꿨다.

잠시 후 아이들이 모여들면 난 그들을 빛의 세계로 인도한다. 아이들이 부르짖는 소리가 벌써부터 들리는구나. 버펄로 시에서는 지난 8월 한 달 사이에만 약물 관련 사건으로 서른 명이 죽었다. 달리는 차량에서 총격전이 일어났던 날에는 셰이도 그 흉흉한 세속의 현장 가까이 있었다. 세상은 점점 악화되고 있었다. 물론 바로 이 때문에 셰이는 하느님의 뜻에 따라 새롭게 거듭나고 길 잃고 헤매는 어린양들을 이끄는 목양견이 될 수 있었다. 초등학교에서 저녁 예배가 있는 날이면 아이들은 셰이의 무릎을 피신처 삼아 달려들었다. 아이들은 그를 둘러싸고 재잘거리고 깔깔 웃었으며, 그를 껴안고 그의 뺨을 꼬집기도 했다. 이따금 먼 구석에서 혼자 쭈뼛거리는 어린 학생들도 있었다. 그러면 셰이는 마음에서 우러난 미소를 지으며 구조자로 다가가 다정하게 어루만지며 그들의 앞길을 도와주었다. 사람들은 셰이에게 '길 잃은 어린이들의 아버지'라는 비공식 작위를 주었다. 이 별명 외에, 그는 브라운 형제라고도 불렸다.

도라는 톰을 프레서 선생(늘 분홍 스웨터에 그에 어울리는 운동화를 신는 선생)에게 맡기고 학교에서 나왔다. 그러고는 집으로 가는 대신 I-190도로로 다시 진입했다. 집에서 섹스에 대한 긴 글을 쓰기 전에 커피 한잔을 마시고 싶었다. 그러나 고속도로를 타자마자 커피 한잔을 마실 여유가 불가능하다는 걸 깨달았다. 눈보라가 너무 사나웠다. 오늘, 고속도로에서 교통 법규 준수는 불가능했다. 아니, 어떤 법규도 존재하지 못할 것이다. 차체가 밀리는 것 같아 핸들을 다시 조정했지만, 타이어가 헛돌며 차는 갓길로 밀려났다. 똑같은 일이 두 번 그리고 세 번 다시 일어났고, 그걸로 끝이었다. 자동차의 뒷부분이 좌우로 흔들리는가 싶더니 차체가 가드레일 쪽으로 쭉 밀렸다. 도라는 본능적으로 몸을 웅크렸다. 쿵, 자동차는 눈 덮인 둔덕에 부딪혔다. 엔진이 위잉 시끄럽게 울어댔다. 도라는, I-190도로에서, 눈 둔덕에 처박힌 파란색 볼보 스테이션왜건에 갇혀버렸다. 도시는 빠른 속도로 점점 더 하얘지고 있었다. 차를 어떻게든 움직여봐야 했다. 도라는 크게 심호흡을 한 다음 스틱기어를 후진, 전진, 다시 후진으로 바꾸어보았다. 그러나 타이어는 흰 눈덩이를 헛되이 차낼 뿐 꼼짝도 하지 않았다. 그래도 도라는 아직은 낙관하며 비상등을 켰다. 제설차가 곧 나타나 날 끌어내줄 거야. 다음 순간 빛줄기가 눈을 뚫고 날 듯이 비쳐들었는데, 같은 순간에 유량계 눈금이 뚝 떨어지더니 완전히 비었다는 표시가 떴다. 히터도 낮게 골골거리다가 이내 멈추었다. 차체의 금속 벽들 사이로 냉기가 스며들기 시작했다. 차창엔 금세 성에가 끼었다. 도라는 가죽장갑을 찾아 끼고서 바깥이 보이게 열심히 차창을 문질렀다. 화이트아웃이었다. 불과 세 시간 전부터 떨어지기 시작했던 하얀 물질은 이미 바닥에서부터 몇 자 깊이로 쌓여 있었다.

그들은 눈 먼 사람처럼 거리거리를 헤매고 다녔다. 셰이는 자바 커피를 한 모금 마시며 안경 낀 눈을 오늘 자 신문 헤드라인에 맞추었다. 또 다른 자연재해, 또 다른 질병과 전쟁, 날로 더해가는 흉악과 위선들. 모든 게 그리스도가 최후의 날들에 대해 예언했던 그대로였다. 사람들은 무정했고, 경건의 형태는 가지고 있으나 경건의 능력은 부인했다. 사람들은 신의 놀라운 빛이 없는 어둠 속에서 살고 있었다. 숨 막히는 분위기의 카페에서, 셰이는 손수건으로 이마를 훔치고 커피를 마시며 이 모든 신호들을 인식하고 있었다. 하느님의 말씀이 그의 발걸음을 비추는 빛임을 십 년 전 느닷없이 알게 됐다. 어느 날 오후, 가슴 위로 손을 모아 기도하다가 그렇게 진실을 발견했다. 진실은 똑똑 문을 노크하듯, 그렇게 다가왔었다. 그리고 예기치 못하게, 그의 마지막 여자와 사랑을 나눴다. 진실은, 쿵쾅 울리는 심장의 고동으로 그에게 순리 안에 머물 것을 명했다. 그는 성서를 연구했다. 아담에서부터 미카엘, 그리고 아마겟돈의 용까지 공부했다. 그는 지옥 불 뒤에 있는 허위(어긋남, 배신)들과 불멸의 영혼 선언을 찾아냈다. 계시록에 쓰여 있는, 분노의 일곱 그릇에서부터 거짓 종교의 제국인 바빌론 제국의 몰락까지 그 예언들의 암호를 풀어내었다. 그다음 그는 사람들이 지켜보는 가운데 신선한 연못 밑으로 가라앉았다. 수면 위로 다시 올라왔을 때 자신의 가슴과 목과 얼굴 위로 흘러내리는 물줄기를 느끼며 새로운 형제자매들이 보내는 박수 소리를 들었다. 셰이는 이제 더는 바다에 던져졌던 순진한 사람이 아니었다.

마시엘로 시장은 웨스턴 뉴욕의 주요 라디오 방송들을 통해 주 긴급경계령을 선포했다. 도로에 발이 묶인 시민들을 구하기 위해 즉각적인 철야 도로 정비 작업을 명령했다. 도라는 생각했다. 나는 산증인이 된 거야. 11월 20일 호수 효과가 눈보라를 일으켜 엄청난 눈이 버펄로를 포위해. 도심이건 고속도로건 모든 차량이 옴짝달싹 못하는 무용지물이 돼버린 일의 산증인이. 멋진 일이야. 이전에 마지막으로 대설이 내린 건 1977년 1월이었다. 그때 많은 임산부들은 제설기나 견인차에서 아기를 낳았으며, 그래서 훗날 눈보라 속에서 태어난 그들의 아이들에게 당시의 이야기를 들려주었다.

나는 밤의 광경을 계속 지켜봐왔다. 저곳을 보라! 셰이는 고개를 틀어 창밖으로 하늘에서 떨어지는 눈송이를 보았다. 다니엘서에서, 하느님을 양털처럼 깨끗한 머리칼에 눈처럼 새하얀 옷을 입은 분으로 묘사한 구절이 떠올랐다. 셰이는 그 구절을 찾아 읽으려 성경을 다시 쳐다봤다. "그의 지배력은 (…) 쇠하지 않을 것이며, 그의 왕국은 멸망을 가져오지 않으리다." 셰이의 영혼은 암울해졌다. 아니 어쩌면 겁에 질렸는지도 모른다. 그럼에도 그는 계속 성경을 읽어나갔다. "꿈은 믿을 만한 것이며, 이 꿈의 해석은 참으로 가치 있도다." 셰이는 주님이 가르치신 기도문을 외웠다. 하느님의 뜻이 하늘에서 이루어진 것처럼 땅에서도 이루어지리다.

물론 버펄로의 풍경이 늘 오늘 같은 건 아니다. I-190도로가 나이아가라 강 하류의 아름다움을 자랑스럽게 펼쳐 보이고, 칠리 핫도그 냄새를 풍기는 부드러운 드라이브 코스인 시간도 있었다. 단지 도라는 그 사실을 한동안 잊었던 것뿐이다. 그리고 기억이 되살아나자 그 기억에 매달렸다. 그게 내가 늘 이곳으로 돌아오는 이유잖아. 버펄로 시민들이 알루미늄 집에서 뛰쳐나와 따뜻한 공기에 몸을 담그는 그런 해방의 날들 때문에. 여름이 강렬한 햇볕 속에서 길을 만들어내고 무당벌레와 음식 세균들이 활기 치는 그런 날들 때문에. 우리 모두는 늘 그걸 기다리잖아? 그러다가 겨울이 되면 도라는 버펄로에서 살아온 삼십 년 세월 중엔 그래도 추억할 만한 여름날이 있었다고, 대개 7월이었다고 자신에게 말하곤 했다. 그러다가 또다시 의심이 피어오르기도 했다. 만약 임신한 여자가 임신 기간 내내 눈에 둘러싸인 세상에서 보내야 한다면(실제로 톰을 임신했을 때 그랬었다), 어떻게 그 시간을 견뎌낼까. 그러면서 어떻게든 가족 소풍과 보트 경주와 폭포를 떠올려보려 애썼었다. 그녀는 윈슬로와 살림을 시작했던 초창기 시절을 생각했다. 그와 사랑에 빠져 가정을 꾸릴 준비가 되었다고 믿고는 결혼했다. 그러나 그 이후 봉쇄된 자신의 인생에 깊이 좌절했었다. 도라는 생각했다. 인생이란 매일, 매달, 매해 붓질을 더해가며 캔버스를 채워가는 일이야. 덧칠해진 색과 선과 색조와 패턴이 우리가 누구이며 어떻게 기억될 존재인지를 정의하지. 그리고 그 캔버스를 완성시키는 개개인의 방법론들이, 현실을 인식하는 다양한 방식을 반영하지. 볼보 차의 내부 기온이 급격하게 떨어졌다. 구조대가 나타나리라는 전망도 점점 미심쩍어지기 시작했다. 하지만 도라는 만족스러웠다.

그리고 너희는 진리를 알게 될 것이며, 진리가 너희를 자유롭게 하리
라. 셰이는 철없던 청년기에 사랑하고 헤어졌던 여인들이 생각
났다. 코카인에 절어 보낸 밤들과 낯선 사람들 품에서 깨어난 날
들도 떠올랐다. 그 당시 몸이 느꼈던 쾌락은 지금 생각해도 꽤나
강력한 것이었지만, 그 쾌락들 대개는 찰나였으며 참된 행복과
는 상반된 것이었다. 셰이의 인생은 주님과 마주 보고 앉은 시소
타기 같은 것이었다. 주님은 하루하루 그의 균형을 맞춰주며 그
가 스스로 영혼의 무게를 조정하도록 자극해주었다. 셰이 자신
은 자신이 이렇게 멀리까지 왔다는 사실을 모르고 있지만, 그의
변형은 자연스럽게 이루어졌으니[29] 그 이유는 사실 주님의 무게
가 가벼웠기 때문이었다. 쉽다, 친절하게도. 그를 멀리 날게 하는
날개처럼. 그것은 어떠한 종류의 구속도 없는, 진정한 자유였다.

도라는 결혼 생활에 마침표를 찍었던 날을 떠올렸다. 보더스
서점에서 새 논픽션 『5분으로 당신의 결혼을 맛깔나게 하는 법』
사인회를 했던 날이었다. 행사를 마치고 집으로 돌아온 그녀는

---

29) "보십시오! 당신은 내 내면의 진실에서 기쁨을 빼앗아갔습니다. 그리고 비밀스러워진
제게 투명한 지혜를 알게 했습니다. 내 죄를 사하여 나를 깨끗하게 해주십시오. 날 씻겨, 눈
보다도 더 희게 해주십시오." - 밧세바와 죄를 지은 후, 다윗 왕이 은총을 바라며 올린 기도.

편한 옷으로 갈아입지도 않고 완두콩 통조림을 따 먹었고, 다시 냉장고에서 양상추를 꺼내 먹어치웠다. 그리고 그녀가 초밥을 다 만들었을 때, 십 년 동안 같이 산 남편 윈슬로가 새 책을 들고 문으로 들어섰다. 스물아홉 살의 남편은 갑자기 아주 늙어 보였다. 회색 머리는 염색한 티를 숨기지 못했으며 독서용 안경도 옷차림도 평소와 다르게 나이 들어 보였다. 저녁 식사 후 윈슬로가 목욕을 하는 사이, 도라는 남편의 침대 옆 작은 탁자에서 빈 비아그라 상자와 여자의 거들을 발견했다. 두 가지 물건은 남편의 양말 밑에 있었다. 남편이 몸의 물기를 닦고 있을 때 그녀는 마주보고 섰다. 남편은 그녀의 뺨에 다정하게 입 맞추고는 말했다. "난 떠나겠어, 도라…. 왜냐하면 음…, 당신 어머니 때문이야." 이때 도라가 생각해낼 수 있는 말은 이게 전부였다. "그런데 저건 누구의 비아그라지? 당신 거야, 아니면 그 여자 거야?"

어둠은 땅을 덮을 것이다. 셰이는 읽기를 멈추고 성경에서 눈을 들었다. 카페의 조명은 꺼져버렸다.

환한 빛이 아주 짧은 순간 고속도로 위를 비추다가 사라졌고, 도라는 엷게 아른거리는 설광만 남은 어둠 속에서 홀로 남겨졌다. 그때부터 그녀는 울기 시작했다.

내 눈은 영광을 보아왔다. 주변을 둘러보니 사람들은 심리적 공황 상태에 빠진 듯했다. 그런 다음 셰이는 알아차렸다. 무섭게 눈이 쏟아 붓는 바깥에서 눈부신 형체 하나가, 롯(Lot, 창세기에 나오는 인물로 아브라함의 조카. 롯의 가족은 소돔의 멸망에서 유일하게 구원받았지만, 롯의 아내만은 소금 기둥이 되었다. – 옮긴이)의 아내처럼 갑자기 걸음을 멈추더니 카페로 들어서고 있었다. 천사 같은 그 형체는 커다란 모피 코트에 몸을 숨기고 있었는데, 그게 벗겨지자 조지아 오키프가 그린 피어나는 꽃처럼 찬란한 모습이 드러났다. 그 형체는 그림자 진 입구에 서 있음에도 청정한 분위기를 발산했으며, 우아하고 느리게 움직였다. 다음 순간 마치 카페가 판테온 신전으로 변해버린 듯, 나는 듯한 빛줄기가 채광창을 깨며 "눈(目)"처럼 그 형체의 얼굴을 비추었다. 셰이는 눈앞에서 천사를 보고 있었다. 상앗빛 피부에 체리 주스가 스민 듯한 붉은 입술[30], 비너스가 다시 태어난 듯했다.

셰이는 얼른 고개를 숙이고 자주 읊던 기도문을 외었다. 이토록 정열을 다한 기도는 처음이었다. "사랑의 하느님, 당신은 내

---

30) "내가 보았던 달콤한 입술은 파리했으니 / 내가 입 맞춘 달콤한 입술은 파리하고, 나는 그 아름다운 형태와 함께, 우울한 폭풍에 쓸려 다녔네." – 존 키츠, 〈단테의 '파올로와 프란체스카 일화'를 읽은 후의 꿈〉.

영혼의 다툼들을 걷어가셨습니다, 당신은 내 생명을 다시 사셨습니다, 나는 승복합니다, 나는 복종합니다." 셰이가 고개를 들었을 때, 그 형체가 한쪽 손을 내밀었다.

도라는 소맷부리로 눈물을 닦고 뒷좌석에 있던 모직 담요를 끌어 와 몸에 둘렀다. 어서 구조되면 좋겠어, 버펄로의 여름을 다시 봐야하니까…. 다시 차창을 닦는데, 자동차의 그림자가 진 앞쪽에 어두운 형체가 서 있었다. 차 문을 잠글까? 하지만 조금 더 기다려보자. 다가오는 형체에서 눈을 뗄 수 없었다. 차창을 언제라도 잠글 수 있게 준비하고 있었다. 그 형체가 남자이며 커다란 흰 이를 드러내며 미소 짓고 있음을 알아차렸을 때, 도라는 차 문을 잠글 생각을 거두고 문을 열어주었다. 그렇다, 그녀는 이방인에게, 자신에게 인사를 하는 듯 보이는 정체 모를 검은 형체에게 차 문을 열어주었다. 탈칵, 차 문이 열리고, 그녀는 고개를 밖으로 뺐다. 남자는 몇 걸음 떨어진 곳에서 그녀를 바라봤다. 그녀는 차에서 내려 손을 내밀었다.

셰이와 도라는 동시에 서로에게 물었다. 나를 기다렸나요? 정확한 시간 정확한 장소에서 이루어진 질문이었다. 무서운 눈보라와 불운의 힘이 분노하는 사이, 자연이 일으킬 수 있는 투명한 혼돈의 한가운데서, 하지만 버펄로의 모든 것이 고요 속에 덮여 있는 순간에 이루어졌다. 지금 이 순간 이 도시는 흑과 백 사이, 몽매와 계시 사이에서 완벽한 균형을 이루고 있었다.[31]

셰이와 도라, 뉴욕 주 버펄로(p.354 참조)

---

31) 현상들은 대개 낮과 밤, 죽음과 재생처럼 영원히 끝나지 않고 순환하는 대치 쌍들로 묶여 있다.

Tulips

틀립

지금은 겨울, 나는 튤립과 함께 안에 있다네.

S. 플라스, 런던(p.352 참조)

Ulu

우루[32]

10월이 되어 가을의 기온이 뚝 떨어지면, 우리는 얼음 바람 소리에 리듬을 맞추며 눈 덮인 툰드라를 걷는다. 예년에 고기잡이를 했던 낚시 구멍을 다시 깨뜨리려 호수로 가는 길이다. 그 호수 말고 다른 곳의 얼음 두께는 벌써 2미터나 되기 때문이다. 호수에서는 곤들매기만 잡히지만, 바다로 나가면 가자미, 북미대구, 극지방 대구, 둑중개, 고리무늬물범, 턱수염물범, 두건물범, 하프물범, 해마, 백색돌고래, 일각고래, 북극고래, 그리고 북극곰도 잡을 수 있다. 하지만 나의 남동생과 여동생들은 너무 어리기 때문에 바다 멀리까지는 나가지 못한다. 드디어 꽁꽁 얼어붙은 호수에 이르면 우리 가족은 곤들매기가 나타나길

---

32) 랭보는 U를 "연금술이 학자의 이마에 찍은 주름진 평안함의 인장"이라고 정의한다.

기다린다. 우리 다섯 식구는 저마다 긴 장대를 들고 구멍 주변에서 숨을 죽인다. 이제 우리 중 한 사람―대개는 아버지다―이 구멍을 노려본다. 어머니가 얼음 위에 꿇어앉는다. 부츠나 덧신을 신지 않았다면, 우리는 곤들매기를 잡을 때까지 북극권의 기온을 버티지 못할 것이다(털이 달린 우리의 신발은 밤에는 따뜻한 베갯속도 되는 엄청나게 중요한 물건이다).

만약 어머니와 내가 만든 카미크(에스키모 인이 신는 긴 부츠―옮긴이)가 없었다면….

좋은 가죽은 한눈에 알아볼 수 있다. 목 아래에 털이 북슬북슬 많이 달린 놈의 가죽이 카미크 제작에 마침맞다. 가죽은―물범이나 삼림순록의 것으로―처음엔 서늘한 이글루 안에서 결이 웬만큼 죽을 때까지 보관한다. 그런 다음 엄마와 나는 더러운 이물질을 깨끗하게 솎아낸 후 가죽을 한데 널어 말린다. 제일 쓸 만한 가죽 조각을 선별한 다음 가죽 가운데에 잇자국을 내고 가장자리를 따라선 구멍을 뚫는다. 이 구멍들에 줄을 끼워 그 줄을 가볍게 잡아당기면 가죽은 동글게 말린다. 다음 과정은 가죽 결이 나긋해지도록 한 시간가량 꾹꾹 밟는 것이다. 그런 다음 털 달린 부분이 밑으로 가게 가죽을 바닥에 펼치고 가장자리를 따라 작은 돌멩이들을 올려놓는다. 어머니의 가르침에 따르면 삼림순록 가죽일 경우엔 가죽이 축축해질 때까지 이로 잘근잘근 씹어주면 바느질이 한결 쉬워진다고 한다. 가죽을 늘이는 방법도 여러 가지다. 어떤 사람은 가죽을 땅바닥에 펼치고 무릎으로 가장자리를 꾹꾹 누르는 방법을 좋아한다. 하지만 어머니가 가르쳐준 방법은, 가죽을 두 다리 사이에 고정시킨 다음 허벅지 쪽으로 힘껏 잡아당기는 것이다. 그런 다음 내 우루의 들쭉날쭉한 가장자리를 잡고, 빵을 길게 조각낼 때처럼, 가죽의 가운데 부분부터 긁어 지방 덩어리와 근막을 제거한다. 이 과정은 가죽에서 우지끈 소리가 나지 않을 때까지 서너 시간 계속 반복된다. 털이 사라져 반들반들해진 부분은 물이 스미지 않는 카미크의 밑창 부분이 될 것이다.

밑창용 본은 뼘으로 길이를 재서 표시한다. 이렇게 해서 카미크의 앞쪽과 다리 부분이 될 본을 만든다. (다른 사람의 부츠를 만들려면, 그 부츠 임자의 한 뼘 길이나 발바닥 모양을 알아야 정확한 치수로 만들 수 있다.)

이제 나는 살이 붙었던 면들이 겹치도록 가죽 조각을 반으로 접는다. 이때 위로 올라갈 조각을 아래쪽 조각과 살짝 겹치게 접은 다음 겹쳐진 부분에 잇자국을 내 한쪽 면에 새김 자국을 만든다. 빠져나온 부분은 칼로 잘라낸다. 다음은 바느질을 할 차례다. 뾰족한 부분을 손바닥 쪽에 오도록 잡고 손가락에 실을 팽팽하게 감은 다음 오른쪽에서 왼쪽으로 바느질한다. 세 땀마다 한 번씩 실을 단단하게 잡아당긴다. 털이 달린 가죽에는 박음질이 좋지만, 털을 제거한 가죽은 구멍 사이로 물이 스미지 않도록, 다양한 러닝스티치(안팎으로 같은 땀이 나게 하는)를 사용하는 게 좋다 (어머니는 러닝스티치 방법도 가르쳐주셨다).

부츠의 발등을 덮을 앞면의 위 가죽은 털 달린 조직을 잘라내고 방수 효과가 있는 솔기 처리 방법으로 밑창과 함께 박음질한다. 이때 나중에 부츠가 뒤틀리지 않도록 주름을 고르게 잡는 데 각별히 신경을 쓴다. 정강이 부분은 위 가죽 줄과 접합시키고, 밑창 부분은 앞과 뒤, 그리고 양옆으로 힘줄을 이용해 시침질한다. 바느질이 끝나면 솔기를 손으로 구깃구깃하게 구겨서 배기지 않게 한다.

카미크에 장식을 하고 싶다면, 두 가지 색의 털 달린 가죽 조각을 다리 부분 안쪽에 덧대는 것이 좋다. 어머니가 즐겨하는 장식 방법은 매듭용 끈인 폼폼스이지만, 나는 발가락 부위에 구슬을 달거나 다리 부분을 표백한 물범 모양의 아플리케로 장식하기를 좋아한다. 그렇게 하면 다른 신발들 사이에서 내 신발을 구별하기 쉬워진다. 나는 내 부츠에 오키우타크투크(okiutaqtuq, 때 되면 늘 찾아오는 겨울들)라고 수놓았다. 카미크 한 켤레를 완성하는 데는 보통 나흘이 걸린다. 하지만 나흘을 들여 만든 신발의 주인인 나의 발이 금세 자라서 내가 그 카미크를 못 신게 되면, 나는 흐뭇해진다.

벨라 미코, 이글루릭(p.346 참조)

※

Uukkarnit

우우크카르니트

우우크카르니트는 '빙하 끄트머리에서 분리된 빙괴'를 뜻하는 서 그린란드 말이다. 에스키모어는 한 단어로 세밀한 아이디어를 표현할 수 있는 포합어이다. 에스키모는 지역에 따라 서로 다른 관용어 표현을 쓰는데, 특히 눈을 정의하는 표현이 아주 다양하다. 래브라도 이누이트와 유피크(서남 알래스카) 이누이트가 '물에 떠 있는 작은 얼음 조각들'을 서로 다른 말로 표현하는 건 너무 당연한 일이다. 에스키모어에 견줄 때 영어에서 '물이 얼은 단단한 형태'를 가리키는 단어는 턱없이 초라하기만 하다. 영구적인 것이든 일시적인 것이든 공기 중에서 결정화되어 지표면의 23퍼센트를 덮은 땅으로 떨어지는 물질을 뜻하는 영어 단어들은 기껏해야 눈, 진눈깨비, 우박, 비, 얼음 정도이다.

서 그린란드 에스키모어에는 (우우크카르니트 말고도) 얼음과 눈을 묘사하는 단어가 49가지 있는데, 아래는 그 가운데 일부다.

1. 신쿠르수임(Sinkursuim): 불안정한 얼음판.

2. 마사아라크(Masaaraq): 올라타기 어려울 정도로 작은 유빙.

3. 피디라크(Piddilaq): 눈 위에 싼 오줌.

4. 술라르니크(Sullarniq): 문가로 까불리며 날아온 눈.

5. 리지드 가나라크(Rigid ganaraq): 아주 단단한 얼음.

6. 마니이라트(Maniillat): 빙압에 의해 총빙(叢氷)에 생긴 작은 얼음 언덕.

7. 레아리스베르 이트사트(Reariswer Itsat): 눈 속에서 흘레붙는 늑대들.

줄리언 펙 목사의 노트에서, 그린란드(p.351 참조)

Virginity

처녀성

　　사랑에 빠진 여인들이 그렇듯이, 메리도 댄스 홀을 나와서 나와 함께 집으로 걸어가고 있었다. 나는 풋볼용 저지 셔츠 3호를 걸치고, 메리는 길고 헐렁한 목욕 가운을 입어, 둘 다 우스꽝스런 차림새였다. 아, 그래도 얼굴이 타는 줄도 모르고 눈밭을 힘차게 걷던 우리 둘은 얼마나 완벽했던가. 나는 그곳, 가로등 아래서 그녀의 딸기빛 뺨과 떨리는 입술에 입맞춤하고 싶었지만 그녀는 머리칼을 찰랑거리며 고개를 돌리더니, 다시 돌아보며 미소를 지었다. 그녀는 〈버펄로 친구들〉을 부르며 길을 내려갔다. 그녀의 목소리가 달빛에 젖은 찬 공기 속에서 은종처럼 딸랑거렸다.[33] 만약 나의 수호천사 클라렌스가 나타나지 않았다면 나는 그 순간을 기억하지 못했을 것이다. (…) 그들이 그

269

에게 날개를 약속했다.

〈벌거벗은〉을 보라.

과거에 베드포드 폴스로 알려졌던 G. 베일리, 포터스빌(p.338 참조)

참고문헌

D. H. 로렌스, 『사랑하는 여인들』, 영국, 1920년

---

33) "무엇을 바라 그녀에게 말을 걸려고 하나? 그녀는 아무하고도 절대로 말하지 않네. 그
녀는 노래를 부르지." 하인리히 만, 『운라트 교수』 또는 〈푸른 옷의 천사〉(『운라트 교수』를 영화
화한 제목 - 옮긴이).

Whimsical

변덕스러운

나는 오트라드의 어느 언덕배기 외딴 교회 묘지에 묻혀 있다. 하늘에 흐릿한 빗금을 그으며 떨어진 눈이 내 묘비를 감싸는 소리가 들린다. 이젠 더는 춥지 않지만, 넌즈 아일랜드의 나무 아래서 비를 맞으며 내 사랑을 기다렸던 그날이 떠오른다. 그날 내 몸은 뼛속 깊은 곳까지 냉기에 젖었었다. 골웨이에 살던 시절, 그레타는 더없이 다정했으며 그 따뜻한 손으로 내 손을 감싸주었다. 시골길을 걷고 있을 때 나는 그녀에게 〈오그림의 처녀〉를 불러주었다. 하지만 그녀는 나를 떠났고, 그러자 나는 죽고 싶었다.

M. 퓨리, 아일랜드(p.341 참조)

※

Wink & Whistle

윙크와 휘파람

　　엄마가 이생에서 보낸 마지막 사흘 동안 나는
혼자서 엄마의 병실을 지켰다.

　　병원 침대 옆에 놓인 밋밋한 나무의자에 앉아서 엄마의 손을
잡고 이야기를 했다. 특별한 주제는 없었다. 그저 생각나는 대로
6월의 날씨에 대해, 구내식당에서 파는 질긴 마카로니에 대해,
또 창턱에 놓인 작은 화병에 꽂혀 있는 꽃들에 대해 말했다. 그
꽃은 아빠가 엄마를 위해 우리 집 뒤란에서 꺾어 온 작약이었다.
그 꽃은 은근한 향을 발산하며 우리의 작은 공간—이불보 같은
헐렁한 커튼 한 장이 쳐진 침대 주변—으로 스며드는 암모니아
냄새와 지린내를 희석시켜주었다.

　　엄마가 암에 걸렸다는 사실은 아빠와 나만 알고 있었다. 우리

는 이 사실을 감추려 애썼다. 모두 일곱인 내 동생들이 엄마 병세의 위중함을 모르도록, 구에리리 가족의 보호막으로(나는 이 보호막을 흰색의 방공호로 상상했다) 껴안고 싶어서였다. 학교에서 우리는 육체의 생존법을 배우고 훈련했다. 경보가 울리면 머리를 가리고 책상 밑으로 웅크려야 한다. 고개를 숙이고 몸을 웅크려, 고개를 숙이고 웅크려. 우리는 닐 선생님의 지시를 따라 움직였다. 집에서는 감정적 생존법을 배웠다. 진실과 직면하는 순간이 감지되면, 진짜 감정이 발각되지 않도록 숨기고 가족이라는 단위 안으로 피신하라. 가족이란 모름지기 세상의 근심사와 슬픔을 사라지게 하는 장소여야 하기 때문이다. 그러므로 엄마가 돌아가신다면 가족이란 방공호를 지키는 건 내 책임이 될 것이었다. 하지만 지난 4월에 열일곱이 된 나는 그 전부터 책임이 있었다. 동생들 치다꺼리도 하고 그들을 매일 플레처 스트리트 학교로 등교시켜야 했다. 또 아빠가 난방 설치 작업을 할 때는 엄마를 도와 집안일도 했다.

　간호사들이 받쳐준 베개들 위에 어색하게 얹힌 엄마의 머리는 너무 커다랬다. 꼭 마네킹의 머리통 같았다. 막대기처럼 말라버린 몸뚱이를 더욱 부각시키는 엄청 커다란 거품 방울 같기도 했다. 병원 시트가 수의처럼 엄마의 몸을 덮고 있었지만 너무 말라 날카로워진 뼈 윤곽까지 숨기지는 못했다. 엄마의 감긴 눈 위로 잔주름 진 눈꺼풀과 거뭇거뭇한 눈가가 또렷했다. 나는 엄마의 바다빛 파란 눈동자를 떠올려보려 했다. 기분에 따라 음영이 달라지고, 좋아하는 사람을 쳐다볼 때면 두 개의 유랑하는 별처럼 반짝거렸던 그 파란 눈동자를. 갈색 눈동자를 가진 내 동생들은 엄마의 눈동자 색을 물려받은 나를 행운아라고 했었다. 하지만 나는 자신이 없어졌다. 여전히 파란색이라고 주장하고 싶지만 요즘 내 눈에는 회색기가 도는 것 같다. 또 이 회색의 기운은 내 마음속에 분노가 자라고 있음을 드러내는 결정적인 증거였다. 엄마의 고통을 끝내주고 싶은 내 안타까움의 증거였다. 엄마의 고통은 충치나 발가락의 종기처럼, 아니 그 어떤 것보다 나를 성가시게 하고 괴롭혔다. 비알로브 박사로부터 엄마가 이 주일을 넘기기 힘들 거라는 말을 들은 이후부터 나는 생각이란 걸 제대로 할 수 없었다. 보통 엄마들은 여든 살까지 산다. 아니면 일흔 살까지. 그런데 우리 엄마는 겨우 마흔두 살이다.

내 인생이 짜증났다.

엄마는 바다에서 막 구조된 사람처럼 가쁘고 거친 숨을 몰아쉬었다. 엄마가 해변에 축 늘어져 있는 광경을 상상해보았다. 나는 퉁퉁 불은 자줏빛 얼굴 위로 몸을 수그린다. 엄마의 입술 위에 내 입술을 얹고, 두 손으로 엄마의 입술을 열어 힘껏 숨을 불어넣는다. 엄마는 컥컥거리다가, 드디어 물을 토해낸다. 그렇게만 된다면.

얼마나 상상에 집중했는지 엄마의 옛적 모습까지 떠올릴 수 있었다. 도드라진 광대뼈와 V자형으로 잔털이 난 이마, 길고 좁다란 코 하며 체코 사람 특유의 뚜렷한 이목구비까지. 그다음에는 엄마의 지난 역사가 클럽에 무작위로 끼워둔 사진들처럼 눈앞에서 펼쳐졌다. 제일 먼저 보인 건 가장 최근의 엄마 모습이다. A라인 스커트를 입은 엄마가 황금빛 긴 머리칼을 휘날리며 언덕을 뛰어 올라가고 있고, 그 뒤로 내가 따라간다. 다음은 그보다 앞선 시간대의 모습으로, 엄마는 잿빛 머리칼을 인조 모피 머리띠로 정리하고 눈 쌓인 우리 집 현관 계단에 앉아 있다. 그다음은 내가 아직 아기였을 때, 붉은 기가 도는 금발을 망 속에 집어넣고, 아직 처녀 같은 몸에 앞치마를 두르고 양귀비 씨 롤빵을 만드는 젊은 색시의 모습이다. 마지막으로 이제 엄마가 막 엘리스 섬에 도착했을 때가 떠오른다. 바바 할머니 품껴 안겨 있는, 통통한 젖살을 스카프로 감싼 부루퉁한 표정의 아기의 모습.

내 상상이 어느 시절로 옮겨가든, 거기엔 늘 엄마의 매력적인 윙크와 생기 넘치는 웃음소리가 따라다녔다.

나도 그 웃음소리를 물려받았다. 엄마의 엄마, 그러니까 '외할머니 바바'한테서 처음 시작되어 이모들과 엄마를 지나 내게까지 넘어온 것이다. 낄낄과 큭큭이 섞인, 참으로 활기차고 따뜻한 웃음소리였다. 어릴 적 비바람이 심한 날엔 잠을 설치곤 했는데, 그럴 때도 늦은 밤 엄마의 웃음소리가 계단을 타고 내 침실로 넘실 들어오면 즉시 마음이 놓였다. 주말에 이모들이 찾아오면 그 웃음소리는 스테레오로 울려 퍼졌다. 펜실베이니아 주 촌구석에 살던 안나 이모와 밀라 이모는, "도시 사람"은 어떻게 사는지 조사하겠다면서 다섯 시간을 운전해 우리 집으로 오곤 했다. 사과를 넣은 데니시 도넛과 커피, 그리고 가끔은 키시 파이까지 차리고는 자매들은 즉시 수다판을 벌였다. 그런 날이면 엄마는 놀랍게도 밤 10시마다 의식처럼 챙겨 먹는 시리얼도 안 먹고 밤을 새우곤 했다. 나도 졸린 눈을 비비며 자매들이 하는 이야기에 귀를 기울였다. 엄마의 옛날이야기는 아주아주 먼 옛날까지 거슬러 올라가곤 했다. 엄마의 기억력은 절대로 오류를 일으키지 않는 마이크로칩처럼 정확했다.

그 멋진 이야기들과 따뜻한 웃음소리와 더불어 엄마는 마법 같은 윙크를 가지고 있었다. 리타 헤이워드나, 아무튼 1940년대를 풍미했던 비키니 미인들이 자랑했던 그런 멋진 윙크였다. 하지만 그 누구도 엄마처럼 멋지게 윙크를 할 순 없었다. 엄마의 윙크는 이 세상 그 누구도 카메라 셔터로 포착하지 못할 만큼 빠른, 동결된 프레임으로만 기억될 만한 것이기 때문이다. 단순한 눈꺼풀의 닫힘이 아니라, 번쩍! 하는 빛의 반짝임에 훨씬 가까웠다. 그 속도가 어찌나 빨랐던지 보는 사람은 아쉬워하며 엄마가 다시 윙크해주기를 애타게 기다려야 했다. 그리고 엄마가 다시 윙크를 할 때, 그것은 교활하면서도 동시에 무해했다. 교활하다는 건 남을 의식하기 때문이며, 무해함은 그것이 순수한 기쁨에서부터 피어난 것이기 때문이다. 엄마의 자매들은 역경을 당해도 다시 털고 일어나는 끈기가 대단했다. 나이아가라 강에서 봤던, 물줄기를 계속 얻어맞으면서도 연거푸 떠오르는 빨강과 흰색 줄무늬의 부표를 연상시키는 자매들이었다. 그들과 함께 있을 때면 그 미소들과 윙크들이 점점 광택을 잃고 가라앉기를 바랄 때도 있었다.

엄마는 일 년 전만 해도 건강했다. 씩씩하고, 잘 웃고, 수다스러웠다. 그때 아빠는 칠 개월의 가출을 끝내고 집으로 돌아와 있었다. 엄마 아빠가 싸우는 고함 소리는 마치 신성한 어떤 힘에 눌린 듯 확실히 줄어들었다. 그래서 아빠가 엄마와 다시 사랑에 빠졌다고 믿었다. 아침에 등교 준비를 하면서 보면, 두 분은 프렌치토스트를 나눠 먹으며 나란히《버펄로 뉴스》초판을 읽고 있기도 했다. 그해 여름 우리 가족은 로크포크에 있는 양 목장을 매입하고 그 양들을 돌봐줄 늙은 목양견도 한 마리 사들였다. 일요일이면 엄마와 아빠는 목장에서 온종일 보냈으며 가끔은 우리도 데려갔다. 우리가 흰 배구공을 네트 위로 넘기는 동안 두 분은 활짝 핀 장미 아래서 이야기를 나눴다. 드디어 우리는 행복하고 정상적인 가족이 되어 있었다. 나는 이 행복이 영원하기를 소망했다. 그러나 지금으로부터 육 개월 전, 똑같은 어떤 신성한 힘이 엄마 몸에서 몰래 공기를 빼내 갔다. 엄마는 두통을 호소했으며, 천천히 납작해져갔다. 늘 머리가 아팠다. 아프고, 어지럽고, 피곤해했다.

　나는 방과 후엔 사이언스 키트라는 작은 공장에서 일했다. 초등학생들에게 위대한 과학자가 되라고 독려하며 비커와 약병과 해부 도구 등을 생산하는 공장이었는데, 생각해보면 미친 과학자들에게나 매력적일 법한 곳이었다. 어쨌거나 지금으로부터 육 개월 전 그 목요일, 일터에서 집으로 돌아갈 때가 되자 유독 배가 고팠다. 우리가 즐겨 먹는 스파게티와 미트볼이 여느 때보다 당겼다. 차게 식힌 마스카르포네 치즈에 마르살라 포도주를 섞어 만든 엄마의 티라미슈도 맛보면 싶었다. 현관 밖에서 운동화를 벗은 다음 아빠와 남동생들이 무심결에 밟지 못하도록 그걸 현관 계단 옆으로 차버렸다. 문을 세게 닫으며 집 안 공기를 쑤욱 들이마셨다. 토마토와 신선한 바질 냄새, 오레가노가 끓는 냄새를 기대했건만, 솔 향을 첨가한 가구용 스프레이 냄새와 새똥 냄새만 흐릿했다. 엄마는 날 맞아주지 않았다. 보통 때는 앞치마를 두르고 부엌에서 고개를 내밀었는데. 식탁에는 스파게티도 미트볼도 없었다. 커튼은 내려져 있고 조명은 꺼져 있었다. 딱 하나, 부엌 싱크대 위의 꼬마 조명만이 거실 벽에 내 그림자를 드리워주었다. 오렌지색 줄무늬 소파 앞의 차탁 위에는 풀다 만 낱말 풀이 퍼즐이 뒹굴고 있었다. 나는 얼른 눈을 감고 작은 소리들에 집중했다. 위층에서 울리는 시계의 똑딱 소리, 지하실 보일러가 돌아가는 윙윙 소리, 집 바깥으로 지나가는 자동차들의 쉬익 소리.

순간, 가슴이 덜컹 내려앉으며 불안감이 차올랐다.

"엄마, 집에 계세요, 엄마?" 내 목소리는 벽지에 부딪혀 튀어나와 밤나무 계단 난간을 타고 올라가 위층 복도에 착륙했다.

계단을 두 개씩 뛰어올라 부모님 침실 앞에 멈춰 섰다. 손잡이를 잡고 문을 앞뒤로 흔들었으나 문틀만 삐걱댔다. 침실 문은 잠겨 있었다. 평소엔 잠그지 않는 방이었다.

"엄마? 다녀왔어요!" 고요했다. 나는 꽃무늬 벽지를 손끝으로 훑으며 좁은 복도를 걷기 시작했다. 제1차 세계대전 직후 미국으로 이민 온 엄마와 아빠가 유럽에 남겨두고 온 가족들의 흑백사진 속 얼굴들이 나를 애처롭게 쳐다보고 있었다. 그들의 눈빛에 나는 더욱 깊은 고독을 느꼈다. 내 방에 도착했다. 말만 내 방이지 실제론 내털리와 스텔라하고 같이 쓰는 방이었다. 2단 침대들과 의자 하나, 책상 하나, 옷장 하나를 쑤셔 넣어 감옥 같기도 했다. 엄마와 아빠는 아이들을 한 방에 처넣고, '파스타 에 파지올리 투티 지오르네(매일 파스타와 콩을 먹이는 것)'로 절약을 했다. 내 배낭을 창가 의자에 올려놓았다. 의자 위는 빨아서 개놓은 옷가지들이 무너져 있는 바람에 잘 보이지 않았다. 아빠가 몇 년 전 화재 시 비상구를 만든다며 가져다놓은 의자였다. 아빠는 이 의자를 절대 못 치우게 하면서 우리에게 소방 훈련을 시켰었다. 처음엔 연기가 피어오르거나 매캐한 냄새가 날 거다. 그러면 얼른 일어나서 옆 사람을 깨워야 해. 문 밑 틈새를 막은 다음 의자를 집어 들어 유리창을 깨뜨려. 다음엔 이 의자를 밟고 창밖으로 빠져나가는 거야. 홈통을 타고 아래층까지 내려온 다음 다른 사람이 탈출하는 걸 도와주는 거야.

다행스럽게도 바우크 스트리트에 있는 우리 집엔 한 번도 불이 나지 않았다. 그래서 애석하게도 그 의자는 제 몫을 다하지 못했다. 대신 책이나 블라우스, 책가방 등등을 쌓아두는 자리로 변했다. 방은 세 소녀들이 모두 게으른 탓에 시간이 갈수록 점점 더 좁아졌다. 내털리와 스텔라는 손가락 하나 까딱하지 않으면서 정리정돈이 되기를 기대했다. 혹시라도 방이 깨끗해졌다면, 그건 그들의 맏언니인 내가 쓰레기봉투를 들고 장갑을 끼고 그들 꽁무니를 따라다니며 치워댄 덕분이었다. 나마저도 치우지 않았다면, 우리는 먼지 구덩이 속에서 살았을 것이다. 때문에 만약 아빠가 기대했던 화재가 났다면, 우리는 어쩔 수 없이 계단을 이용해야 했을 것이다. 물건이 잔뜩 쌓여 있는 의자를 치우기보다는 계단 쪽이 훨씬 더 빠르고 안전한 탈출구였을 테니까.

아빠의 작은 잉꼬 한 마리가 포르르 내 팔뚝에 내려앉았다. 재채기가 나왔다. 내가 성가셔하며 손으로 쫓아버리자, 새는 아빠가 내 서랍장 위에 만들어놓은 조류용 정글짐 가지 위로 푸르르 날아갔다. 놈은 우리 집에서 부화한 잉꼬 여섯 마리 가운데서 외톨박이인 초록색 잉꼬였다. 내털리와 스텔라는 새들 하나하나의 이름을 불러주었으나, 나는 놈들에게 그렇게까지 신경을 쓰진 않았다. 나는 몸을 돌리고 수 잉꼬가 계속 따라오는지 기다려보았으나 새는 보이지 않았다. 작년에 아빠는 제네바로 차를 몰고 가 잉꼬 한 쌍과 그들이 품을 알들을 사왔었다. 덕분에 나는 잉꼬 키우기 관련 책을 읽어야 했다. 책이 지시하는 대로 충실히 따르자 어느 날 알 여섯 개가 모두 탈 없이 부화에 성공했다. 우리 집은 사방을 날아다니며 똥을 갈기는 잉꼬들의 천국이 되어버렸다. 엄마는 비명을 질러댔지만, 아빠는 허허 웃으며 더 많은 막대기들을 구해 와 새들이 내려앉을 장소를 계속 만들어주었다.

옷을 벗고 있을 때 전화벨이 울렸다.

마지?

나는 주름 스커트가 발목까지 주룩 내려가도록 내버려두었다. 네, 아빠, 무슨 일이에요?

동생들이 돌아오면 돌봐줄 수 있지? 아빠가 물었다.

애들은 어디 있죠? 엄마는 또 어디 계시고요?

잘 들어라, 네 동생들은 미아노 네 집에서 놀고 있단다. 아빠는 잠깐 말을 끊었다. 숨 고르는 소리만 들렸다. 나는 보지 않고도 아빠의 왼쪽 눈가가 실룩거리는 걸 알 수 있었다. 불안할 때의 습관이었다. 미아노 집에 전화해서 동생들한테 집에 돌아와 저녁을 먹으라고 해라. 안드레는 지금 한창 하키 시합을 하고 있을 텐데, 아무튼 6시까지는 돌아오겠다고 했단다.

수화기 저편에서 여자의 부드러운 음성이 섞여들었다.

엄마는 어디 계세요? 내가 물었다.

나하고 같이 있단다. 자세한 건 나중에 집에 돌아가 말해주마. 아빠가 낮은 소리로 말했다.

엄마 좀 바꿔주실래요? 나는 숨을 멈추었다. 저녁으로 뭘 만들면 좋을지 몰라서요.

네가 알아서 잘 찾아봐라, 저녁거리가 있을 게다. 아빠가 서둘러 말했다.

그럼 집에는 언제쯤에나….

딸깍.

…돌아오세요? 아빠? 아빠?

아빠가 칠 개월간 가출했던 사건은 열네 살인 내겐 진짜 큰 충격이었다. 아빠에겐 젊은 애인이 있었다. 그 여자를 딱 한 번 본 적이 있다. 그 여자는 자줏빛 가지와 대형 풍기버섯을 바구니에 담고 로마 토마토가 쌓인 곳을 지나가다가 문득 내 쪽을 쳐다봤다. 여자는 내게 미소를 지었지만, 난 고개를 돌려 외면했다.

나는 주름 스커트를 발가락으로 집어 옆으로 치운 다음 카키색 반바지에 흰색 블라우스로 갈아입었다. 미아노 네로 전화해서 삼십 분 안으로 동생들을 보내달라고 말했다. 그러고는 저녁거리가 될 만한 게 있나 부엌 찬장을 뒤졌다. 닭고기 수프, 초록콩, 옥수수와 워터 체스터너트 통조림이 보였다. 좋은 음식이 될 식재료들이 아니었다. 냉장고 안에 닭고기와 그라운드 비프가 있었지만 난 능숙한 조리사가 아니었다. 고기는 어떻게 손질해야 하나? 먼저 내장을 깨끗이 씻어야 하나? 뼈는 제거해야 하나? 저 불그레한 물질은 혹시 피? 계란 프라이 정도야 만들 수 있다 해도 한 번에 하나 이상을 만드는 건 무리였다. 계란 물을 풀어 스크램블 정도는 할 줄 알지만. 그런데 계란을 몇 개나 깨야 하지? 줄리아 차일드 프로그램의 열혈 시청자가 아닌 나로서는 너무도 현실적인 질문들이었다. 마음 같아서는 내 타자기 앞에 앉아 나 자신을 위로하고 싶을 뿐이었다.

기다려.

그래.

완벽해.

동생들이 책가방과 바인더와 주린 배를 안고 쿵쾅쿵쾅 앞문으로 들어왔을 때 저녁상은 얼추 차려져 있었다. 주방 식탁에는 둥근 볼 여덟 개와 숟가락 여덟 개, 2프로 물 1갤런과 여러 종류의 시리얼 상자—나비스코 사의 쉐레디드 위트(이곳 나이아가라 폭포 인근에서 최초로 건설된 공장에서 제대로 만들었던), 라이프 시리얼, 그리고 동생들이 잘 먹는 작은 퀘이커 오츠—들이 올라와 있었다. 나는 식탁 상석에 앉아 오트밀 시리얼을 골라잡았다.

"저녁으로 시리얼을 먹어야 한단 말이야?" 나탈리가 물었다. 손가락 하나 까딱 안 하면서 말이라도 좀 예쁘게 하면 안 되나. 내털리는 거기서 그치지 않고 더 밉상을 떨었다. 길고 검은 머리칼을 흔들며 소파에 배낭을 던지고선 들으란 듯 말했다. "이따가 엄마 오면 그때 엄마하고 같이 먹을래." 그러고는 계단으로 향했다. 엄마가 나중에 따로 자기 밥상을 차려주기를 바라다니, 열네 살이나 처먹었으면서 저렇게나 철딱서니가 없을까? 이 나이 되도록 요리 하나 잘 못하는 나도 철이 없기는 마찬가지였지만, 어쨌거나 동생들을 야단치고 싶어 내털리와 남동생들에게서 풍선 껌을 압수했다.

"엄마는 어디 있어?" 하며 스텔라가 내 오른쪽 의자에 미끄러지듯 앉았다.

"아빠하고 같이 계셔. 좀 늦으시려나봐." 나는 내 오트밀에 우유를 따르며 말했다.

"음… 시리얼이잖아!" 이사벨라가 고함을 질렀다. 그러고는 식탁을 몇 바퀴나 뱅뱅 돈 다음에야 내 왼편 의자에 앉았다.

"라이프 시리얼 좀 줘." 알렉스는 눈가의 갈색 고수머리를 넘기며 식탁 끄트머리 자리에 풀썩 앉았다.

어린 샘과 애덤은 거실에서 레슬링을 하고 있었다. 애덤은 형인 샘의 헤드록에 걸려 두 팔을 옴짝달싹 못했다.

"어서 와서 밥 먹어!" 내가 소리쳤다. 샘은 헤 웃었지만, 애덤은 대답도 못하는 처지였다. 애덤의 얼굴이 점점 시뻘게졌다. "샘, 어서 동생 풀어줘." 애덤은 옴죽거리며 끙끙 앓는 소리를 냈다. "당장 풀어주라니까!" 내 호통 소리에 사내애들은 부리나케 식당으로 들어오긴 했으나, 들어오자마자 애덤은 샘의 면상에 펀치를 두 방 날렸다.

나는 라이프 시리얼에 다시 우유를 부으며 애덤에게 물었다. "학교에서 잘 지냈어?" 오늘은 순조로웠다고, 누구에게도 괴롭힘을 당하거나 상처 입지 않았다는 말을 듣고 싶었다.

"음, 늘 똑같지 뭐." 애덤이 대답했다. 위로가 안 되는 대답이었다. 일곱 살 막내둥이 애덤은 또래에 비해서 몸집이 아주 작았다. 그래서인지 늘 아빠한테 달라붙었으며, 아빠 역시 늘 애덤을 감싸고돌았다. 그랬던 아빠가 가출을 해 다른 여자와 바람이 났을 때, 우리 형제들 중 아마도 애덤이 제일 마음을 다쳤을 것이다.

우리는 아빠가 이웃집 여자, 파니라는 이름의 빨간 머리 미녀와 아주 많은 시간을 보낸다는 걸 알고 있었다(그 여자 집 보일러가 그렇게나 자주 고장 난다는 게 아무래도 이상했으니까). 내가 일하는 공장의 사장부터 학교 급우들, 심지어 우리 동네 넝마장수 '미치광이 에디'까지도 아빠의 연애를 알고 있었다. 모두가, 우리 엄마만 빼고, 다 알고 있었다. 엄마는 그 두 사람이 같은 날 동시에 묘연하게 종적을 감췄을 때야 그동안의 조각 그림들을 짜 맞추었다. 그 후 몇 달 동안 엄마는 이틀이 멀다하고 울며 보냈다. 밤이면 숨죽여 우는 엄마의 울음소리가 들려왔다.

안드레가 돌아왔다. 현관에 들어서기 전부터 〈푸른 스웨이드 구두〉 노래를 부르고 있었다. 엄마가 있었다면 한 대 갈겼을 거

다. 엄마는 유행가라면 질색했으니까. 안드레는 가방에서 구겨
진 스웨터, 양말, 책들, 오래된 사탕 봉지들과 롤러스케이트를 꺼
내 소파에 던졌다.

"안녕." 안드레가 말했다. "오늘 시합은 정말 거칠었어. 우리가
졌어." 안드레는 양팔을 올려 풀오버 스웨터 셔츠를 벗다가 목깃
에 매부리코가 걸리자 억지 미소를 지어 보였다. 비단처럼 부드
러운 검은 직모 머리는 땀과 먼지로 뒤범벅돼 있었다.

"퓨우!" 안드레는 오른팔을 올려 땀내 나는 겨드랑이를 장난스
럽게 내게 들이밀었다. "내 땀 냄새를 맡아줄 여자가 따로 없어서
말이야."

"지겨워… 저리 치워!" 나는 소리치며 그의 팔을 밀쳤다. 안드
레는 열다섯 살이었으며, 키는 내 키 163센티미터를 훌쩍 넘는
175센티미터였다. 몸은 아직 마른 편이지만 그렇다고 꼴사납게
비쩍 마른 말라깽이는 아니었다. 체코 핏줄답게 우아하게 날씬
한 체형이었다. 안드레는 창의력, 매력, 준수한 용모, 감수성과
냉정함 모두를 갖춘 사내애였다.

8시가 되자 나는 동생들을 재웠다. 『버드나무에 부는 바람』의
다음 장을 읽어준 다음 동생들의 팔을 다독이며 기도를 했다. 아
래층으로 내려오는 길에 안드레의 방을 엿봤다. 그의 캔버스에
는 새로운 작품이 태동 중이었다. 여러 가지가 혼합된 사랑스러
운 정물화였다. 그런 다음 거실을 지나면서 내털리를 보았다. 내

털리는 〈에드 설리번 쇼〉가 나오는 텔레비전 앞 깔개에 앉아 조각이불을 덮고 몰래 시리얼을 먹고 있었다. 화면이 깜빡거릴 때마다 수상기 윗부분을 쿵 때렸다.

나는 맨발로 뒷문의 시멘트 계단에서 섰다. 철 난간을 짚어본다. 봄은 이미 시작되어 있었다. 봄은 마지막 남은 차가운 기운을 빨아들이며 저녁 공기 속에 내가 좋아하는 신선한 흙냄새를 더욱 진하게 퍼뜨렸다. 저 풀밭, 그리고 내가 다섯 살 때 처음 심었던 작은 딸기밭 아래에선 어떤 것이 고개를 들기 시작할까 상상해보았다. 그러고는 뒤 현관에 있는 버들가지 소파에 앉았다. 자주 이용하는 내 고요의 자리였다. 흔들의자의 리듬에 몸을 맡긴 채 내 가족과 반복되는 일상의 단순성을 멀리 쫓아내려 해본다. 내 눈은 우리 집 마당을 넘어, 뒤란의 울타리를 넘어, 교외풍의 대지 저 너머로 옮겨갔다. 저 너머에는 여기와는 다른 어떤 곳이, 고민거리가 적어 한결 편안한 장소가 있을 것만 같았다. 나는 붉게 이글거리는 일몰의 쾌락을 흠씬 음미했다. 잠시 후 아빠의 자동차가 자갈 진입로로 올라오는 소리가 들렸다. 내 눈이 외톨이별에 고정되었을 때, 엄마가 차에서 내렸다. 엄마는 아이들을 깨우지 않으려고 차 문을 얌전히 닫았다.

"마지." 엄마가 버들가지 소파에 앉았다. 뒤로 당겨 그물망에 집어넣은 금발 머리 몇 가닥이 빠져나와 바람에 나부꼈다. 눈가에도 두 가닥이 흔들리고 있었다. 엄마의 얼굴은 불그레했고 부스럼도 몇 개 나 있었다. 코 부분이 특히 벌겠다. 엄마의 눈동자엔 모진 격랑을 막 헤치고 나온 사나운 기운이 서려 있었다. "별일 없지?" 엄마가 물었다.

"네, 그런데 무슨 일 있었어요?"

"음." 엄마는 한숨을 내쉬었다. "아빠가 오늘 바이러블 박사에게 나를 데려갔단다."

엄마의 옆모습을 바라보니, 인상을 쓰며 깊은 생각에 잠겨 있었다. 내가 알고 있는 한 엄마는 의사라는 종족을 믿지도 않고 만나려고도 하지 않는 분이었다.

"사실은 지난주에 검사를 받았단다." 엄마는 고개를 숙이며 무릎을 감싸 안았다. "의사 말로는, 백혈병 같다네."

"네?" 숨이 콱 멎는 것 같았다. "엄마가 백혈병이라고요?"

엄마는 코를 훌쩍거렸다. "그래, 거의 확실한가봐."

"아냐…." 충격이 내 목소리를 누그러뜨렸다. 나는 엄마를 보지 않고 두 손으로 얼굴을 가렸다. 잠시 동안 말없이 숨을 고르며 무슨 말을 할까 생각했다.

"엄마…." 나는 엄마를 위로할 수도 만질 수도 없었다. 어떤 말도 어떤 몸짓도 보이지 못했다. 그저 뻣뻣한 몸으로 의자를 흔드는 게 전부였다. 내 마음은 울음을 터뜨리라고 말했지만, 내 눈물은 지난 십칠 년 동안 터져 나오지 못했던 다른 모든 눈물들과 함께 계속 내 몸속에 머무르기를 고집했다.

결국 엄마의 손에 내 손을 얹었다. "큰일은 없을 거예요."

엄마는 그렁그렁한 눈으로 날 쳐다보았고, 나는 입술을 떨었다. 내 손은 계속 엄마의 손 위에 얹혀 있었다. 엄마가 시선을 돌리더니 고개를 들어 하늘을 유심히 올려다봤다. 조금 전 내 마음을 사로잡았던 그 외톨이 별을 쳐다보고 있는 것 같았다. 나는 엄마의 손을 잡은 채 소망했다. 이 무서운 병이 엄마의 손톱 끝에서 빠져나와 내 정맥으로 들어오기를, 내게 전이되기를, 그래서 엄마가 계속 살고, 엄마보다 더 젊고 덜 사랑받는 내가 엄마를 대신해 그 총탄을 맞기를.

✺

그날은 길고 길었던 마지막 사흘의 첫날이었다. 병원 창문 너머의 거리에는 눈발이 날리고 있었고, 십대들이 무리 지어 담배 연기와 웃음을 흘리며 걸어가고 있었다. 아마도 뜨끈뜨끈하게 튀겨낸 버펄로 윙 조각을 먹으려 앵커 바로 가는 길이겠지. 나도 내처 달려가 그들과 어울리고 싶었다. 엄마가 병든 이후 내게서 빠져나간 자유와 젊음의 조각들을 잡아보고 싶었다. 하지만 달려가지 않았다. 잠시나마 그런 생각을 했다는 것만으로 불효 같았다.

"마지, 거기 있니?" 엄마가 막 잠에서 깨며 물었다.

"네, 있어요." 엄마는 여전히 강철 침대에 새처럼 갇혀 있었다.
"창가에 있어요."

이젠 눈이 그만 내리면 좋겠다. 틈날 때마다 창밖을 내다보았지만 눈은 그치지 않았다. 눈은 계속 펑펑 쏟아지고 있었다. 잎사귀들이 강바람에 날아와 창문에 부딪혔다. 도로의 자동차들은 눈을 튀기며 느린 속도로 흘러가고 있었다. 또한 사람들은 입구를 향해 미친 듯이 돌진하고 있었다. 잠시 후엔 다음과 같은 일들이 펼쳐질 것이다. 의사들이 낮은 목소리로 하루 일과를 보고하고, 환자 가족들이 나지막하게 자장가를 부르며, 내 외로움을 종식시키려는 듯 불길한 그림자가 스며들 것이다. 나는 어둠의 순간을 목격하는 유일한 목격자였다. 어둠은 딸깍 하는 구두 굽소리나 누군가의 미소와 함께 홀연 사라져버리기 때문이다. 하여 그 어둠의 순간은 나만의 작은 비밀이었다.

나는 노트를 껴안았다. 엄마 가족의 이야기들을 아는 대로 끼적거린 노트였다. 코시체에서의 연애 이야기들, 고국을 떠나 바다를 건넌 이야기, 처음 뉴욕 시에서 밥벌이를 했던 이야기, 엄마가 가난에 못 이겨 펜실베이니아 농장에서 일하면서 영어를 배웠던 시절의 이야기, 그리고 드디어 버펄로에서 만들어진 이야기들, 부모님이 처음 만났던 시절의 이야기들이 담겨 있었다. 내가 어렵게 알아낸 하나하나의 이야기들, 나의 수집품인 이 이야기들이 날 브라운 대학 작문과로 들어가게 해줄 것이며, 언젠가 내 데뷔작으로 꽃필 것이다.

엄마는 천천히 고개를 돌려 날 똑바로 쳐다보려 했다. 화학요법 탓에 머리카락은 거의 빠지고 피부는 물기가 없어 종잇장처럼 얇았다. 백혈병이 의심된다고 말했던 의사는 얼마 지나지 않아 엄마의 가슴에서 종양을 찾아냈다. 방사선 치료를 하기에는 너무 늦은 시기였다. 암세포는 벌써부터 엄마를 먹어치우고 있었다. 나는 엄마를 끌어안고 제발 내 곁을 떠나지 말라고, 우리를 떠나지 말라고 애원하고 싶었다. 하지만 그럴 수 없었다. 그런 행동은 내가 미성숙하고 약하며 이기적인 사람임을 드러낼 것이기에. 엄마에게는 아빠를 닮은 감상적인 딸이 아니라 자신을 닮은 강인한 딸이 필요했다. 엄마는 평생 한 번도 주저앉지 않았다. 당신의 부모님이 돌아가셨을 때도, 그리고 병상 신세를 지고 있는 지금도 좌절이란 단어를 용납하지 않았다.

알록달록한 잎사귀들이 바람에 밀려 창문에 부닥치더니 의사용 주차장으로 쫓겨났다. 겨울이 벌써 시작되었다는 게, 눈이 이렇게나 많이 내렸다는 게 나는 믿기지 않았다.

"뭘 보고 있니?" 엄마가 물었다.

"별 거 아니에요. 그냥 거리 구경하고 있어요."

"오, 마지." 엄마가 나직하게 말했다. "너무 슬퍼하진 마라, 다 잘될 거야."

"전 괜찮아요…. 괜찮아지겠죠." 나는 엄마를 안심시키려 이렇게 말했다. 하지만 진짜 괜찮은지 자신이 없었다. 어떻게 내가 괜찮을 수 있겠는가. 엄마가 날 버리려고 하는데. 세상 사람들은 '모든 일은 좋아지게 마련이다'라고 말하지만 나는 그 말이 믿기지 않았다. 학교생활은 너무 힘들었고 또 모든 사람들이 작가가 되려는 내 목표를 방해하고 있는 마당에, 어떻게 내가 괜찮단 말인가. 엄마가 죽어가고 있는데도 꿈을 간직하는 나는 이기적인 인간일까?

"무슨 생각을 하고 있었니?" 엄마가 물었다.

나는 정직해지고 싶었다. "내 책 생각을 했어요. 학교 생각도, 또 브라운 대학도 생각했어요."

"왜?" 엄마의 목소리 톤이 약간 올라가 있었다. 그러지 않았다 해도, 엄마가 날 이해하지 못할 것임은 알고 있었다. 엄마는 내 기를 꺾으려 할 것이다. 그래서 나는 대답하지 않았다.

하지만 다음 순간에 어쩌면 엄마는 그저 신경이 날카로운 상태라는 생각도 들었다. "넌 할 일이 많아. 동생들이 기다릴 테니까 어서 집으로 가. 저녁도 차리고, 애덤 숙제도 도와줘."

나는 이번에도 대꾸하지 않았다.

"맞아, 빨래거리도 있겠구나."

병실은 점점 좁아지고 더워졌다. 엄마의 성화에 나는 목이 간질간질해졌다. 화제를 바꿔야 했다. "엄마, 농장에서 살던 시절이야기를 마저 해주실래요?"

"마저, 지금은 곤란해." 엄마는 한숨을 내쉬었다. "어쩌면 이런 상황에서도 네 작문 걱정을 하니? 아무튼 넌 그 대학에 못 가. 집에서 너무 멀어."

"그렇게 멀지는 않아요! 그리고 엄마가 그렇게 말하는 건 저를 믿지 않아서예요. 선생님들은 모두 절 믿어요."

"어서 취직하고 돈을 벌어 집안 살림 도울 생각이나 해. 널 잘 돌봐줄 수 있는 능력 있는 젊은 남자를 잡아야 한다. 대학 공부는 안 돼. 너뿐 아니라 네 여동생들 모두 대학은 안 돼."

"누군가는⋯⋯."

"정말 그렇게 대학 공부를 하고 싶니? 그러면 버펄로 대학이나 2년제 커뮤니티 칼리지나 통학 학교에 다닐 수는 있겠지."

엄마가 이런 말을 하는 게 믿기지 않았다. 2년제 커뮤니티 칼리지라고? 나는 충격에 심장이 폭발하지 않도록 가슴 위로 팔짱을 단단하게 꼈다. 목구멍에 큰 알갱이가 턱 걸린 것 같았다. 엄마의 몸을 흔들며 내 인생을 그만 망치라고 소리치고 싶었다.

"전 제가 원하는 일을 할 거예요." 나는 웅얼거리며 몸을 돌렸다. "어차피 엄마는 모르고 말겠지만."

"뭐라 했니?" 엄마는 내 대답을 잘 못 들어서 되물은 게 분명했지만, 차라리 엄마가 제대로 들었기를 바랐다.

"기분이 안 좋구나. 그 문제는 네 아버지와 상의하렴."

나는 깨달았다. 엄마가 날 전혀 모른다는 걸. 엄마는 내가 여태 죄의식의 세계에서 살고 있었나는 걸, 엄마의 바람 말고는 다른 것은 원하지 못한 채 스스로를 조롱하며 살았다는 걸 꿈에도 생각하지 못하고 있었다.

바로 그때 병실 문이 열렸다. 아빠가 빠끔 안을 들여다보았다. 눈가가 폭 꺼져 있었다. 밤에는 엄마를 간호하고 낮에는 사람들의 집을 따뜻하게 고치느라 생긴 피로의 흔적이었다. 막내 애덤은 아빠의 혁대를 꽉 잡고 겨드랑이에 착 달라붙어 있었다.

아빠는 엄마를 가리키면서 내게 물었다. "들어가도 되지?"

나는 고개를 끄덕였다. 원래는 한 번에 면회객 셋은 규칙 위반이지만, 간호사들이 엄마의 병세를 고려해 예외적으로 허락해주었다. 또 엄마와 병실을 같이 쓰는 다른 환자가 현재 수술을 받느라 병실에 없기도 했다.

아빠는 애덤의 등을 떠밀었다. 애덤은 두 팔을 뻗으며 엄마 침대로 다가갔다. 엄마는 아이의 손가락을 쓸어주었다.

"애덤, 우리 꼬맹이 왔구나." 엄마는 낮고 나긋나긋한 목소리로 말했다. 애덤은 태어날 때부터 몸에 결함이 있었다. 몸집은 또래보다 확연하게 작았고, 손가락은 기형이었다. 이런 결함 때문에 애덤은 엄마 아빠로부터 몇 가지 특권을 보장받았다. 그리고 내 가슴속에서도 각별한 자리를 보장받았다.

"엄마, 안녕." 애덤이 웅얼거렸다.

"꼬맹아, 정말 보고 싶었단다." 엄마가 나직하게 말했다. "그동안 뭘 하며 지냈어?" 엄마가 만지는 애덤의 손에 달린 손가락들은 다 새끼손가락처럼 지나치게 작았다. 나는 침대 발치에 있는 초록색 가죽의자에 털썩 앉았다. 아버지는 작은 벽걸이 거울을 보며 눈썹을 하나 뽑더니 돌아서서 벽에 등을 기댔다.

"애덤, 오늘 학교 결석했다면서?" 엄마가 말했다.

애덤은 깜짝 놀라 눈을 둥그렇게 뜨더니 낄낄 웃었다. "와아… 엄마는 모르는 게 없네."

"그럼 다 알지, 그게 엄마 일이잖니." 엄마는 침을 삼켰다. 헐렁한 흰 가운을 입은 남자가 병실로 들어왔다. 그는 엄마가 거의 입에 대지 않은 샐리스버리 스테이크가 담긴 갈색 플라스틱 쟁반을 들고 다시 나갔다.

엄마는 숨가빠했다. "애덤, 엄마는 말이지, 네가 학교에 빠지지 않았으면 정말 좋겠어. 엄마가 옆에 없을 때도 말야. 아니, 엄마가 없을 때일수록 더 열심히 학교에 다녀야지. 학교 공부는 중요한 거야. 또 너는 바보가 아니잖아?"

엄마는 애덤에게 모호하게 표현했다. '엄마가 옆에 없을 때'라는 말은 엄마가 죽는다는 뜻일 수도 있고 쇼핑 가는 걸 뜻할 수도 있다. 하지만 애덤은 이미 그 말뜻을 알고 있었다. 엄마 입으로 말했듯이, 애덤은 여덟 살 어린애이긴 해도 바보가 아니었다.

"좋아요, 엄마, 학교 열심히 다닐게요. 내 걱정은 절대 하지 마

295

세요. 또 제 곁엔 아빠가 언제까지나 계실 거잖아요. 난 벌써 뷰익 자동차랑 시보레 자동차가 어떻게 다른지도 알고 있어요!"

아버지는 얼마 전에 플래시 히팅 가게를 열었으며 가게 한켠에서 밀수품을 팔고 있었다.

"그래, 우리 막둥이." 아빠가 말했다. "그래도 엄마는 네가 학교생활을 열심히 해서 이 아빠처럼 되지 않길 바란단다." 아빠는 당신의 부친으로부터 그럴싸한 직업 기술을 배우지 못했다. 아빠의 아버지, 즉 나의 이탈리아 할아버지는 벌목꾼과 실업자 사이를 들락날락했던 분이었다.

"오, 여보." 엄마가 애덤의 손을 놓더니 아빠를 잡으려 허공을 허우적거렸다. "그런 말 말아요, 너무 궁상맞게 들리잖아요."

아빠는 다가가 엄마의 손을 잡았다. 엄마의 이마에 입을 맞추고 귀에 뭐라 속삭였다. 엄마도 나직한 목소리로 대답했다. 아빠는 일이 분가량 엄마의 손을 꼭 잡은 채 엄마를 힘주어 쳐다보았다. 그다음 내 쪽으로 돌아섰다. 땀이 아빠의 이마에서부터 작은 실개천처럼 흘러내렸다. 아빠는 그제야 내가 하루 종일 알고 있었던 사실을 알아차렸다. 엄마가 보통 때와 다르다는 사실을.

엄마는 앞을 보지 못했다.

아빠는 눈을 내리깔더니 애덤을 내 쪽으로 밀었다. 그러고는 우리에게 집에 가라고 말했다.

"더 이야기하면 안 되나요?"

"넌 집에 가서 할 일이 많잖아." 아빠가 대답했다.

"그렇지만 아빠, 집안일은 내털리도 할 수 있잖아요? 걔는 아무 일도 안 하고 만날 빈둥빈둥…."

아빠의 얼굴이 불그레해졌고 왼쪽 눈도 실룩거렸다. 목소리도 조금 올라갔는데, 하지만 어디까지나 아주 살짝 올라갔다. "마지, 그런 말은 시작도 하지 마! 쓸데없이 엄마 걱정 끼치지 마. 또 내털리는 집안일을 돕기엔 아직 너무 어리잖아."

나는 망설였다. 이 정도 꾸지람은 신물이 나도록 들었었고, 예전 같으면 그냥 내 방으로 퇴각했을 것이다. 내 머릿속의 안전지대로. 하지만 지금은 위험과 맞닥뜨려보기로 했다. 아버지는 새사람이 됐으니까, 과거에 비해 유순해졌으니까. 또 우리 집 상황도 달라졌으니까.

"하지만 아빠, 엄마는 조금 전에 막 깨어났어요. 아빠 생각은 늘… ."

아빠는 도리질을 치며 내 쪽으로 걸음을 뗐다. 아빠의 그런 모습에 애덤은 겁이 나 내 스웨터에 힘차게 매달렸다. 순간적으로 내 스웨터의 올이 풀려 구불구불한 뱀처럼 바닥에 떨어질 것 같다고 생각될 정도로.

"설리번." 엄마가 힘없이 아버지를 불렀다. 엄마는 슬플 때나 진지하게 대화를 해야 할 경우 아빠를 샘이 아니라 설리번으로 부르곤 했다.

아빠는 이를 앙다문 채 으르렁거렸다. "집으로 가라고 했지! 어서 당장 가!" 벌건 얼굴이 내 얼굴 바로 앞에서 멈췄다. 날 밀치거나 때리고 싶었겠지만 그 선에서 자제했다. 그래도 눈은 금방이라도 튀어나올 듯했다.

"내 성질 건드리지 마라…." 아빠는 이렇게 뱉고는 잠시 말을 끊었다. "건드리지 마." 짧은 순간, 아빠는 기도를 했을까? 아니면 하느님이 자신을 내려다보고 있다고 생각했을까? 작년 한 해 동안 성경 읽기는 아주 많은 부분에서 아빠를 좋은 남자로 바꾸어놓았다.

아빠가 야단을 치지 않자 나의 자의식도 한 발 물러섰다. 나는 고개를 숙이고 애덤의 손을 찾아 잡은 뒤 문으로 걸음을 떼었다.

하지만 그런 다음 생각했다. 아빠에게는 권리가 없어요. 아빠가 엄마와 우리에게 했던 짓을 생각해봐요. 아빠는 우리 가족보다 다른 여자를 더 사랑한다며 우리 곁을 떠났어요. 다른 여자와 시시덕거리며 엄마 눈에서 눈물을 흘리게 했었죠. 아빠에겐 그런 말을 할 자격이 없어요.

"엄마, 잘 있어." 애덤이 말했다.

"저희 갈게요." 내가 말했다. 모퉁이를 돌다가 뒤돌아보았다. 아빠는 허리춤에 두 손을 올리고 불거진 눈으로 날 노려보고 있었다. 아빠가 지난 몇 년 정신을 빼놓고 살기는 했으나 아빠가 우리에게 돌아온 게 나는 기뻤다. 어쩌면 아빠는, 예전 언젠가 그랬던 것처럼, 이번에도 내 후원자가 돼줄지도 모른다고 생각했다.

작년 이맘때였다. 나는 학교에서 우등반 모임을 끝내고 막 집에 돌아와 있었다. 여동생들이 아직 오지 않아서 침실에서 차분하게 첼로 연습을 할 수 있었다. 그런데 생상스를 연주하기 시작한 지 얼마 안 되어 아빠와 엄마가 싸우는 소리가 들려왔다. 또 싸우는군. 아빠의 목소리는 크고 깊었으며, 엄마의 목소리는 가릉거리는 고양이 울음소리 같았다.

"당신은 어쩌면 단 한 번도 합리적이지 못하죠, 설리번?" 엄마가 소리쳤다.

나는 방문을 열고 2층 복도로 나갔다. 안드레의 방문은 닫혀 있었지만, 그 애는 방 안에서 헤드폰을 끼고 전쟁을 차단시키고 있는 게 분명했다. 하지만 나는 달랐다. 나는 그 전쟁을 매번 알고 싶었다. 엄마와 아빠가 왜 그렇게 서로를 미워하는지, 그게 아니라면 우리를 왜 그렇게 미워하는지, 이유를 알고 싶었다.

부엌 쪽에서 엄마의 고성이 터져 나왔다. 나는 걸음을 멈추었다. "로드아일랜드요? 대체 걔는 자기가 뭐라고 생각한대요?"

"우리 딸은 반에서 제일 똑똑해! 대학입학 자격시험에서 1560점을 받았어! 담임선생이 이번이 둘도 없는 좋은 기회라고 하잖아!"

나는 벽에 등을 꾹 눌렀다. 귀가 타들어가는 것 같았다. 아빠가 집에 돌아온 이후 첫 번째 부부 싸움이었다. 그런데 이 부부 싸움의 원인자는 나였다. 아빠는 정말은 내 편이었단 말인가?

"선생들이 알면 얼마나 알겠어요?" 엄마는 조금 전보다 낮은 목소리로 말했다. "우리 큰딸은 요즘 우습지도 않은 계획에 마음이 들떠서 구름 속을 헤매고 있어요. 할 일이 얼마나 많은데…. 나한테 필요한 딸은, 집에서 동생들을 돌봐주는 딸이에요. 그 애가 있을 곳은 바로 여기, 가족 곁이라고요."

"빌어먹을. 마리아, 잘 들어, 마지는 자기 인생을 가져야 해."

"당신처럼 말인가요, 네? 당신이 자기 가족을 나 몰라라 한 것처럼, 마지도 가족을 모른 척 살란 말이죠?"

"당신!" 아빠의 목소리가 더 높아졌다. "그 말은 다시 꺼내지 않겠다고 당신 입으로 말했잖아. 그랬으면서 또 내 면전에서 그런 말을 해?"

엄마는 말이 없었다.

"누군가는 브라운 대학에 가게 돼 있어. 그게 우리 딸이면 안될 이유가 뭐야?" 아빠가 버럭 소리를 질렀다.

나는 다시 걸음을 뗐다. 엿듣고 있음을 들키지 않으려고 삐걱거리는 마루는 피했다.

"우리 형편으로는 어림없는 일이에요." 엄마가 말했다.

아빠의 목소리가 조금 누그러졌다. "그래, 어려운 일이긴 하지, 그래도 우리 큰딸이 대학 졸업장을 따는 걸 생각해봐. 세상은 변했어. 고등교육을 못 받으면 돈 벌기 힘든 세상이야."

"맞아요, 당신은 정말이지 돈벌이를 못 하죠! 당신은 우리 딸을 브라운 대학에 보내자고 고집하는데… 그 이유가 뭘까요? 그래야 아무 짝에도 쓸데없는 당신의 빌어먹을 친구들에게 뻐길 수 있을 테니까요…."

이어서 나온 아버지의 목소리는 복도에 걸린 사진들을 흔들 정도로 엄청났다. "닥쳐! 내 친구들 험담하지 마!"

"당신이나 닥치시죠!" 엄마가 되받아쳤다. 엄마는 정말이지 악으로 깡으로 대들고 있었다.

"어떻게 감히…." 아빠가 말했다.

나는 엄마의 몸뚱이가 석고 회벽에 부딪히는 소리를, 접시나 유리잔이나 설탕 그릇이 깨지는 소리를 기다렸다. 툴툴거리는 소리, 치고 밀고 당기는 소리가 나리라 생각했다.

대신 침묵만이 흘렀다. 잠시 후 거의 슬픔에 잠긴 엄마의 힘없는 목소리가 들려왔다. "걘 대학에 절대 못 가요. 대학이라니, 세상에, 그런 일은 난 용납도 못 하고 견디지도 못해요!" 나는 기도하고 있었다. 설령 엄마가 나의 브라운 진학 계획을 짓밟는다 해도 아빠가 엄마를 때리지 않게 해주세요. 엄마가 나의 대학 진학을 반대하는 데는 돈 말고 분명히 다른 이유가 있었다.

나는 복도 가장자리로 바짝 다가갔다. 무릎을 천천히 내리고 난간 아랫부분을 잡았다. 바닥에 바짝 엎드려 아래를 굽어보았다. 난간 두 개의 틈새로 엄마와 아빠를 한꺼번에 보기에는 무리였지만, 그래도 보이기는 했다.

"아무튼 우리 딸은 내학엘 가야 해!" 아빠가 소리쳤다.

"아뇨, 못 가요."

"닥쳐, 마리아!"

엄마는 의자를 끌어당겨 앉았다. 엄마의 목소리는 흔들렸다. 울고 있었다. "그래요, 입학원서 쓰라고 해요. 흥, 대학, 갈 테면 가라죠 뭐…. 난 이제 이런 식으로 싸울 힘이 없어요. 이러다가 내가 죽겠어요, 피가 말라요, 샘."

집은 조용했다. 침묵이 자리 잡은 시점에서 나는 눈을 감고 숨을 멈추었지만 정적이 너무 길어지자 결국 못 견디고 약간의 공기를 들이마셔야 했다. 나는 소리 죽여 복도를 되밟아 내 방으로 돌아갔다. 아무튼 엄마는 허락했다. 나는 브라운 대학에 갈 것이다. 내 미래는 밝아 보였다. 하지만 다시 첼로 활을 쥐고 연주를 시작했을 때, 눈물이 내 뺨을 타고 흘러내렸다.

＊

그를 보기 전부터 그의 냄새를 맡을 수 있었다. 그 냄새가 강력해서가 아니라 극단의 친밀감을 느끼게 했기 때문이다. 나는 매일 학교에서 마크를 보았으며 또 가끔은 방과 후에도 만났다. 그에게선 늘 오드콜로뉴 냄새가 어른거렸다. 산뜻하고 차가운 물기 어린 그 냄새를 맡으면 내가 해보지도 못한[34] 스쿠버다이빙과 아카풀코 해변이 연상되곤 했다.

해바라기 문양이 흐릿하게 프린트된 엠파이어 스타일의 긴 거즈 드레스를 막 벗으려 할 때, 그의 향기를 실은 저녁 공기가 부드러운 곡선으로 내 창가를 지나갔다. 그다음 뭔가가 창문을 탁 치더니 집 바깥벽의 벽널을 따라 미끄러져 차도에 떨어지는 소리가 들렸다. 이웃집 개 르게시가 컹! 하고 짖었다. 나는 벽에 기대 창 아래쪽을 살폈다. 하지만 베네치아 블라인드를 내린 데다가 침실 조명 때문에 잘 보이지 않았다. 보이는 것이라고는 차도와, 사람 손을 타지 않아 무성하게 자란 파키산드라에 가려진, 그곳에 있어서는 안 될 비행기 한 대가 전부였다. 나머지는 조명 빛이 안 닿아 어두웠다. 그때 낮고 긁는 듯한 목소리가 들려왔다.

"조용히 해, 내가 타고 올라가도록 네 머리채를 내려줘." 순간 제일 먼저 떠오른 건 오늘 오후에 했던 노동―빨래와 요리, 동생들 뒤치다꺼리―, 그리고 그런 노동들이 내 얼굴에 남겨놓았을 피로였다. 갈색을 띤 쥐색의 가는 내 머리칼은 손질이 필요할 것이다. 그건 동화들에 나오는 그런 아름다운 머리칼이 아니었다. 하지만 엄밀히 따지자면, 마크도 내 창으로 올라와야 할 남자가 아니었다. 마크는 어디까지나 아주 친한 친구일 뿐이었다.

---

34) 다나이데 나비 수컷은 이 꽃 저 꽃에서 모은 향기를 뒷다리에 하나씩 달린 주머니에 저장하면서 암컷을 공격할 절대적인 향기를 만들어낸다.

"쉿… 안 돼, 올라오지 마. 나 옷 벗고 있어."

"그럼 더 좋네." 잠시 조용했다. "제발 올라가게 해줘, 마지."

"아빠가 언제 들이닥치실지 몰라… ."

"끙!" 용쓰는 소리와 덜그럭 소리가 한 번씩 들려왔다. 마크는 홈통을 타고 기어올랐다. 나는 창가에서 물러나 재빨리 방을 훑어보았다. 흩어져 있는 팬티들을 집어 얼른 침대 밑에 감췄다. 그런 다음 방문을 꼭 잠갔다. 목욕 후 힘 빠진 동생들이 간식을 달라며 쳐들어올 경우를 대비해야 했다.

마크는 손가락 두 개로 그물 창을 톡톡 두들겼다. "혼자 있지?"

나는 다시 창가로 가서 그물 창을 위로 밀어 올렸다. "꺼지라니까."

"보여주고 싶은 게 있어."

"난 작가 모임 미팅 준비를 해야 해. 알잖아?"

"잘됐네, 내가 도와주면 되잖아."

나는 창가에서 물러섰다. 마크의 몸통이 쑤욱 올라왔다. 머리부터 먼저 창문으로 집어넣더니 쿵 소리를 내며 바닥으로 떨어졌다. 그러고는 일어서서 나를 똑바로 쳐다봤다. 독일계인 마크는 짧게 친 금발 머리에 파란 눈동자, 큰 키에 다부진 근육을 가지고 있었다. 상체가 약간 굽어 어깨를 뒤로 젖혀 등을 곧게 펴주고 싶은 남자였다. 그는 등에 비단 안감을 덧댄 두꺼운 선원용 모직 더블 상의를 입고 검정색 군화를 신고 있었는데, 그 군화에는 얼룩덜룩한 물감이 군데군데 묻어 있었다. 한창 작업에 몰두 중인 화가의 차림새였다.

마크는 차분하게 내 시선을 받아내었다. 그의 코트가 미끄러지듯 바닥에 떨어졌다. 마크는 붉은색 격자무늬 셔츠의 단추를 정성스럽게 풀더니 먼저 왼팔을, 다음엔 오른팔을 빼냈다. 얇은 흰색 티셔츠와 초록색 군복만 남은 차림으로, 그는 알 듯 모를 듯 한 웃음을 짓더니 머리 위로 티셔츠를 벗었다. 털 없이 반질반질한 넓은 가슴이 드러났다.

내 숨은 점점 거칠어졌다. 마크가 내 쪽으로 걸음을 떼자 나는 이리저리 발을 옮겼다.

머릿속으로, 나는 아빠의 목소리를 듣고 있었다. 이전에 수없이 들었던 경고의 목소리였다. 너는 모르고 있지만, 마크는 널 사랑하고 있어. 걜 멀리해라. 그 깡마른 놈은 거칠어. 좋지 않은 일을 할 놈이야. 아무튼 절대로 그놈을 방에 들이지 마라.

마크가 눈을 찡끗하더니 몸을 홱 돌렸다. 하얗고 단단한 등이 보였다.

"마크…. 아주 엄청나다!" 나는 웃기 시작했다. 마크도 웃었다. 나는 그의 등을 계속 노려보며 말했다. "정말 몰랐어, 네가 정말…"

마크의 등에는 문신이 있었다. 붉은색, 흰색, 푸른색 잉크로 그린 아주 크고 오래된 문신이었다. 등 한가운데 가로세로 11센티미터에 25센티미터 크기의 모자 쓴 고양이가 자리 잡고 있었다.

"상상도 못했어, 네가 그린 …."

"대신 너도 뭔가를 해줘. 난 늘 한 사람을 원했어."

"그래, 문신 예쁘다. 정말이야. 내 말은, 난 닥터 수스(Dr. Seuss.
『모자 쓴 고양이』 등 여러 대표작을 남긴 그림 작가 – 옮긴이)의 열혈 팬
이거든."

마크는 바닥에서 옷가지들을 집어 들어 다시 걸치며 물었다.
"집에는 별일 없어? 어머닌 어떠셔?"

"똑같아. 더 나빠지진 않았지만 좋아지지도 않았어." 내 목소리
는 속삭임에 가까워졌다. "마크, 나… 너무 힘들어."

마음속으로, 나는 그날 오전 병원에서 아빠와 벌인 언쟁을 되
새기고 있었다. 마음속으로, 나는 마크에게 내 인생에 침입한 어
둠에 대해, 그리고 그 어둠이 내 내면에 어떻게 흔적을 남겼는지
에 대해 들려주고 있었다. 긴 세월 동안 누구에게도 내보이지 않
고 내 안에만 쌓아두었던 감정의 먼지들을 조금이라도 털어내,
어떻게든 이 혼돈의 일부라도 덜어내고 싶었다. 잠시만이라도
내 고통을 받아줄 사람, 날 다시 작은 아기처럼 대해줄 사람이 너
무나 절실했다.

하지만 그 일은 결코 쉽지 않으리라.

"엄마는 여전히 앞을 못 보셔. 내내 구토만 하시고. 그리고 난
내내 병실을 지키는데, 너무 힘들어. 하지만 그게 엄마 잘못은 아

니잖아? 어쨌거나 난 더 강해져야 하고, 우리 가족을 책임지고 돌봐야 해, 나 아니면 돌볼 사람이 없으니까…. 아빠도 지치셨어, 그래서 나만 몰아붙이지…. 하지만 아빠야말로 제일 힘드실 거야."

"마지, 넌 할 수 있어. 넌 아주 강한 애니까. 그래도 가끔은 휴식이 필요해…. 그래서 말인데, 당구나 한 게임 할까?" 마크는 왼쪽 눈을 찡긋하며 엄지손가락을 구부려 큐를 잡는 시늉을 했다.

"속없는 놈, 꺼져버려." 나는 주먹으로 마크의 어깨를 세게 때렸다. 그는 꿈적도 하지 않았다. 그는 흐트러진 내 침대에 누웠고, 나는 돌아서서 거울에 비친 내 모습을 보았다.

"넌 점점 늙은 여자처럼 굴어." 마크가 말했다.

"지독하지?" 농담으로 받아넘겼지만, 마크 말이 맞았다. 지난 해 이후 여러 일을 겪으면서 나는 젊은 여자에서 중년 여자로 변해갔다.

마크가 웃었다. 그 소리에 나는 눈썹을 올리며 어깨너머로 돌아봤다.

"드레스 멋지다." 그가 말했다.

"고마워."

나는 화장품 가방을 집어 딸칵 열었다. 자줏빛 립스틱과 빨강 립스틱이 있었다. 빨강을 바를까? 그런데 화장을 고칠 만한 가치가 있을까. 무슨 목적으로 치장을 하는 걸까? 화장으로 얼굴빛을 확 바꾼들 무엇 하나? 여자는 립스틱을 얼마만큼 소모한 다음에야 화장도 주름살이나 파인 자국을 감추지 못함을, 단지 일시적인 현실 부정임을 깨닫게 될까? 결국 립스틱은 여자의 서랍장 안에서 굴러다닐 것이고, 늙어 핏기 없는 얼굴과 뻣뻣한 몸으로 죽음을 앞둔 침대에 누워 있게 되겠지. 그래도 궁금하다. 육체가 살아 있음으로부터 생명 없음으로 옮겨가는 정확한 시점, 그 경계는 정확하게 어디인지가.

"너 입술 화장 좀 해야겠다." 마치 내 생각을 읽은 듯 마크가 말했다.

그 말이 내게는 격려로 들렸다. 나는 고마워하며 빙긋 웃었다. "그래…. 어떤 걸 바를까? 러스트, 아니면 파워?"

"농담하냐? 두 개 다 발라야지."

"고맙다, 큰 도움이 되네."

"빨간 립스틱을 발라. 넌 빨간색을 바르면 멋지거든. 입술이 도톰해서 말이야."

"나도 그렇게 생각해." 나는 마크에게 옆모습을 보이며 립스틱을 세게 눌러 발랐다. 머릿속에선 이전에 수없이 들었던 엄마의 목소리가 들려왔다. 마크를 절대 놓치면 안 돼. 꼭 걔와 결혼해야 해. 그 앤 훌륭한 남편이 될 거야. 너희 둘은 잘 어울려, 완벽한 한 쌍이야.

"이번 주엔 네가 시를 읽어줄 차례지?"

"알았어, 할게."

그건 우리 둘이 8학년 때부터 시작한 의식이었다. 일주일에 한 차례, 마크는 내게 시를 읽어주었다. 점심시간이나 한적한 시골 길에서, 또는 내 방으로 몸통을 들이밀고 들어오거나 공원에서 그네를 타면서, 시를 읽어주었다. 그다음 주말이 되면 나는 그 시가 무슨 시인지 맞혀야 했다. 이런 시나리오는 꽤나 낭만적으로 보이지만, 마크와 내가 단순한 친구 사이임을 모르는 사람들에게만 그렇게 보였을 것이다. 나는 마크를 사랑하지 않았다. 사랑 같은 건 아니었다. 나는 마크를 네 살 때부터, 그러니까 그의 어머니 실비아와 우리 엄마가 함께 줄담배를 피우며 주사위 게임을 할 때부터 알고 지냈다.

거울 속에서 보니, 마크는 뒤 호주머니에서 조그만 사각형 쪽지를 꺼낸 다음 천천히 펼치고 있었다.

마크가 목을 가다듬었다. 나는 눈을 감고 숨을 들이마시며 돌진해오는 단어들에게 나를 맡겼다.

매순간 날아야 한다.

독수리들처럼, 집파리들처럼, 세월처럼.

토성의 고리들을 정복해서[35]

---

35) 토성에 둘러진 수십만 개의 고리들은 원래 커다란 얼음 조각들이다. 그 크기는 집채만 한 것부터 모래 알갱이 하나만 한 것도 있다. 맨눈으로 볼 때 토성은 밝은 오렌지 빛을 띤 노란색 별로 보인다. (브리태니커 백과사전을 보라.)

그곳에 편종을 세워야 한다.

방랑자에게 구두와 오솔길은 더는 충분치 않으며

땅은 더는 소용이 없어라.

뿌리는 이미 밤을 가로질렀으니,

그리고 당신은 또 다른 행성에 나타나리니,

고집스럽게 덧없는,

양귀비로 나타나리라.(파블로 네루다의 시집 『100편의 사랑 소네트』에 수
록된 97번 시 – 옮긴이)

그 시는 내 콧구멍을 지나, 내 안구 뒤를 문지르고, 내 마음속
에 보금자리를 틀었다. 나는 알몸에 날개를 달고 초록빛 토성 위
에 있었다. 토성에는 빛나는 붉은 양귀비 다발들이 점점이 박혀
있었다. 나는 거대한 곤충의 눈으로, 구름 하나가 먼 별들을 향해
올라가는 걸 응시했다. 그때 현관 벨이 울렸다.

마크가 나를 불렀다. "누가 온 것 같은데."

"뭐?" 나는 얼른 눈을 떴다. 마크는 베개를 베고 내 침대에 누워
있었다.

"아빠야…. 열쇠를 곧잘 잃어버리시거든." 나는 내 가방을 낚아
채 문으로 향했다.

"여기서 기다릴까?" 마크가 놀리듯 물었다.

"그만 가봐… 창문으로 나가. 괜히 소리 내서 아빠한테 들키지

말고!" 나는 마크를 일으켜 세워주었다.

"내일 오전에 보자. 수업에 또 빠지지 않는다면 말이야." 나는 나직하게 말하고 까치발로 문가로 갔다.

"그럼 안녕, 예쁜이."

"네, 지금 나가요!" 나는 큰 소리로 대답하며 계단을 뛰어 내려갔다. 아빠는 현관문의 유리창에 코를 누르고 있었다. 내가 점점 다가가자 아빠의 얼굴은 콧김이 만든 한 뼘가량의 자국에서 점점 멀어졌고, 싹처럼 삐죽 나온 검은 머리칼만이 흐릿하게 보였다. 나는 문을 활짝 열었다.

아빠는 부상병처럼 축 처져 있었다. 두 팔을 늘어뜨리고 두 다리를 질질 끌며 천천히 들어왔다. 코트를 걸려고 옷장으로 가던 아빠는 내 눈과 마주치자 순간 멈칫했다. 마치 그제야 날 본 것처럼. 갑자기, 조금 전 내가 열었던 문으로 들어온 찬바람이 느껴졌다. 문을 조금 닫고 돌아선 다음 아빠가 빽빽한 옷장 안에 외투를 거는 걸 가만히 지켜보았다.

"마지, 잠깐 이야기할 수 있을까?" 아빠가 물었다.

"그럼요, 무슨 일인데요?" 엄숙한 분위기를 잘라내려 가볍게 말했다. 무거운 분위기는 딱 질색이었다.

아빠는 거실의 안락의자에 털썩 주저앉았다. 나는 문을 마저 닫고 뒤따라가 맞은편 소파에 앉았다.

"지금은 모두에게 힘든 때야, 특히 네 엄마가 제일 힘들겠지.

네가 좀 더 상냥해지면 고맙겠다."

"그럴게요." 내가 말했다.

"그러는 게 힘들겠니?"

네, 힘들 거예요. 내 머릿속은 이렇게 말하고 있었지만, 정작 입에서는 다른 말이 나왔다. "아니에요, 아빠."

"마지, 나한테 할 말 있지? 솔직하게 말해봐."

"뭘요?" 나는 고개를 옆으로 까딱이며 머리카락을 배배 꼬았다.

"이 일, 그리고 모든 일에 대해서."

나는 생각했다. 지금 이 자리에서 그 말을 다 하란 말인가요? 십칠 년을 아버지와 같이 살았는데 엄마는 죽어가고 나는 내 길을 떠나려 하는 이제야 아버지는 내 감정이 궁금하신가요? 어디서부터 이야길 시작할까요? 아버지가 어떤 말이라도 해주길 바랐던 시절들, 아빠에게 내 마음을 열어 보일 자리를 간절히 원했던 그 시절들부터? 하지만 아빠는 내게 그런 틈을 보이지 않았어요. 그래서 그 세월은 그대로 억압이 되고 말았어요. 이제 와서 솔직하게 털어놓으라고 하는 것 또한 억압이에요.

무슨 말을 할까 생각했다. 뻐꾸기가 시계 밖으로 대가리를 내밀고 뻐꾹뻐꾹 울자 〈에델바이스〉가 흘러나왔다. 고요가 흘렀다. 몇 시간이고 계속될 듯한 고요였다. 나는 입이 떨어지지 않았다. 내 입술은 무거운 추를 달고 있었고 귀는 먹먹했고 목구멍은 턱 틀어 막혔다. 결국 아빠가 먼저 입을 열었다.

"음, 요즘 난 미래에 대해서, 그리고 너희들과 나와의 관계에 대해서 생각이 많단다. 네 엄마는 우리 가족을 묶어준 사람이야, 알지?" 아빠는 두 손으로 머리를 긁적였다. 그의 눈꺼풀이 찌푸려졌다. 울음을 터뜨릴 것 같았다. "네 엄마가 그토록 강인한 사람이 아니었다면… 나는 집으로 돌아오지 못했을 게다."

아빠의 말은 내게 아무런 충격을 주지 못했다. 본인이 직접 털어놨다 하더라도. 물론 아빠 말이 맞으며 나는 이전부터 그 사실을 알고 있었다. 엄마는 결혼 생활을 지키기 위해 이십육 년을 견뎌왔다. 그게 나쁘다는 말은 아니다. 단지 그 인고가 엄마를 위해서나 우리를 위해서 그럴 만한 가치가 있었을까 의심스러웠다.

아빠가 한숨을 내쉬었다. "한동안 네 엄마 속을 썩인 점, 미안하다. 진심이야."

내 목소리는 떨렸다. "왜 나한테 그런 말을 해요? 엄마께 직접 말씀하시지 않고."

"말하려고 했어…. 그리고 말했단다."

그러셨겠죠, 하지만 이젠 너무 늦어버렸죠. 너무 늦었어요. 엄마가 아빠를 필요로 했던 건 오래전이었어요.

"그리고 마지, 혹시 나 때문에 가슴 아픈 적이 있었다면 미안하다. 너하고 가깝게 지내지 못했어. 또 몇 번인가는 너한테 언성을 높이기도 했었지. 그래도, 그래도 말이다…."

겨우 몇 번이라고요? 그저 언성을 높인 게 다였다고요? 그렇다면 내 머리채를 잡아끌었던 그 짓은 뭐였죠? 그건 나한테는 몇 번이 아니라 너무 많은 전부였다. 나는 벽을 노려보았다. 초점이 흐릿해졌다. 파슬리와 작은 아메바가 초록색의 끈적거리는 연못 가로 빙글빙글 헤엄치는 것 같았다.

아빠의 목소리가 갈라졌다. "네 엄마는 살 날이 얼마 남지 않았어. 병원 사람들이 모르핀 투여량을 늘렸단다." 아빠의 눈가가 오그라들며 그렁그렁 눈물이 고였다. "너는 네 인생과 목표와 글이 걱정되겠지. 하지만 네 일은 잠시 접어둬야겠다. 난 네가 필요해…" 아빠의 몸은 엎지른 커피 물이 카펫에 스며들 듯 의자 속으로, 쿠션들 속으로 빨려들어 당장이라도 무너질 것 같았다. "넌 내게 유일하게 남은 희망이야."

나는 힘없이 일어났다. 아빠는 고개를 푹 숙인 채 숱 많은 머리칼에 두 손을 박고 있었고, 나는 아빠의 정수리를 노려보았다. 난생처음 아빠를 내려다보고 있었다. 기분이 좋았다.

마음 한켠은 아빠를 어루만지며 말을 걸고 싶었다. 내 가면을 벗어 보이고 싶었다. 하지만 그럴 수 없었다. 만약 아빠의 기대치에 대한 분노나 나 자신의 이기적 행동을 고집하려는 슬픔을 드러낸다면, 난 유약한 사람이 되고 말 것이었다. '아빠, 보세요, 이게 내 불만이에요!' 하고 말하는 순간 나의 유약함과 내 불행 모두를 불가피한 일로 만들 것이다. 그럼 난 악마가 될 거다. 그래서 내 감정을 토로하는 대신 편안하고 친숙한, 플라스틱 미소와

공허한 눈동자의 가면 밑으로 숨어버렸다. 완벽한 자동인형이
되었다.

"아빠, 걱정 마세요. 잘될 거예요." 그렇게 말하고 문으로 걸어
갔다. 뒤를 돌아보다가 아빠와 눈길과 마주쳤다. 불쑥 엄마가 생
각났다. "아빠, 슬픔에 너무 빠지진 마세요."

그러고는 말없이 걸었다. 하지만 한 걸음 한 걸음 뗄 때마다 내
심장은 점점 약해지며 집의 무게에 짓눌렸다. 걸음을 멈추고 잠
시 생각했다. 붉은 벽돌, 그 벽돌을 덮으며 자라는 아이비, 그리
고 그 덩굴에 둥지를 틀었던 새들, 구구 우는 비둘기들의 울음소
리. 나는 밤 속으로 걸어 들어갔다. 침묵의 환영, 미풍과 회색 달
빛이 반가웠다.

❉

가끔은 기다리는 일이 너무 피곤했다.

구름이 달을 가리자 엄마와 나는 곧 매서운 눈보라가 몰아닥
칠 것을 예감했다. 우리는 집단수용소에서 가스실로 끌려가기를
기다리는 사람들처럼 그렇게 말없이 앉아 있었다. 만약 둘 다가
아니라 한 사람만 또 다른 왕국으로 빨려 들어가면 어찌해야 하
나. 우리는 벌써부터 그 상실감에 고통받고 있었다.

"네 일기장은 어디 있니?" 엄마가 창에서 힘없이 고개를 돌리

며 물었다. 조금 전에는 바다색 하늘을 쪼개는 번개를 보고 싶다면서 커튼을 젖혀달라고 했었다.

"안 가져왔어요, 왜요?"

"네 외할머니 바바가 편찮으셨을 때의 얘길 해주려고."

물론 나는 그 이야길 듣고 싶었다. 하지만 엄마의 눈꺼풀이 자꾸 감기고 아주 피곤한 모습이었다.

"걱정 마세요. 조금은 기억하고 있으니까요. 그 이야기는 전에도 해주셨잖아요."

"그랬지, 그래도 이건 중요한 이야기야."

핏기가 빠져나가 밀가루 반죽처럼 허연 엄마의 얼굴에는 지난 세월이 만들어낸 반점들이 올라와 있었다. 광대뼈를 더 도드라지게 하는 그 반점들이 내 눈에는 크고 아름다운 주근깨로 보였다. 엄마는 저렇게 예쁜 걸 왜 악착같이 자꾸 감추려 했을까. 지금 엄마는 립스틱을 바르고 있지 않았다. 입원 초기만 해도 간호사들에게 립스틱을 칠해달라고 부탁했었는데. 깊은 눈동자가 돋보이도록 눈썹도 칠하고 뺨도 자연스럽게 붉게 칠해달라고 부탁했었는데. 이제 엄마는 화장을 일절 포기하고 있었다.

"엄마, 정말 괜찮겠어요? 말도 간신히 하시면서."

엄마는 꼭 다문 입술로 미소를 짓더니 다시 창 쪽을 보았다. 그 다음 하늘에서부터 힘을 끌어낸 것처럼 결연한 표정으로 다시 입을 열었다.

"바바가 실성하기 시작했던 때가 꼭 지금의 내 나이였어. 우리는 그때 펜실베이니아 농장에서 살고 있었지. 우리 아버지 제도는 바바와 결혼한 다음 곧 코시체를 떠났어. 새 인생을 위해 미국으로 먼저 갔었지. 바바는 남편의 편지 두 통만을 바라보며 칠 년을 혼자 아이들을 키웠어. 결국 제도는 바바를 미국으로 데려올 만 한 돈을 벌었어. 그래서 바바는 가족을 떠나야 했고, 그 후로 두 번 다시 가족을 보지 못했어. 그저 자식 여덟을 키우며 농장을 꾸려나갔어. 그때의 고생이란 말로서 다할 수 없었을 거다…"

나는 우리 집 벽난로 위에 늘 놓여 있던 사진들을 떠올렸다. 바바 할머니가 체코슬로바키아를 떠나기 직전에 찍었던 그 사진은 눈을 감고도 기억할 수 있다. 바바는 머리에 스카프를 두르고, 굳게 다문 입술과 공허한 눈망울로 렌즈를 응시하고 있었다. 양팔에는 쌍둥이처럼 닮은 첫째와 둘째 아들이 떨어지면 죽을 것처럼 매달려 있었다.

"바바는 밤마다 울었어. 그러다가 체코슬로바키아에 있는 형제가 죽었다는 편지를 받았단다. 바바는 그 편지를 실내복 호주머니에 늘 넣고 다녔어. 흔들의자에 앉아서 읽고 또 읽으며 울곤 했지. 제도는 어찌해야 할지 몰랐어. 그때까지 두 분은 병원 신세를 져본 적이 없었지만, 바바의 상태가 너무 심해지자 제도는 아내를 의사에게 데려갔어. 바바는 한사코 약 먹기를 거부했어. 밀라 언니와 나는 약을 코카콜라나 초콜릿 사탕에 섞어 먹이려 했지만, 엄마는 한사코 약을 거부했단다. 약이 섞인 걸 매번 귀신처럼 알아차렸어. 바바는 방에 혼자 틀어박히거나 우리를 쫓아다 녔어."

"쫓아다녔다고요?"

"바바는 죽은 듯이 얌전하다가도 갑자기 광포해졌어. 뭔가에 발동이 걸린 것 같았는데, 그럴 때면 빗자루든 꼬챙이든 닥치는 대로 잡고는 집 안에서든 들판에서든 우리를 때리러 쫓아다녔 어. 우리는 얼른 숨을 곳으로 달아나야 했지." 이 말은 밀물처럼 나를 덮쳤다. 외할머니가 돌아가신 직후의 사정에 대해서는 전 에도 들었었다. 그리고 나는 그런 이야기를 듣는 게 좋았다. 그러 면 엄마가 우리를 돌봐주는 사람이나 우리에게 음식을 해주는 사람 이상으로 보였기 때문이다. 진정한 하나의 인간, 흠 많은 과 거와 고통을 겪었음에도 모든 역경을 이기고 솟아오른 사람처럼 보였기 때문이다. 지금도 나는 이런 이야기를 하는 엄마가 좋았 다. 너무나도 겁나는 내용이라 해도. 엄마의 목소리에는 결연함 이 배어 있었고, 정신도 놀라울 정도로 맑았다.

"엄마, 힘들면 그만 말하세요."

"아버지와 나이 든 큰 오빠들은 일 때문에 저녁 시간에 밖으로 나갈 때가 있었어. 그런 날이면 엄마는 밀라 언니와 나에게 남자 들이 돌아올 때까지 같이 자자고 했어. 나는 엄마 옆에 누워서 엄 마를 물끄러미 쳐다보곤 했어. 지금도 생각이 나는구나. 엄마는 날 굽어보며 뭐라 속삭였고, 나는 그런 엄마를 쳐다보면서, '아, 오' 하곤 했지. 그럴 때 엄마는 아직 일어나지 않은 어떤 일을 보고 있거나 혼자만의 생각에 깊이 빠져 있었어. 나는 눈을 꼭 감고 죽은 듯이 누운 채 엄마의 속삭이는 목소리를 듣고 또 들었지. 갑자기 엄마가 내 얼굴을 찰싹 때리더니 시호북, 시호북 하고 말했어. 입 닥쳐, 입 닥쳐, 하는 뜻이었어."

엄마는 당시의 감정이 북받쳐서 침을 삼켰다. 마치 그 단어 위로 무언가나 누군가가 떠오른 것 같았다.

"그래서 무슨 생각을 했어요? 외할머니 정신이 이상해지고 있다고 생각했나요?"

"아니. 단지 나는 우리 엄마는 편찮으시다, 그래서 도와줘야 한다는 거만 알았어. 정신이 이상하다고는 한 번도 생각하지 않았단다. 그저 '이게 내가 감수해야 할 인생의 얼굴이야'라고 느꼈지. 아버지 역시 단 한 번도 '저 놈의 여편네, 당장 버려야지'라고 생각하지 않았으며, 나도 '불쌍한 내 신세' 식의 자기연민에 빠진 적이 없었단다. 가족은 영원하니까. 물론 어머니 때문에 마음이 혼란스럽고 당황스럽긴 했어. 그 무렵부터 우리는 사람들을 집으로 들이지 않았어. 나는 슬펐던 거 같아. 이제부터 내겐 엄마가 없다, 그런 비슷한 감정을 느꼈던 것 같아. 그리고 그런 감정이 아버지와 내 관계를 아주 가깝게 만들어줬어."

나는 고개를 끄덕이며 어린 계집애에서 여인으로 성숙해가는

319

엄마를 상상해봤다. 엄마는 날 물끄러미 쳐다보았다. 내가 의자를 침대 가까이로 붙이자 엄마의 목소리는 한결 더 부드러워졌다.

"밤이면 어머니는 잠들지 못하고 집 안을 돌아다녔어. 결국 상황은 아주 위험해져서 우린 다락방에서 잠을 자야 했지. 아버지는 우리를 위해 다락에 비밀 문을 만들었어. 엄마에게는 비밀로 하고. 아버지는 계단이 끝나는 곳에 튼튼한 경첩을 단 커다란 나무문을 달았어. 그 안으로 들어가려면 먼저 문을 머리 위로 밀어 올린 다음 다시 아래로 내려야 했어. 거긴 안전한 장소였어. 적어도 잠시 동안은."

나는 나중에 기억할 수 있도록 이야기들에 순서를 달았다.

"우리는 한동안 그 다락방에서 잠을 잤는데 결국엔 발각됐지. 엄마는 빗자루로 문을 때리며 당장 문을 열라고 소리쳤고, 우리는 쥐 죽은 듯이 숨어서 절대 문을 열어주지 않았어. 어느 날 밤 엄마는 도끼를 찾아내 문을 찍어대기 시작했어. 문이 갈라지는 게 보이자 나는 밀라 언니를 꼭 붙들고 구석에서 덜덜 떨었지.

정말 무서웠어. 우리를 점점 압박해서 달려드는 게 그 누구도 아닌 엄마였기 때문이야. 엄마가 어떤 횡포를 부릴지 몰라 우리는 스스로를 지켜야 했어. 그러던 어느 날, 엄마는 결국 도끼로 문을 박살냈지. 하지만 그때 우리는 이미 지푸라기가 가득한 곡물 창고로 잠자리를 옮긴 뒤였어. 아버지까지도 더 이상 집 안에서는 못 자고 거기서 잤어.

그런 일이 생기기 전까지 엄마는 강인한 여자였어. 내 기억 속에는 그런 엄마가 늘 있었어. 요리하고, 청소하고, 여덟이나 되는 아이들과 남편을 잘 돌봤던 엄마. 아흔이 넘은 노부모 두 분을 정성껏 봉양했던 엄마. 엄마는 당신의 부모님이 돌아가셨을 때도, 또 알코올에 찌들어 살던 형제들이 죽었을 때도 잘 견뎌냈었어. 아버지가 일거리가 없어 놀 때는 아버지 대신 집안 살림을 꾸려낸 강한 아내였지. 그런데, 이제는 다른 쪽으로 예전의 강인함을 뛰어넘는 힘을 보이는 존재가 되어 있었어.

우리는 나이아가라 폭포 근처로 이사한 다음 어머니를 병원에 집어넣었어. 난 열네 살이었어. 수업이 끝나면 엄마를 보러 병원으로 갔는데, 그곳 환자들의 모습이 죽을 만큼 겁났었어. 아무튼, 병원에서 약물 치료를 받자 엄마는 좀 누그러지는 것 같았어. 석 달이 지나자 병세가 좋아졌고, 주말에는 우리와 함께 집으로 가도 좋을 만큼 회복이 되었어. 그리고 드디어 병원에서 퇴원을 허락했어. 대신 난 엄마에게 약을 먹이는 책임을 맡게 되었지만.

얼마 후 우리는 느슨해지면서 엄마에게 약 먹이는 일에 소홀해졌어. 엄마가 거의 정상으로 돌아온 듯 보였거든. 그러나 엄마는 약을 먹지 않자 다시 혼잣말을 중얼거리기 시작했어. 정신을 잃고 초인적인 힘을 휘둘렀는데, 그럴 때는 세상 그 무엇도 엄마를 제지할 수가 없었어. 우리는 다시 병원에 전화를 했고, 구속복을 든 사람들이 찾아왔어. 나는 엉엉 울었어. 사람들이 엄마를 데려가게 내버려두는 죄책감에 너무 괴로웠어. 하지만 엄마를 보내는 게 최선이었어. 엄마는 비명을 지르면서 구속복을 입히려는 사내들에게 발길질을 해댔지. 병원에는 절대 안 가겠다면서 내 이름을 불렀어. 마리아, 마리아, 네 트레바!"

"무슨 뜻이죠?"

"이럴 필요는 없잖아."

나는 이 대목에서 작가의 본분을 망각하고 자기를 낳아준 어머니가 절규하며 끌려가는 모습을 지켜봐야 했던 딸이 되어 있었다. 내 심장은 돌처럼 굳었다. 처음에는 그런 심장을 느끼려 가슴에 손을 얹었다가, 다음에는 두려움을 누그러뜨리기 위해 손을 그대로 두었다. 내 마음은, 심장이 하고 싶은 대로 울라고 했지만, 나는 그렇게 하지 않았다. 엄마를 위해서.

"그런 상황에서 어떻게 미치지 않고 버틸 수 있었죠?" 내가 물었다.

엄마는 한숨을 뱉어냈다. "그냥 수용한 거지. 우리 엄마는 빨리 나아야 한다, 이 한 가지만 생각했어. 내가 겪었던 일과 그 일들을 어떻게 헤쳐 나왔는지를 생각하면, 내가 그 어린 나이에 그토록 강했다는 게 나조차도 믿어지지가 않아. 하지만 나 자신을 동정한 적은 한 번도 없었단다. 그게 내 일이라고 생각했고, 부모님을 위해 늘 최선을 다하려 애썼어. 내 부모님이자 도움이 필요한 분들을 돌보는 건 지극히 당연한 일이니까."

어떻게 그렇게 할 수 있었죠? 그래서 나더러 어쩌란 말인가요? 나는 엄마하고 달라요. 그렇게 수용하니 행복해지던가요? 그랬을 수도 있겠죠. 하지만 정말로 그랬는지는 알 수 없었다.

"네 외할머니가 돌아가시기 직전에 이렇게 물어봤단다. '엄마, 기억나세요? 엄마가 병이 났던 일, 그리고 우리를 때렸던 일말이에요. 몹쓸 욕을 한다면서 우릴 때리셨잖아요?' 어머니는 세게 도리질을 쳤어. '아니, 마리아, 난 몰라, 난 너흴 때린 적 없어.' 그래서 나는 어머니께 실제 있었던 일을 한 마디도 하지 않았어. 엄마는 자기 자식을 때렸다는 생각만으로도 마음이 죽을 듯 아팠을 테니까…" 엄마의 말꼬리가 흐려졌다. 방 안에 다시 침묵이 흘렀다. 바깥 복도에서 휠체어가 지나가는 소리만 들렸다.

'엄마도 그래요, 엄마.' 나는 속으로 말했다. 엄마는 당신이 우리를 다치게 한다고는 단 한 번도 생각하지 않았으며, 우리가 당신 때문에 상처받는 걸 단 한 번도 인정하려 하지 않았다. 바로 그런 엄마 자신의 보호막이, 우리를 질식시켰다. 어쩌면 그게 사랑일지도 모르겠다. 나는 아직 어렸기 때문에 엄마나 아빠가 가끔 내 마음을 아프게 하는 게 두 분의 사랑의 표시임을 알지 못했으며, 두 분의 과잉보호가 딸이 상처받지 않게 하려는 것이었음을 몰랐다.

나는 의자에서 일어나 머리칼이 숭숭 빠져나간 어머니의 머리통을 감싸 안았다. "디메 루추(Dime ruchu)" 하며 고개 숙여 뺨에 입을 맞추었다. 엄마의 눈은 감겨 있었고 호흡은 고른 편이었다.

"엄마, 사랑해요." 내가 나직하게 말했다. "아시죠? 너무 무심하고 너무 이기적인 딸이어서 죄송해요. 그렇다고 엄마를 사랑하지 않거나 엄마 아빠를 고마워하지 않는 건 아니에요. 단지 난 자유로워져야 해요. 제발 절 놓아주세요…. 오, 알아요, 엄마가 절대 저를 놔주지 않으리라는 거. 설령…." 나는 말을 멈췄다. 엄마의 입술은 벌어져 있었다. 나는 그 입술에 내 뺨을 댔다.

엄마는 숨이 멎어 있었다.

이상한 일이었다. 나는 엄마가 늘 내 곁에 있기를 바랐으며 필요할 때 엄마를 부르고 내가 넘어질 때 엄마의 팔을 잡을 수 있기를 원했으면서도, 동시에 엄마보다 한 걸음 앞서거나 한 걸음 뒤에서 엄마와의 조심스러운 거리를 유지하려 했다. 만약 엄마가 못 들어오는 나만의 작은 세계를 유지한다면, 난 그냥 '나'가 될 수 있을 것이고, 그러면 내가 그토록 닮고 싶었던 엄마처럼 되지 못한다 해도 변명할 수 있을 것이기에. 그래서 나의 작은 세계를 지탱한다면, 나는 나 외의 누구도 믿지 않아도 되고, 따라서 믿음을 깨는 누군가에게 고통당하지 않을 것이기에. 나는 누구에게도 상처받지 않고 또 누구에게 상처 주지도 않았다. 그러나 이제 엄마는 내게 너무 많은 걸 털어놓았다. 엄마가 그녀만의 작은 세계로 나를 들어오게 허락한 지금, 나는 깨달았다. 엄마와 내가 손을 뻗어 그 모든 세월을 껴안음으로써 뭔가를 잃어버렸다는 사실을. 나는 그 진실을 일별한 다음 닫혀 있는 또 다른 문의 뒤편을 알게 되었다. 엄마의 가슴속 깊은 어딘가에 숨겨진 그 문에는, 내가 절대로 보고 싶지 않은 이야기가, 누구에게도 말해지지 못한 채 남아 있었다.

〈우루〉를 보라.

M. 구에리리, 로드아일랜드(p.342 참조)

Winter
겨울

겨울은 불안의 계절이다.

J. 랭보, 스칸디나비아(p.353 참조)

※

X-Mas
엑스마스

크리스마스의 약칭. 크리스마스의 초기 전통은 그리스도가 탄생하기 훨씬 이전인 4천 년 전부터 시작되었다. 이교도를 그리스도교도로 개종시키려 애쓰던 교회는 로마의 사투르날리아 축제에서 그리스도 탄생을 기리는 축제를 빌리기로 결정했다. 교회는 이교도들의 축제에서 빛, 선물, 오락, 가면극 등을 받아들였고, 그런 요소들을 그리스도교의 의식에 성공적으로 통합시켰다. 서기 350년이 되자 로마 교황 율리우스 1세는 12월 25일을 크리스마스로 선택하기에 이른다(그리스도의 정확한 탄생일이 바로 이날임을 증명하는 것은 아무것도 없다. 세간의 말에 따르면 그리스도가 태어난 날에 목동들이 밖에서 가축들을 밤새 돌봤다고 하는데, 사실 목동은 겨울철에는 가축을 돌보지 않는다). 아무튼 크리스마

스의 이런 전통들이 수립되기 이전에도,

메소포타미아인은 열이틀에 걸쳐 그들의 신 마르둑을 찬양하는 축제를 즐겼다. 크리스마스에 밝은 불을 피우고, 율레 로그(크리스마스 장작)를 마련하고, 선물 교환과 행진과 캐럴을 부르는 전통은 이 축제에서 유래한 것이다.

에스페란토어로 크리스마스 인사는 '가얀 크리스트나스콘!'(Gajan Kristnaskon, '즐거운 크리스마스'라는 뜻 – 옮긴이)이다.

스칸디나비아인과 켈트인은 산꼭대기에 올라가 태양의 회귀를 기다렸다. 그들은 큰 봉화를 피워 율레티데(크리스마스 계절)이 시작되었음을 알렸다.

슬로바키아어로 크리스마스 인사는 '프레예메 밤 베셀레 바노체 아 스타트스니 노비 로크'(Prejeme Vam Vesele Vanoce a statsny Novy Rok, 성탄 축하와 새해 인사 – 옮긴이)이다.

고대 그리스인은 포도주와 생식의 신 디오니소스를 기리는 겨울 축제를 열었다. 한편 바빌로니아인은 진미와 술을 즐기며 사랑을 나누는 사카카레아 축제를 즐겼다.

아프리카어로 크리스마스 인사는 '에에 플레지에르지게 케르페스 (Een Plesierge Kerfess)!'이다.

이교도들은 월계수와 스트레나에라고 불리는 행운을 불러오는 과일들로 복도를 장식하는 전통이 있었는데, 이 전통이 로마인 들에게 퍼졌다. 로마인은 12월 중순부터 1월 1일까지 계속되는 세트르날리아 축제를 열어 가면을 쓰고 나무에 밝은 불을 밝혔다.

편집자(p.340 참조)

※

Yodeling
요들링

 요들. 이 단어를 요켈링(yokeling)과 혼동하지
말 것. 이 책의 〈길 잃음〉 부분을 다시 읽기 바란다. 이야기는 그
림처럼 아름다운 바이에른 알프스를 배경으로 무릎까지 내려오
는 가죽바지를 입고 노래를 부르는 남자한테서 시작된다. 그 남
자는 '미르 산 야 되 루스티겐 홀크하케르스 바움, 홀라뢰, 요들,
미르 후르크텐 코안 퇴피, 코아 베테를 운드 스투름 — 요들'이라
고 노래했다. 이 남자는 제빵사 베이커였다. 제빵사는 푸주한과
양초 기술자의 친구였는데, 구두 기술자와는 달리 자기가 태어
난 작은 마을 그쉬차드를 한 발자국도 벗어난 적이 없었다. 그쉬
차드는 사방이 바위 계곡인 곳에 자리하고 있었고, 거기서 밀스
도르프 시장까지 가려면 세 시간을 걸어야 했다.

마을 밖으로 나가는 사람은 거의 없었다. 사실대로 말하자면 몇 달, 아니 일 년 동안 콜[36]에는 사람 그림자도 비치지 않았다. 거대한 두 산맥이 맞닿는 콜은 울창한 소나무들이 빽빽하게 들어찬 깊은 산골이었다. 그럼에도 어느 해 겨울 아침에 제빵사 베이커는 길을 나섰다(얼음골을 건너려면 오전 10시 이전에 출발해야 한다고 생각한 것이다). 그는 자기가 구운 빵을 챙겼고, 여행 중에 찰과상을 입지 않으려고 브랜디와 짐승 기름을 다리에 문질러 발랐다. 7월이 되기 전에 알프스 고지대로 들어서는 건 위험천만한 일이었고, 그맘때는 날씨가 곧잘 변덕과 횡포를 부렸다. 이런 사실을 감안하면 베이커가 왜 하필 이날 마을 밖으로 나갔는지 알 수 없다. 그저 몸이 근질거려 마을 밖으로 나갔던 것일까, 아니면 밖으로 나가 독립하고 싶었던 것일까. 이유야 무엇이든 제빵사는 콜로 들어서고 있었다. 우뚝 솟은 두 산맥의 봉우리 두 개는 흰 눈에 덮여 있었고, 두텁게 무장한 벽들이 사방에서 그를 위협하고 있었다. 빵 기술자는 물건들을 — 아르니카 팅크(타박상 등의 외용 진통제), 납 성분의 연고(염증 치료제) 그리고 입술에 바를 글리세린을 — 배낭에 잘 챙겨 넣었는지 생각해보았다. 손목

---

36) col. 아일랜드 오감 문자인 베스-루이-니용에서 C는 콜(Coll)로 발음된다. 이 문자는 글자마다 신화적 의미를 지닌 나무가 연결되는 "나무"의 문자인데, 여기에서 C의 나무는 '지혜의 나무'인 개암나무다. 아일랜드 나무 문자의 주요 문자 여섯 개에는 각각 속한 나무들이 있다. 한편 로버트 그레이브스는 『하얀 여신 The White Goddess』에서, 베스-루이-니용이 그리스 여신들의 이름들에서 딴 글자로, 아르카디아의 백색 여신 알피토를 기리기 위한 것이라고 쓰고 있다. 그리스 문자는 모든 유형의 신비를 풀어주는 핵심 열쇠들이다.

시계는 늘 그랬듯이 두 개를 차고 있었다. 시계 하나는 위로 다른 하나는 아래로 향하게 차고 있었다.

제빵사는 경쾌한 걸음으로 위로 위로 올라갔다. 동과 서를 잇는 산길은 구불구불하고 무척 가팔랐다. 그래도 그는 흥에 겨워 올라가는 내내 요들송을 불렀다. 그는 그날, 콜에 고독한 발자국을 남기는 유일한 사람이었다. 두 시간이 지나자 콜의 깊숙한 지점에 들어가 있었다. 눈이 빠르게 떨어지면서 아름드리 소나무들의 몸통에 흰 반점을 얹기 시작했다. 눈발은 점점 두터워지며 오솔길을 덮어버렸고 얼마 후에는 간신히 눈앞의 나무들만 보일 정도였다. 공기는 더없이 적요했다. 잔가지 하나 살랑거리지 않고 머리칼 한 올 나부끼지 않았다. 산새 한 마리도 지저귀지 않았다. 한 시간여가 더 흘렀을 때 제빵사는 슬픔에 잠긴 산꼭대기에 도달했다. 겨울 하늘이 영원히 변하지 않는 슬픔에 잠긴 이곳이 산꼭대기일 거라고 그는 생각했다. 곧 온 세상은 순백색의 연무만을 남기고 어둠에 잠기기 시작했다. 제빵사는 이쪽저쪽으로 몸을 돌리며 주위를 살펴보았다. 이 눈 협곡에서 벗어날 방법이 도통 보이지 않았다.

그 후 그쉬차드 출신 이 제빵사에게 어떤 일이 생겼는지는 아무도 모른다. 하지만 그가 부른 요들송은, 멀고 먼 길을 날아서 그의 고향 마을까지 실려 갔다가 폭풍이 끝나자 갑자기 멈춰버렸다. 짐작하기로는, 제빵사는 앞을 가리는 눈과 점점 창백해지는 흐릿한 안개 속에서 다시는 길을 찾지 못한 것 같다. 시간이 지나며 안개가 되는 그 하얀 눈은 모든 걸 덮어버리고 마침내 제 빵사마저 삼켜버렸을 것이다. 아마도 뼈를 얼리는 맵고 찬 추위가 그의 폐에 출혈을 불러일으켰을 것이며, 그의 턱을 때려 이가 수박씨처럼 튀어나오게 만들었을 것이다. 어쨌거나, 그의 시체는 그 산길에서 가장 높은 지점인 콜의 꼭대기에서 발견되었다. 소나무들이 쓰러져 있는 사이, 말라버린 풀 위에 바구니와 롤빵과 함께 그는 두 눈을 감고 두 손은 겹친 채 회색 코트를 입은 모습으로 엎어져 있었다.

산나, 바이에른(p.353 참조)

참고문헌
아달베르트 슈티프터(1805~1868 오스트리아 설화작가, 시인) 『수정』, 비엔나, 1845년.
루트커스 반 데르 뢰프(1910~1990 네덜란드 아동문학가) 『눈사태!』 암스테르담, 1954년.

Zenith
천정

천정은 성서뿐 아니라 북미의 원시 원주민과 연금술 등에서 발견되는 여러 형태의 '7의 신비'에서 중요한 개념이다. 7은 북미 원주민에게는 완성 또는 통일의 상징으로, 연금술에서는 일곱 가지 몸과 동일한 일곱 가지 금속의 상징으로 사용되고 있다. 예를 들어 북미 인디언 수족은 일곱 가지 신성한 의식을 펼치며, 또 오지브와 족은 '미데위윈'이라는 대(大) 주술회를 열 때 일곱 가지 예언, 7년 주기, 일곱 조상들을 섬긴다. 일곱 조상들은 의식을 행하는 둥그런 원 속에 들어간 긴 자루로 표시된다. 이 긴 자루는 막대기 세 개의 가운데를 묶은 것이다. 막대기의 끄트머리 여섯 개는 각각 동서남북과 하늘, 땅을 나타내며, 그것들의 접점이 바로 내재된 힘인 '현세'이자 천정이다. 자연은 어둠과 빛, 차가움과 뜨거움, 남자와 여자 등의 대립물로 자신을 드러낸다. 둘은 서로 모순되는 게 아니라 같은 하나의 단면들이며, 다르되 균형을 맞춘다. 천정은 말한다. 모든 힘들이 내게 유용하며, 나와 비전과 꿈을 통해서 움직인다.

J. W. 뉴버리, 알래스카(p.349 참조)

Alchemy 연금술

위대한 소명. 연금술은 모든 사물에 생명을 가진 '제5원소'가 있으며, 그 물질이 가장 순수한 형태로 정제될 수 있다고 믿는다. 연금술은 정신과 육체, 사랑과 증오, 선과 악, 생명과 죽음, 뜨거움과 차가움 등의 대립 관계에 초점을 맞춰 금속, 식물, 꽃, 숫자, 물, 눈 같은 주제들을 연구한다. 연금술 작업은 일곱 단계로 이루어지는데, 여기에는 환영과 상상력, 죽음과 재생을 결합한 방법론들이 들어간다. 하지만 무엇보다도 연금술의 시작은 연금술사가 상상력으로 진실을 보게 됨으로써, 새로운 방식들에 눈을 떠 발견하는 새로운 차원으로의 인격의 변화를 말한다. 연금술의 궁극 목표는 물질과 정신을 변형하고 재결합하여 소위 생명의 정수(또는 연금약액Elixir)를 만들어내는 것이다. 어떤 이들은 이 연금약액을 마시면 장수하며 지식과 지혜가 높아진다고 믿는다. 현자의 돌이나 성배도 대립물들의 화해에 사용했던 다른 상징들이다.

연금술 철학에는 두 가지 사조가 있다. 종종 그 지류들이 겹치기는 하지만, 자연에 통달한 장인과 과학이 그것이다. 가스통 바슐라르에 의하면, 연금술사와 예술가는 "불투명한 존재에 갇힌 제일질료(prima materia)를 불러내는" 역할을 하는 존재들이다. 예술은 "입 밖에 낸 몽상"을 통해서 모든 물질에 생명을 일깨우는 과학이며, 이때 예술가는 활기 없는 세계에 의식을 가져다준다. 프랑스의 화학자 베르틀로는『연금술의 기원』에서 예술은―이때 예술은 우선적으로 시와 그림을 가리킨다―'고급 마술'의 영역에 포함된다고 주장하고 있다. 연금술은 비밀스럽다. 그래서 연금술사들의 방식은 당연히 비의에 감싸여 있다. 연금술사는 홀로 작업하는 경향이 강해서 혼자만의 실험실을 마련하고 유지하며, 웬만해선 제자를 두려 하지 않는다. 혹여 제자를 받아들일 경우에도 비밀스럽게 받아들인다. 이 경우 그 제자가 누구이며 그를 선택한 이유가 무엇인지 우리로서는 알 길이 없다.

Ammons, Archie Randolph 애먼스, 아키 랜돌프

1926~2001. 노스캐롤라이나 주 화이트빌에 있는 부친의 유리 공장에서 실습생으로 일했다. 이 책에 발췌된 글은 그가 눈에 관해 썼던 노트들에서 발견된 연시 중 하나로 보인다.

Andreyevich, Yuri 안드레예비치, 유리

지바고 박사로 알려진 그는 이렇게 쓰고 있다. "어머니를 임종하는 자리에서야 아버지가 한때 외국에 나가셨다는 사실을 알게 되었다. 바레네스 호의 삭구를 잡고 굽이치는 파도를 쳐다보던 아버지는, 아직 불씨가 벌건 담배를 손가락으로 튀겼다. 불똥이 그의 양복 바지에 붙었다. 아버지는 불똥을 꺼뜨리려 애썼지만, 바지에 붙은 불은 계속 올라왔다. 아버지는 어쩔 수 없이 칠흑 같은 밤바다에 떠 있는 화물선 두 척 사이로 뛰어내려려야 했다. 러시아의 아키엔젤 바닷물은 얼음장처럼 차가웠다. 아버지가 거칠고 힘센 물을 용감하게 이겨내고 다시 베로 올라오자, 범장선의 선장은 그를 숙달된 일급 뱃사람이라고 선언했다."

Authors 작가들

선다형 문제:

A. 생존 인물. B. 사망한 인물. C. 실제 인물. D. 상상 속 인물. E. 역사적 인물. F. 허구적 인물. G. 위의 모든 사항을 두루 갖춘 인물.

Bailey, George 베일리, 조지

'세이빙 앤 론' 사 사장, 뉴욕 주 포터스빌, 1919년생.(프랑크 카프라 감독의 영화 〈멋진 인생〉의 주인공 – 옮긴이)

Baudelaire, Charles-Pierre 보들레르, 샤를 피에르

일곱 가지 사건으로 정리한 불완전한 연대기.

1821년. 파리 오트푀유 13번지에서 태어남.

1838년. 친구를 옹호하는 바람에 퇴학당함.

1845년. 자살을 시도함.

1851년. 포도주와 해시시가 개성을 높이는 수단이라는 글을 출판함.

1855년. 그의 친구인 시인 제라드 드 네르발이 비에유랑테른 거리의 가로등에 목을 매어 자살함.

1862년. 발작으로 고통을 받음.

1867년. 몽파르나스에 묻힘.

Beyle, Marie-Henri 벨, 마리 앙리

1783~1842. 스탕달의 본명. 1783년 1월 23일 그르노블에서 태어났으며, 사후 1942년에 프랑스 우표 디자인에 등장하게 되는 프랑스 작가이다. 1818년 벨은 마틸다 비스콘티니 백작부인을 만나 사랑에 빠졌다. 그

는 사랑을 고백했지만 백작부인은 들은 척도 하지 않았다. 그는 막무가 내로 계속 편지를 보냈다. 결국 두 사람은 한 달에 두 차례, 다른 사람들도 같이 있는 자리에서 한 시간씩 만나기로 합의했다. 이런 식의 만남은 그 후 이 년 동안 계속되지만, 그의 사랑은 걷잡을 수 없게 커져만 가서 결국 밀라노로 도피해야 했다(오스트리아 경찰이 추격했지만 잡지 못했다). 그는 어느새 우울증과 친숙해졌다. 정신을 차려보면 나머지 세상과 스스로 차단시키며 공기를 수평으로 몰고 가는 엄청난 눈보라에 둘러싸인 산 정상에 있을 때가 많았다. '한 작가를 이토록 영락시키는 이것은 무엇인가?' 벨은 자신에게 물어야 했다. 그리고 결국 1822년, 그는 반 교훈적이며 반 자전적인 에세이 『연애론』을 출판했다. 이 책에서 '결정화'란 다른 자연에서 발견되는 힘으로, 사랑이라고 불린다고 정의했다.

Blake, William 블레이크, 윌리엄

1757~1827. 달에 매혹된 천재 시인. "해도 달도 별도 없네, 그저 지친 겨울의 바위들이 내면의 불길에 달려 진공 상태에서 부스럭거리네."

Castorp, Hans 카스토르프, 한스

토마스 만의 소설 『마의 산』에 등장하는, 길을 잃은 젊은 남자.

Compiler 편찬자

2000년 12월 10일 사망. 내가 그를 안 건 그의 인생 마지막 칠 년 동안이 전부였다.

Cumming, Sandy 커밍, 샌디

킬트를 입은 스코틀랜드 고지대 사람.

Dahmer, Jeffrey L. 다머, 제프리 L
1960~1994. 12명을 살해한 일급 살인범. 1989년 위스콘신 주 웨스트 알리스에 있는 그의 냉장고에서 토막 시체 12구가 발견되었다.

Editor 편집자
익명.

Eliot, Thomas Stearns 엘리엇, 토머스 스턴스
1888~1965. 미주리 주 세인트루이스 출생. 하버드에서 수학하고 영국으로 건너갔으며 후에 은행원으로 일했다. 말년에 여러 가지 기이한 직업들을 거쳤다.

Encyclop(a)edia 백과사전
모든 종류 또는 한 가지 주제에 대한 정보를 제공하는 문제 해법서로, 표제는 대체로 알파벳 순서로 배열된다. 종합 수업 과정, 전방위 교육서.

Ferguson, Francis 퍼거슨, 프랜시스
저지에 사는 양봉업자.

Ferguson, Libby 퍼거슨, 리비
생강빛 머리칼을 가진 예술가로 현재 맨해튼에서 거주함.

Flaubert, Gustave 플로베르, 구스타브

1821~1880. 소문에 따르면, 그는 연인의 벙어리장갑을 책상 서랍에 보관하면서 이따금 냄새를 맡곤 했다고 한다. 이 책에 실린 글은 플로베르가 1846년 3월 15일에 막심 뒤 캉에게 보냈던 편지의 초고인데, 처음엔 매우 거칠었지만 나중에 아름답게 교정된 것이다.

Furey, Michael 퓨리, 미카엘

1887년 사망. 다정다감한 성품에 아주 부드러운 목소리를 지닌 소년이었다. (제임스 조이스의 작품집 『더블린 사람들』에 수록된 〈사자(死者)〉의 등장인물 — 옮긴이)

Gentleman who lived on 128th Street 128번지에 살았던 신사

1888년 3월 가공할 눈보라가 뉴욕 시를 엄습했다. 맨해튼에서 뉴저지도 브룩클린도 안 보일 정도로 대단한 눈 폭풍이었다! 바람은 무섭고 구슬픈 울음소리로 집들을 흔들고 문들을 때렸다. 도시의 모든 표면은 갈지자로 움직였고, 약탈하라고 고함치는, 강풍 — 스웨덴어로 '프리스크 빈다(Frisk vind)' — 을 동반한 눈의 펀치에 전쟁터를 방불케 했다. 도로는 곤두박질한 마차, 쓰러진 도로 표지판, 끊긴 전선줄로 어지럽게 엉켜 옴짝달싹할 수 없는 갇힌 공간이 되었다. 보행자들은 거리 곳곳에서 바람에 날려가지 않으려고, 휘날리는 모자를 잡으려고 버둥거렸다. 뉴욕 거리는 바람에 용감하게 맞서는 사람들이 힘들게 숨을 삼키는 헉헉거림과 비명 소리와 욕설과 아우성이 합창하는 구역으로 변했다. 당시 128번지에 살던 신사를 태웠던 한 택시 기사는(기사 자신은 84번지에 살고 있었다) 이렇게 말했다. "나는 뉴욕에서 잔뼈가 굵은 늙은이라오. 뉴욕에서 태어

나 평생을 뉴욕에서만 살았소. 만약 이 질주하는 듯한 눈보라를 또다시
본다면 저주를 퍼부을 거요."

Gray, Lucy 그레이, 루시

루시가 시인 윌리엄 워즈워스와 그의 누이 도로시를 만난 때는 독일에
예외적인 혹한이 닥쳤던 1789년에서 1799년으로 넘어가는 겨울이었다.
그녀는 사람들 눈에 안 띄게 살다가 1800년 종적을 감추었다.

Griselda of Hohenkrähen 호헨크뢰헨 가의 그리젤다

포포리누스 또는 포펠레로 불렸던 난쟁이의 정부. 아케른을 둘러싼 프
라이부르크에서 바덴바덴을 잇는 주요 도로와 오테르스바이더 인근에
가면 빈데크 성 유적지를 볼 수 있다. 우리가 동부 알프스 지대의 한 선술
집에서 들은 바에 의하면, 그 지역에서는 많은 전설이 태어났는데, 라우
프 레이디와 관련된 이야기도 그중 하나다.

Guerriri, Margie 구에리리, 마지

차드의 계관시인.

Guerriri, Stella 구에리리, 스텔라

스텔라 구에리리는 초록색을 보면 꿀맛을 느끼는 공감각의 소유자이다.
감각들이 혼재하는 이 능력으로, 특정한 소리를 듣거나 맛을 보면 그것
의 형태나 색깔이 어떤지 알아맞힐 수 있었다. 그녀와 비슷한 감각 능력
을 갖춘 사람으로는 림스키코르사코프(그는 C장조에서 흰색을 느끼고 E장
조에서 사파이어 블루를 느꼈다), 나보코프, 보들레르, 딜런 토마스가 있다.

공감각은 감각들의 혼란 상태를 가리키는 과학 용어로, 어원은 그리스어 'syn(공, 共)'과 'aisthanesthai(인식하다)'에서 유래했다.

Hooke, Robert 훅, 로버트

1635~1703. 이 훌륭한 의사가 런던에서 타계하자 그의 글과 원고들을 처리하는 일은 리처드 웰러가 맡게 되었다. 웰러는 그 글들을 묶어서 『로버트 훅의 사후 작품집』을 냈다. 웰러가 죽자 훅의 글의 소유권은 윌리엄 더럼에게 넘어갔으며, 1726년 결국 더럼은 『철학 실험들과 관찰들』을 출판했다. 여기에 얼음에 관한 훅의 논문들도 포함되어 있다.

Hörnell, Anna Svartabjørn 헤르넬, 안나 스바르타비요른

안나 스바르타비요른은 노르웨이 고도 1072미터의 스바브 스스테르(일곱 자매들) 산맥에 있는 헤겔란트의 해안 지대에서 살고 있다. 이 여자의 가운데 이름 스바르타비요른은 '검은 곰'을 뜻하는데, 검은 살결의 미인이었던 고조할머니의 이름을 물려받은 것이었다. 고조할머니는 19세기 말 오포텐 가족의 일꾼들을 위해 요리를 해준 여인으로 유명했다. 그녀는 일꾼들과 함께 오포텐히요르트와 스웨덴 국경 지역 사이에 난 길을 자주 산책하곤 했는데, 어느 날 산책 도중 한 남자를 만나 사랑에 빠지게 되었다. 하지만 그의 아들을 낳은 다음에야 그 남자에게 다른 여자가 있음을 알게 됐다. 그녀는 발각되어 일꾼들이 휘두르는 빨래 방망이에 맞아 죽는다.

Ibsen, Henrik 입센, 헨리크

1828~1906. 입센이 그의 마지막 작품 『우리 죽은 자들이 깨어날 때』를

쓴 것은 1899년이었다. 이 작품에서 입센은 단 하나뿐인 사랑을 위해서 젊음과 행복을 내버리는 정신이상의 예술가 루베크 교수의 삶을 묘사하고 있다.

Kandinsky, Wassily 칸딘스키, 바실리

1866~1944. 예술의 총체성 또는 '총체 예술론'을 믿었던 신비주의자로 1912년『예술에서의 정신적인 것에 대하여』를 저술했다. 칸딘스키에 따르면, 음악과 색채는 예술가의 '내면적 요소'에 호소하는 정신적 가치들의 표현이다. 그는 이 이론을 다음과 같이 설명한다.

'색채는 다른 감각들을 통해서 공명하는 상징 의미를 가진다. 흰색은 그 안에 거대하며 영원한 차가운 침묵이 있는 세계, 만물이 창조되기 이전의 휴지기, 그래서 수많은 가능성을 함유한 세계를 상징한다. 이와 대조적으로 검정은 죽음의 침묵으로, 그것은 아무런 희망 없이 영원 속으로 확장되는 세계, 원이 종결되는 장소를 상징한다.'

Krafft-Ebing, Richard von 크래프트 애빙, 리하르트 폰

1840~1902. 유럽 대륙에서 가장 잘 훈련된 신경정신병 학자인 그는 1870년 성도착증을 다룬 전집『성적 정신병질』을 썼다. 이 제목을 접하며 내 마음에 제일 먼저 떠올랐던 의문은 '이것은 눈과 어떤 관련이 있는가?'였다. 나는 그 연관성을 찾아내려 편찬자로서의 마음을 다잡았으며⋯ 그리고 성적 관심의 대상에 봉사하는 겨울 의류품들이 무엇이 있는지 찾아보았다. 음, 그는 맹목적인 주물 숭배 경향이 있었나? 그렇지 않다. 그는 이런 행동에 대한 경멸감을 드러내고 싶었던 걸까? 그럴 수 있다. 그럼에도 그는 눈 세계들에는 비일상적인 사례들을 자극하는 동

기들이 들어 있음을 알아차렸다. 나 또한 그렇게 생각한다.

Lady-in-Waiting to the Empress Ulu 조토몬인 황후의 궁녀

10세기 말에 살았던 인물, 일본 문학의 가장 위대한 인물이자 『겐지 이 야기』의 저자인 무라사키 시키부(紫式部) 귀부인과 동시대 인물이다. 전 해오는 이야기에 따르면, 이 궁녀는 천황 키코의 연인이었으며, 천황이 죽자 자신의 죽음을 앞둔 몇 주일 사이에 시들을 썼다고 한다. 저자에 대 한 정보는 그녀의 작품에서만 찾아내야 옳다. 한 예를 들면, 그녀의 마지 막 시 〈7〉은 죽은 연인에 대한 사무치는 그리움 때문에 결국 자신도 죽 음으로 들어가고 있음을 암시하고 있다. 죽음을 받아들이는 이런 마음 은 '하늘의 강'으로 언급되고 있다. 여기서 '하늘의 강'이란 진정으로 사 랑하는 연인들이 건널 수 있도록 까치들이 날개를 엮어 만든 다리인 은 하수의 신화적 이름이다. 칠석 날 밤이 되면, 목동 견우는 은하수를 건너 일 년 내내 헤어져 있었던 베 짜는 여인 직녀를 만난다.

Lola-Lola 로라–로라

1940년대 '블루엔젤' 클럽에서 활동한 무희. 영화배우 마를레네 디트리 히와 무척 닮았다고 한다.

London, Jack 런던, 잭

1876~1916. 1876년 캘리포니아 주 샌프란시스코에서 사생아 존 그리 피스 채니로 태어났다. 그의 친아버지는 순회 점성가이자 언론인이었던 윌리엄 채니로 여겨진다. 채니는 자신의 아이를 임신한 심령술사 플로 라를 버렸고, 플로라는 생후 8개월 된 아들 잭을 데리고 남북전쟁의 상

이용사인 존 런던과 결혼했다. 잭 런던은 노동자, 굴 도둑, 선원, 철로 부랑자, 금광 시굴자 등 여러 직업을 전전했다. 그는 미국 횡단 여행을 하다가 사회주의에 눈뜨게 되었다. 1900년 잭은 그에게 수학을 가르치던 베스 마던과 결혼하여 조안과 벳시 두 딸을 낳았다. 1903년이 되자 베스와 헤어지고 비서이자 영혼의 동지였던 체르미안 키트리지와 결혼했으며 이후 1916년 요독증으로 죽을 때까지 그 여자와 함께 연극을 하고 여행하고 글을 쓰며 살았다. 그의 작품들은 10개 국어가 넘은 글로 번역되어 전 세계에서 꾸준히 읽히고 있다.

Massak 마사크

'부드러운 눈'을 뜻하는 래브라도 이누이트 말이다. 마사크는 두 아이 푸타크와 아푸트(각각 '소금 같은 눈'과 '일반적인 눈'을 뜻한다)가 있는 시코('얼음')와 결혼하게 되지만, 그녀의 가슴에는 생애 첫 키스를 한 다음 날 죽어버린 그녀의 나누크(북극곰)를 향한 영원한 그리움이 남아 있다.

Meeko, Bella 미코, 벨라

벨라 미코는 말한다. "우루는 초승달 모양의 칼이다. 이누이트 여인들은 이 우루를 이용하여 동물의 살과 가죽을 분리하고 가죽을 손질하며, 바느질도 하고 물건을 잘라내며 음식을 만들어낸다. 카미크 제작자로서 나는 우루가 없었다면 아무런 일도 못했을 것이다. 우루만 있으면 물범 가죽에서 기름 덩이를 제거하고 삼림순록 가죽에서 털을 제거할 수 있으며, 고래 고기까지도 먹을 수 있다. 우루는 오랫동안 내버려두면 날이 무뎌지고, 다시 날카롭게 갈려면 아주 많은 시간 공을 들여야 한다. 내가 죽게 되면 내가 사용했던 우루는 나와 함께 땅에 묻힐 것이다."

Miano, Sarah Emily 미아노, 사라 에밀리

6학년 때 뇌진탕으로 두 달여 고생하다가 페인 스트리트 학교에 복학했다. 겨울 축제 댄스 때 드류 데이비드슨이 (이 무렵엔 그는 〈마이 페어 레이디〉의 헨리 히긴스 교수 역을 맡아 머리카락이 조금 자라 있었다) 그녀의 파트너가 되어 키스를 해주었는데, 이 키스는 그녀가 마크 웹(다시 말해서 멍청이)에게 셀러리 스틱을 주고 키스를 받은 이후 첫 키스였다.

Miller, Snowdrop 밀러, 스노드롭

이야기는 계속된다. 아버지한테선 여전히 소식이 없었고, 어머니는 밤새 기다렸다. 오후 6시가 되자 진통이 시작되더니, 급기야 진통은 산탄총처럼 점점 빨라졌다. 나는 세상 밖으로 나가는 게 정말이지 아주 불안했나보다. 갑자기 어머니는 아버지의 목소리를 들었고, 그래서 힘껏 큰소리로 외쳤다. "도와줘요, 나 여기 있어요!" 곧 사람들이 나타나 삽으로 눈 가장자리를 파내기 시작했다. 어머니도 문 밑을 파는 삽 소리를 들을 수 있었다. 어머니는 산통에 몸을 뒤틀면서도 '제발, 주님, 제발 주님' 하고 기도했다. 아무튼 얼마 후 사람들은 어머니를 꺼내 쟁기 뒤에 실었고, 쟁기는 깊이 쌓인 눈을 밀어내며 수우 시 병원으로 향했다. 어머니는 그 병원에서 나를 낳았다. 오전 10시 3분경 노란 머리에 파란 눈을 가진 눈의 아이가 태어났다.

Monet, Claude 모네, 클로드

1840~1927. 1878년 이 화가의 가족은 파리에서 베퇴이유로 이사를 했다. 1879년 9월 5일, 화가의 아내 카미유가 낙태 후유증으로 서른두 살 나이에 세상을 등졌다. 모네는 죽은 아내의 침대 옆에 앉아 있던 9월의

그날을 회상한다. 긴 겨울은 아직 시작되지 않고 하루의 첫 빛이 들어오는 시각이었다. 그는 아내의 비극적인 관자놀이를 바라보며 얼굴의 푸른 색조와 회색 조, 그리고 머리의 노란 색조 등 죽음이 가져온 색채의 음영들과 뉘앙스를 관찰했다. "내 의지와는 상관없이, 나는 색채에 사로잡혀 무의식적 사고로 끌려가고 있었다." 그다음 모네 생애의 걸작이 탄생했으니, 인생의 가장 암울한 시기의 개인적 기록인 〈죽음의 자리에 있는 카미유 모네〉가 바로 그것이다.

Moth and Butterfly 모스와 버터플라이

이 연인들이 누구인지는 아직까지 밝혀지지 않았다. 두 사람의 문체는 마치 한 작가가 꾸민 허구로 보일 만큼 너무도 닮아서 역사학자들로 하여금 지속적인 연구를 계속 자극하고 있다.

Nabokov, Vladimir 나보코프, 블라디미르

1899~1977. 나보코프는 자연과 예술이란 정교하게 짜인 속임수로 사람을 미혹하는 일종의 마법이라고 생각했다. 더 나가서 그는 이렇게 쓰고 있다. '나는 다양한 지방에서 다채로운 모습으로 나비 채집을 해왔다. 니커보커 바지를 입고 선원 모자를 쓴 예쁘장한 소년으로, 플란넬 가방을 걸치고 베레모를 쓴 호리호리한 세계주의자로, 짧은 반바지에 모자를 쓰지 않은 뚱보 늙은이로 나비를 채집했다…. 그런데 나는 보통 사람들은 나비를 좀처럼 눈여겨보지 않는다는 놀라운 사실을 깨달았다. 배낭에 카뮈를 넣고 다니는 스위스 출신의 땅딸보 등반가도 그랬다. 아름다운 나비 떼가 펄펄 나는 현장을 지나간 다음 나는 너무도 감격에 겨워 그에게 조금 전 나비를 보았느냐고 물었는데, 그는 아주 태연한 목소리로

이렇게 대답했다. 나비가 있었다고? 난 못 봤는데."

Nakaya Ukichiro 나카야 우키치로(中谷宇吉郎)
눈 결정 미세 사진 2천 500장을 찍었던 일본의 기상관이다. 나카야는 크기, 낙하 속도, 전기적 성격에 따라서 눈 결정을 77가지로 분류했다. 그가 차가운 연구실에서 동료들과 함께 모든 유형의 눈 결정을 밝혀낸 것은 1940년대였다. 1880년대에는 버몬트의 농부 윌리엄 벤틀리가 박스 카메라로 7천 장의 얼음 결정 사진을 찍은 바 있다.

Newbury, J.W 뉴버리, J. W.
알래스카 앵커리지 대학 네이티브 학 교수.

Nussbaumer, Eva 누스바우머, 에바
우편으로 보낸 편지.
'친애하는 에바.
당신과 헤어진 후 헤밍웨이의 『에덴의 동산』을 싣고 호수로 차를 몰았습니다. 호수는 완전히 꽁꽁 얼어붙어 있더군요. 아침에 그렇게나 추웠던 날씨를 생각하면 이제 햇빛은 이상하다 싶게 따뜻해서 황금빛으로 물드는 그곳에 앉아 있기가 불편하지 않았습니다. 그 책을 읽으며 깨달았습니다. 캐서린은 당신 같았습니다. 헤밍웨이가 결코 인정할 수 없었던 그의 내면의 일부 같은 여자였습니다. 그녀는 순간순간에 충실하며 하루를 살아갑니다. 다음 순간도 지금 이 순간에 자신이 원하는 걸 방해할 수 없다고 믿는 그녀는, 늘 자신의 본질을 깨뜨려 새로운 걸 성장시키려고 자신을 면밀하게 들여다봅니다. 그녀의 연인은 그녀가 완벽하면서도 앞으로 계속 변해갈 사람임을 알고 있습니다. 내면의 성찰은 그녀에게 변화를 촉구하며, 그 성찰의 대상인 완벽한 자신에게서 언제나 잘못을 찾아내기 때문입니다. 친애하는 에바, 우리에게 가장 위대한 도전은 우리자신의 불완전함을 용서하는 것뿐 아니라 그 불완전함을 향하여 미소짓고 그 경직된 모서리들을 곁눈질하면서, 그것들도 나의 소중한 부분으로 보는 게 아닐까요. 특히나 수많은 실수를 저지르는 젊은 시절에는이런 마음가짐이 더더욱 필요하다고 생각합니다.

당신에게서 나는 아름다움을 발견합니다.

J. D.'

Oates, Capt 캡틴 오츠

캡틴 오츠와 퀘이커 오츠는 별개이니 혼돈하지 말라. 퀘이커 오츠는 1901년에 미국의 일부 밀 방아 개척자들이 밀 생산을 위해 결성한 공식 단체였다. 그 개척자들 중 한 사람이 1856년 '저먼 밀스 아메리칸 오트밀 주식회사'를 세워 오트밀의 왕으로 불렸던 페르디난드 슈마커였다.

Oddbody, Clarence 오드바디, 클라렌스

수호천사, 2등급, 스트리킹 별(streaking star).(프랑크 카프라 감독의 영화 〈멋진 인생〉의 여주인공 – 옮긴이)

Paulina, an American in France 프랑스계 미국인 폴리나

피에르 장 주브가 1880년에 발표했던 고전 소설에서 차용한 이름이다. '오, 안 돼, 사랑하는 나비야, 불꽃을 조심하렴. 저길 봐! 지난밤처럼 나비한 마리가 또 죽어가고 있어…. 그리고 지금 또 다른 나비가 죽으려 하는

구나! 나비는 불을 모르기 때문에, 자가당착 때문에 불가항력으로 불을 향해 자꾸 돌아오고 있어. 날개 한쪽이 벌써 그슬렸는데도 자꾸자꾸 돌아오는구나. 가련한 나비, 저건 불이야, 무시무시한 불이라고.'

Pavlovski, Molly Jo 파블로프스키, 몰리 조

리버풀 스트리트 역을 지나가던 미국 여성이다. 그녀는 기차에서 좌석을 찾느라 정신이 팔려서 지갑에서 종이가 빠져나가 먼지 낀 플랫폼으로 날아가는 걸 알아차리지 못한다. 벤치에 앉아 있던 남자가 그 펄럭거리는 종이를 몰래 주워 자기 지갑 속에 집어넣는다. 그런 다음 남자는 기차 안에서 커피를 마시며 그 쪽지를 읽게 된다. 그는 그 쪽지를 적은 미지의 여인을 이렇게 상상한다. 매니큐어를 칠하고, 라인 댄스를 즐기며, 애완견 푸들 티미와 산책을 하고, 쉰 살이 넘은 사람들의 원예 모임 '튤립을 위한 탐파 타르츠'에 즐겨 참석하는 궁수자리 사람이라고.

Peck, Rev. Julian 줄리언 펙 목사

모라비아 출신의 선교사. 에스키모에게 그리스도의 복음을 전한 사도. 영국 정부의 지원으로 선교단을 조직한 다음 이누이트의 땅에서 유럽의 물자와 에스키모의 영혼을 맞바꾸는 일을 했다. (19세기 이누이트들은 환자, 늙은이, 고아, 굶주린 사람들을 돕는 선교사의 지원을 받게 되면서 자신들만의 영적 믿음을 버리고 점점 기독교화 되었다.)

Petrarch, Francesco 페트라르카, 프란체스코

1304년 태어난 페트라르카는 사랑하는 연인 라우라와 사별한다.

Plath, Sylvia 플라스, 실비아

1932년 매사추세츠 주 보스턴에서 태어났다. 케임브리지 뉴넘 대학 교환학생 시절, 시인 테드 휴즈를 만나 1956년 그와 결혼했다. 1960년에 첫 책 『거상』이 나왔다. 미국에서 잠시 보낸 다음 영국에 정착해서 두 아이를 낳았다. '어쩌면 망각은, 친절한 눈처럼, 그것들을 마비시키고 덮어 주어야 할 것이다'라는 말을 남겼다.

Protocol of the Deceased 사자의 검증 조서

겨울을 기리는 음악 F단조의 콘체르토 4번 '인베르노'를 작곡했던 비발디라는 남자의 사망 기록. '인베르노'는 작품번호 8번 '화성법과 인벤션 사이의 시도'인 〈사계〉의 네 번째 작품이다. "이 위대한 작곡가가 어쩌다 처형된 범죄자들과 같은 매장지에 묻히게 되었는가?"라는 질문을 받자, 의례장인 장 빅토르 호프만은 이렇게 대답했다. "우리는 죽은 사람을 가능한 한 빨리, 대개는 죽은 당일에 매장한다. 유명인이라면 모를까, 극빈자일 경우엔 절대로 사정을 봐줄 수 없다. 시체에서 풍기는 냄새가 얼마나 고약한지 아는가! 그러니 그런 사람들의 시체를 도심에서 먼 곳으로 끌어내는 건 당연한 일이고말고!"

Ramblin' Lou Family Singers 램블린 루 가족 밴드

이 가족 밴드의 구성원은 다음과 같다. 루 루(시니어)는 밴조와 보컬, 조니 미첼 루는 우쿨렐레(하와이안 기타와 유사한 4현 악기 — 옮긴이), 루 루(주니어)는 퍼커션을 담당한다. 린다 루는 워시보드와 하모니카를, 엘리자 루는 숟가락 연주를 담당한다. 우리가 이 가족 밴드의 연주를 처음 접한 건 온타리오 주 스카브루의 어느 식당에서 팔라펠 샌드위치를 먹으면서였다. 나는 노래를 따라 부르지 않았지만, 내 친구이자 이 책의 편찬자는 치터를 맡아 밴드와 합주를 했었다. (치터라는 악기를 구경하지 못했던 독자를 위해서 — 아마 독자 대부분이 이 악기를 모를 것이다 — 이 악기를 간략하게 설명해보겠다. 치터는 얇은 공명 상자가 달린 현악기로, 무릎이나 테이블에 올려놓고 손가락으로 뜯거나 쳐서 연주한다. 왼손은 지판에 얹어 현을 집고, 오른손 엄지에는 픽을 끼운 채 손가락들로 현을 뜯는다. 그 소리는 단순하게 들리지만, 꼭 그렇지만은 않다.)

Rimbaud, Jean 랭보, 장

1854~1891. 1854년 프랑스 샤를빌에서 태어났다. 훗날 서커스에서 통역 일을 하며 스칸디나비아 일대를 여행했다.

Rimsky-Korsakov, Nikolai 림스키코르사코프, 니콜라이

〈눈 아가씨〉의 작곡자. 〈눈 아가씨〉는 얼음과 봄의 잘못된 결합에서 태어난 얼음 여인에 대한 이야기다.

Sanna 산나

산나는 우리가 보헤미아의 알프스를 등반했을 때 안내자였다. 등반을 시작하기 전에 그녀는 기상 상태를 설명해주었다. "오늘 산에는 80센티미터의 눈이 더 내렸습니다. 남쪽 면을 타면 알프스의 바위벽도 큰 문제가 없을 겁니다. 앞으로 오 일 동안 눈 전선과 푄 현상이 나타난다는 일기예보가 있지만 우리가 가는 길에는 큰 문제가 없을 겁니다. 그래도 서쪽과 남쪽에 눈이 더 내린다는 예보가 있으니, 우리에게 행운이 따르길 바랍니다. 정상에 닿으면 그쉬차드 출신의 베이커에 대한 전설을 알려주겠습니다. 그런 다음 우리는 베이커가 콜의 가장 높은 지점에 남긴 붉은 푯말을 지날 것입니다."

Sansone, Stella 샌손, 스텔라
"불꽃 하나, 나 홀로라네."

Scarecrow 허수아비
에스퀼리누스 언덕에 있는 로마의 신전. 에스퀼리누스는 카피톨리누스, 팔라티누스, 비미날리스, 퀴리날리스, 카일리우스, 아벤티누스와 더불어 로마에서 가장 높고 커다란 언덕인 '로마의 일곱 언덕'을 이루고 있다. 에스퀼리누스 언덕은 여러 가지 신비한 일화들로 유명하다. 먼저 교황 리베리우스가 서기 352년 이곳에서 의식을 행했을 때, 한여름임에도 산 정상에 눈이 내렸다는 전설이 있다. 또 이런 전설도 있다. 8월 5일에 로마의 귀족 요한이 아내와 함께 성모마리아에게 재산을 바칠 방법을 알려달라고 기도를 올렸다. 시간이 지나 밤이 되자 요한의 아내는 흰옷의 여인이 에스퀼리누스 언덕에 서 있는 환상을 보았다. 귀부인이 마음을 진정시키고 다시 쳐다보자 하얀 눈이 펑펑 내리고 있었다. 귀족 부부는 이것을 중요한 신호로 여기고 바로 그 자리에 우리의 눈의 성모라는 뜻의 대성당 '데디카티오 산트체 마리체 아드 니베스'를 지었다.

Shay and Dora 셰이와 도라
현대의 신화를 이루는 한 쌍. 이들의 이야기는 사후에 발견된 일기들에 기반한 것이다.

Snow, Robert Esq 스노, 로버트 에스퀴

1834년 9월부터 1839년 9월까지 스노는 태양풍이 지구 자기장과 반응하며 만들어내는 빛의 띠들인 오로라 보레알리스를 관찰했다. 거듭되는 연구를 통해 스노는 오로라 보레알리스(또는 북극광)는 태양풍이 지구 자기장 옆을 흘러가며 잡아 늘인 결과물이라는 결론을 내렸다. 하전입자는 지구로 빨려 들어가며 상층권의 전자들과 상호작용을 하는데, 이 상층권에서 에너지가 방출되며 시각적인 오로라를 창조한다는 것이다. 이런 현상은 연중 어느 때라도 일어날 수 있으며 그 색상과 형태도 원광, 기둥, 가는 줄기, 파동, 방사, 번쩍거리거나 흘러가는 모양 등 다양하다. 스노는 이 자연 장관은 절대적으로 비 청각적인 것이라고 확신한다. 그런데 이 자연 현상을 보는 관객은 심리적으로 흥분하여 다른 감각들까지 속고 만다는 것이다. 관객이 이 '비전의 일격'을 당하게 되면 마치 낯선 것들을 느끼고, 듣고, 냄새 맡는 기분을 느끼게 된다. 하지만 이런 느낌은 어디까지나 경이로운 아름다움을 볼 때 느끼는 단순한 환상일 뿐이다. 이 현상이 펼치는 장관은 아주 심오하고도 비의가 담겨 있는 듯 보인다. 그 때문에 이누이트들이 이 빛들을 "공을 가지고 노는 유희"라 부르며, 죽은 자들이 긴 밤을 비춰주려 보낸 선물로 여겼을 것이다. 이와 비슷한 다른 자연 현상으로는 아주 추운 날에 수평선 가까이 태양의 좌우에 나타나는 환일(parhelia)이 있다. 환일은 얼음 결정들이 축과 수직으로 정렬되면서 빛의 굴절에 의해 생겨난 헤일로(halo) 위에 나타난다. 이런 이미지들은 일반적으로 '선도그(sun dog)'나 '가짜 태양'이라고 부른다.

Stael, Germaine, Madame de 제르멘느 드 스탈 부인

1766~1817. 스탈 부인은 프랑스 루이 16세 시대 재정장관이었던 자크

네케르의 딸이었다. 그녀는 행복을 '서로 모순되는 모든 것들의 결합'이라고 정의했다. 그녀는 평생 수많은 진한 우정과 강렬한 연애를 겪었는데, 그녀의 인생에서 가장 중요한 사람은 1794년 스위스에서 만났던 진보적 정치인 뱅자맹 콩스탕이었다. 이 두 사람은 욕망하는 모든 대상들의 부적절함이 야기하는 불안 또는 멜랑콜리로 괴로워했다. 두 사람은 루소가 '투명성'으로 명명했던 진정한 연인들이 느끼는 완전한 감정적 친밀감, 또는 자연스러운 커뮤니케이션이 가능하다고 믿었다. 이 투명성은 원래는 투명하지만 인간의 눈에는 흰색으로 나타나는 북극곰의 털과 비견된다.

Waterhouse, John William 워터하우스, 존 윌리엄

1847~1917. 워터하우스는 1885년 가로 117.5, 세로 188.6센티미터 캔버스에 오일로 〈성 에우랄리아〉를 그렸다. 이 그림은 런던 테이트 화랑에서 전시되었다. 메리다의 성 에우랄리아(?~304)는 그리스도교를 버리고 이교도 우상을 숭배하라는 명령을 거부한 죄로 열두 살에 처형된 처녀 순교자였다. 405년에 푸르덴티우스는 에우랄리아의 무죄를 호소하는 찬송가를 만들었다. "눈처럼 새하얀 비둘기 한 마리가 갑작스럽게" 비상하고, 구경꾼들이 지켜보는 가운데 신비로운 눈이 그녀의 시신을 덮어주었다는 내용이다. 성 에우랄리아의 성축일은 12월 10일이다.

Whipple, Fred Lawrence 휘플, 프레드 로렌스

1906~현재(이 책이 발표된 후 2004년 8월에 타계함 - 옮긴이). 아이오와의 한 농장에서 성장하고 1950년에 눈 먼지 이론을 소개한 천문학자. 그 이전에 혜성을 관찰했던 에드먼드 핼리에 대한 이야기를 해야겠다. 핼리

는 77년마다 출현하는 혜성들이 사실은 하나의 타원형 궤도를 돌고 있는 똑같은 혜성임을 밝혀냈다. 노르만 왕의 잉글랜드 정복을 70개의 장면으로 묘사한 바이외 태피스트리(Bayeux Tapestry)에도 핼리 혜성이 묘사되어 있는데, 커다란 꼬리를 단 불꽃처럼 환한 별이 하늘을 가르고, 그 아래에는 그 별을 손가락으로 가리키는 구경꾼들을 그린 장면이다.

Willams, Luke 윌리엄스, 루크

남부 티롤에 살면서 조수들과 함께 히말라야 산맥의 설인 1천 명을 연구하고 있다. 윌리엄스는 산소통 없이 "하이 호, 하이 호" 노래를 부르며 에베레스트를 올라갔던 두 번째 등반가였다.

YHWH 야훼

영어로는 여호와(Jehovah)를 가리키는 4자음 히브리어 문자. 야훼는 모세에게 나타난 이스라엘의 신이며, 유대—그리스도교 전통의 유일신의 신성한 이름이다. 이 이름은 "앞으로 존재하게 하는 이"를 뜻하는 원인격 불완전태의 동사이다. 하느님의 신성한 이름을 모음이나 암호 또는 소리로 발음하는 건 불경이기 때문에 YHWH로 표기하기 시작했으며 나중에 성서에서는 아도나이(Adonai)나 주님(Lord)으로 나타냈다. 이 전통은 오늘날까지 이어져 현대의 성서 번역자들은 구약성서에서만 이 4자음 문자로 신의 이름을 6천 828회 대체하고 있다.

내 배낭은 더 없이 믿음직스럽다. 두 개의 끈으로 양 어깨에 매달려 등에 얹힌 갈색의 이 가죽 배낭은 알프스와 아펜니노 산맥으로, 그다음엔 북극권으로, 내 걸음이 닿는 곳마다 동행이 되어주었다.

내용물

철 키.

물방울무늬 크림색 손수건.

스위스 소년의 낡은 사진 한 장.

그에게 죽은 아내를 떠올리게 하는 향기가 담긴 향수병.

끈 달린 일기장.

철 키

어떤 것에 접근할 수도 있고 또한 방해하기도 하는 도구. '어떤 것'에 대한 예를 하나 들자면, 비밀 연구소를 잠근 자물쇠가 있다. 키는 또한 다른 뜻도 지니고 있다.

1. 문제를 풀 실마리, 설명, 또는 해답서
2. (음악에서) 어떤 특정한 양식, 분위기, 사고 또는 감정을 강조
하기 위한 음조.
3. 다른 곳으로 옮겨가기 위한 중요한 관문. 모든 것이 의지하
는 중심 원칙, 요소.

배낭 속 철 키는 묵직하다. 나는 그 키를 꺼내 손바닥에 올리고
놀려본다. 손가락으로 키에 파인 작은 홈들을 누르다가 자루를
따라 내려가며 전체 윤곽을 훑는다. 내 손 안의 키, 묵직하다.

물방울무늬 크림색 손수건

비단 소재의 정사각형 천으로, 네커치프라고도 불린다. 코를
풀거나 눈가를 훔치거나 목에 두르기 위해 배낭에 챙겨온 것인
데, 늘 챙기는 소지품은 아니다.

이것에 대해 설명해보겠다.

그를 마지막에서 두 번째로 보았을 때, 우리가 만난 곳은 헬싱
키였다. 우리는 순록의 혀와 장어 젤리, 청어 샐러드, 훈제 장어,
삶은 황소 혀, 돼지 족발, 육즙에 담긴 연어 등등 말리고 훈제하
고 소금에 절인 다양한 저장 음식을 먹었다.

이런 북구의 음식을 다 먹자, 그는 내 신진대사가 30퍼센트는 향상됐을 거라고 자신 있게 말했다.

그는 담배 한 개비를 내밀더니 자기도 한 개비를 물었다. 그러고는 성냥을 켜서 먼저 내 담배에, 다음엔 자기 것에 불을 붙였다.

이야기 하나 들려드리죠, 그가 말했다.

해보세요. 나는 좋은 이야기를 기대하며 등을 기대고 앉았다.

카디스 출신 고급 매춘부 캐롤라인에 대한 얘깁니다….

그건 그 여자에 대한 올바른 묘사가 아니었다.

…인간의 목소리라기보다는 새소리로 들리는 목소리를 가진 여자, 그래서 그 목소리를 들은 남자들의 얼굴을 욕정으로 빛나게 했던 여자의 이야기입니다.

흥미롭군요.

이 표현은 어디까지나 사실입니다, 내가 직접 만나봤거든요.

네, 정말 흥미가 당기네요. 나는 반쯤 먹다 남은 송아지 고기 '헤드치즈(젤리 상태의 고기를 얇게 자른 요리-옮긴이)'를 포크로 살짝 밀어냈다.

캐롤라인을 처음 본 곳은 로열 앨버트 홀이었습니다. 〈카르멘〉에서 주역을 맡았었죠. 더없이 감미롭고 감동적인 목소리였습니다. 그녀가 노래를 마치자, 나는 숫기가 없는 편임에도 다른 관객들처럼 열심히 박수를 치며 "브라보!"를 외치고 있었습니다. 그녀가 내게 얼마나 큰 영향을 주었는지 무대 뒤로 달려가 고백하지 않으면 죽을 것 같았습니다. 나는 객석의 짧은 수다와 소란이 잦아질 때를 기다렸다가 무대 뒤 계단을 올라가서 큰 문을 열었습니다. 통로는 복잡한 미로 같았지만, 그녀의 분장실은 커다란 노란 별로 표시되어 찾기가 어렵지 않았습니다. 문이 반쯤 열려 있더군요. 안쪽을 흘끔 살핀 다음 안으로 들어갔는데, 주인공은 어디에도 보이지 않았습니다.

떨어져 있는 캐롤라인의 스타킹 한 짝을 막 집어 드는 순간 머리칼이 칠흑처럼 검은 여자가 분장실로 걸어 들어오더니, 나직하게 말했습니다. 아씨는 벌써 댁으로 돌아가 쉬고 계시니 이만 나가주시죠. 만약 이대로 물러선다면 난 캐롤라인을 영영 놓치고 말 것이었습니다. 다행히도, 여자는 다음날 저녁에 아씨와 만나게 해주겠다고 했습니다. 단, 현금이든 보석이든 그 자리에서 당장 700파운드를 내놓으라고 하더군요.

나는 놀라서 물었습니다. 뭐라고요? 그녀와 말 한 번 하는 게 그렇게나 비쌉니까?

여자는 깔깔 웃었습니다.

나리는 왜 그토록 아씨를 만나고 싶어하죠? 아씨는 누구하고도 말하지 않습니다.

그건 나도 알고 있습니다, 그녀는 말하지 않고 노래하죠.

아, 당신은 여느 사내들과는 다른 분이시군요. 여자가 말했습니다.

그러더니, 아마도 동정심 때문이었겠지만, 아무튼 여자는 돈 한 푼 받지 않고—어차피 그때 내 형편은 그 여자의 요구액을 못 맞췄겠지만—캐롤라인을 만날 수 있는 장소를 알려줬습니다.

이튿날 저녁, 나는 캐롤라인의 집을 찾아가고 있었습니다. 눈송이가, 아주 높은 곳에서부터, 느릿느릿 떨어지고 있었습니다. 눈 내리는 소리에 몸을 떨었습니다.

집에 도착하자 하녀가 친절하게 객실로 안내했습니다.

어서 들어가세요, 아씨가 기다리고 계십니다.

나는 삐걱거리는 문을 열고 안을 들여다봤습니다. 캐롤라인은 그랜드피아노 앞, 등받이 없는 의자에 등을 돌리고 앉아 있었습니다. 그녀의 등은 검붉은 벽지에 대조되어 너무나 창백했습니다. 다음 순간, 마치 내 시선을 알아채기라도 한 듯, 갑자기 음악이 폭발했습니다. 당장 쇼팽의 곡임을 알 수 있었습니다. 내가 좋아하는 〈폴로네이즈〉였으니까요. 그 음악 소리에 내 발은 절로 입구에서부터 방 안으로 끌려 들어갔습니다.

나는 그녀의 뒤편으로 다가갔습니다. 빠르고 힘찬 곡의 도입부가 흘러나왔습니다. 예전에도 수없이 들었던 곡이었는데 이제는 완전히 다른 언어로, 대담하고도 독보적인 언어로 들렸습니다. 캐롤라인이 피아노 페달을 밟았습니다. 그러자 그녀의 몸이 뒤틀렸고 부푼 검은 치마가 흔들거렸습니다. 음들은 강력한 음률로 조밀하게 짜여 풍부하면서도 두껍거나 무겁지 않은 하모니를 만들어냈습니다. 그 음률은 내 속으로 들어와 나의 상상력에 고요하고 경외심에 가득 찬 놀라운 기적을 일으켰습니다. 나는 인내심 있게 기다렸고, 그다음 이런 일이 일어났습니다. 하나, 둘, 셋, 네 개의 소절이 페달에 눌려 길고 점점 커지는 트릴로 연주되고, 다음엔 인터메조로 연결됐습니다. 그녀는 엄청난 에너지로 두 팔을 휘저었고, 목덜미의 긴 머리카락에는 땀방울이 맺혀 있었습니다. 나는 생각했습니다.

이 여자는 빠르게 달리는 기차에서 바라보는 풍경 같구나. 이 여자를 위해서라면, 남자들은 기꺼이 죽으려 할 것이며 벌써 죽은 남자도 있겠지. 나는 그녀를 똑바로 보고 싶어 피아노 앞으로 갔습니다.

그녀는 고개를 들지는 않았지만 아름다운 얼굴 가득히 수줍게 미소를 지었습니다. 음악은 클라이맥스를 향해 치달았고, 나는 그녀 손가락의 파리한 핏줄에 현혹되었습니다. 곧 그녀가 마지막 화음을 짚으며 주문을 깨뜨렸습니다. 그러고선 갑자기 벌떡 일어섰는데, 이때 헐거운 머리핀이 대리석 바닥에 떨어졌습니다.

오, 안 돼. 그녀가 부드럽게 말했습니다.

내 가슴은 그녀의 목소리를, 새의 목소리를 다시 듣고 싶은 애달픔으로 메였습니다. 나는 고개를 숙였습니다.

그녀는 아무 소리도 내지 않았습니다.

당신을 돕도록 허락해주십시오. 나는 그렇게 말하고 호주머니에서 크림색 물방울무늬 손수건을 꺼냈습니다.

짧은 순간 우리의 시선이 부딪쳤고, 그녀는 겸손하게 눈길을 떨어뜨렸습니다.

돌아서세요.

그녀는 그렇게 말하며 꿈쩍 않고 말끔한 눈으로 날 쳐다보기만 했습니다.

날 믿어주십시오, 제발. 내가 말했습니다.

그녀가 가볍게 돌아섰습니다. 나는 길고 아름다운 그녀의 머리 다발을 목 뒤로 조심스럽게 모아 손수건으로 단단하게 묶었습니다.

…그리고 그때 나는 깨달았다. 이야기를 마친 내 친구가 의자에 앉아 있지 않고 내 뒤에 서 있다는 사실을. 그는 나의 머리칼을 내 목 뒤로 모아 쥐고는 손수건으로 묶어주었다.

아직도 그 여자를 사랑하나요? 내가 물었다.

네, 그런데 그 여자는 이젠 죽었습니다. 그가 말했다.

스위스 소년의 낡은 사진 한 장

내가 연금술을 어떻게 만났는지를 들려드리죠, 하고 그가 말했다. 그를 마지막에서 세 번째로 만났던 날이었다. 그날 우리는 레이캬비크(아이슬란드의 도시―옮긴이)에서 만나서 저녁으로 스비드(삶은 양머리)와 블로드뭬르(선지를 넣은 소시지), 그리고 우유를 굳혀 만든 달달한 스키르라는 요구르트를 먹었다. 그는 주머니에서 우편엽서만 한 흑백사진을 꺼냈다.

이게 접니다, 하며 그는 설탕 그릇에 꼬인 파리 떼보다 많은 스키어들 중 한 사람을 가리켰다. 뒷줄에서 있는 둥 없는 둥 끼어 있는 사람이었다.

몸집이 아주 작았군요, 내가 말했다.

네…. 그는 의자에 앉은 채 안절부절못했다. 내 고향 스위스의 그쉬차드에서 청소년 스키 강좌에 참석해서 생애 첫 활강을 했던 날 찍은 사진입니다. 내 기억으로는 그해는 첫눈이 11월에 내렸던 것 같은데, 아무튼 첫눈이 내린 다음부터 4월까지 우리는 점령군처럼 슬로프에서 죽치고 지냈었죠.

그러고는 그가 소리 내어 웃었다.

뭐가 그리 재밌어요? 내가 물었다.

아… 당신이 그때 우리를 봤다면 좋았을 것을. 우리는 초고속 열차처럼 무서운 속도로 슬로프를 탔거든요!

나는 웃으며 스키르 요구르트를 한 수저 더 떠먹었다.

우리는 온종일 신나게 슬로프를 오르내리다가 저녁이 되어서야 오두막으로 돌아가 차를 마시거나 꿀을 찍어 먹었습니다. 소년들은 께름칙해하면서도 꿀단지를 돌려가며 손가락으로 꿀을 쿡 찍어 빨아먹었습니다. 그때 먹었던 꿀맛은 지금 우리가 먹는 이 스키르 요구르트처럼 깨끗하고 달짝지근했는데, 맛은 더 가볍고 부드러워서 늦은 밤에도 질리지 않고 계속 먹어댔었죠.

그 꿀의 우미한 맛은 어린 소년인 날 전율시켰고 심지어 어른이 된 지금까지도 잊지 못할 그런 맛이었습니다. 나는 그 맛의 원천을 밝혀내리라, 그리고 그 맛의 발전 과정을 밝혀내리라 결심했습니다.

나는 런던에서 몇 년을 보낸 뒤 1980년대 초반에 꿀맛을 연구하기 위해 그쉬차드로 돌아갔습니다. 나는 스위스 벌들을 관찰했으며 수없이 많은 꿀을 맛보았습니다. 결국 나는 그 맛의 원천을 알아냈습니다. 그것은 바로 알프스 고원지대와 피레네 산맥, 그리고 알펜이노 산맥 어디서나 자라는 관목인, 로도덴드론 레루기네움으로도 불리는 알프스 로즈(석남)의 꿀이었습니다. 어느새 나는 꿀 채집과 양봉, 꿀 추출에 매료되어 있었습니다. 꿀의 결정체, 유량 측정, 농도와 비교 농도, 점도, 요변성, 선광도, 흡습성, 발효 작용과 민감성을 연구하면서 자연스레 제5원소에 관심을 가지게 되었습니다.

그러는 동안에 사물의 살아 있는 정기를 믿게 되었군요. 내가 말했다.

그렇습니다. 꿀이 그렇듯, 모든 사물에는 정신적이고 감정적인 영역뿐 아니라 물리적 영역으로 존재하는 고유한 본성과 에너지가 들어 있습니다. 그리고 나는 꿀이 어떻게 물리적 성질을 가지는지 직접 배워감에 따라서 똑같은 에너지들이 다른 영역들에서 하는 역할을 머릿속으로 경험할 수 있었습니다.

그런데 당신의 관심사가 꿀벌에서부터 얼음 결정들로 옮겨가게 된 이유는 무엇이죠? 내가 물었다.

아주 놀라운 사실은, 꿀벌은 자연의 첫째 임무와 생명의 조직을 가르쳐준다는 것입니다. 꿀벌이 과학과 예술을 접목하며 벌집을 만들어온 건 아주 오래전부터지만, 그 전체 과정은 아직 미스터리로 남아 있습니다.

나는 오랜 연구로 소위 '벌집의 정기'를 밝혀냈지만, 오히려 그 모든 것을 출발시킨 원천과 근원 재료의 경로를 알게 되자 깊은 상심에 빠졌습니다. 나는 더 이상 꿀통에 손가락을 찍어 빨아먹었던 소년, 그리하여 난생처음 어떤 완전체와 조우해 환희와 감동에 떨던 열성적인 젊은이가 아니었습니다. 그러기엔 너무 많은 걸 알아버렸습니다. 완전히 낯선 어떤 것을 욕망하는 동시에 경외하는 마음을 가지기에 내 감각들은 너무 둔해져 있었습니다. 그런 느낌은 모두 사라져버린 것 같았습니다. 여자가 처녀성을 잃고 느끼는 기분과 비슷하다고나 할까요.

네, 어떤 기분인지 알 것 같아요. 그렇지만 꼭 상심하기만 할 일은 아니잖아요. 내가 말했다.

알아요, 내 사랑.

눈도 그런 식으로 사라진 건 아니죠?

당신이 말해봐요.[37]

그에게 죽은 아내를 떠올리게 하는 냄새가 담긴 향수병

당신에게 이미 말했듯이, 그녀의 이름은 캐롤라인이었어요. 그리고 그녀의 향기는 내게는 세상에 존재하는 모든 사랑과 그리움과 슬픔을 떠올리게 합니다.

그를 마지막에서 네 번째로 만났던 날, 우리는 비엔나의 어느 카페에 앉아서 비에네르 쉬니첼(송아지 고기를 넣은 얇은 필레), 파프리카헨델(파프리카를 넣은 닭요리), 하젠윤게스(산토끼), 크뇌델렌(과일 푸딩)이 차려진 오스트리아 식 정찬을 즐기고 있었다. 그때 그가 말했다.

그녀는 내게 키스를 하기 전에 입술에 향수를 바르곤 했습니다.

그랬어요? 클레오파트라도 그랬는데.

그랬죠.

그는 가방에서 병을 꺼내 내밀었다.

냄새를 맡아봐도 될까요? 내가 물었다.

---

37) 서양 연금술의 아버지 헤르메스 트리스메기스투스는 『7개의 장으로 된 책』에서 이렇게 쓰고 있다. "보라, 내 너에게 숨어 있던 것을 열어 보였다. 너와 함께, 그리고 네 가운데 있는 작품이 그것이다. 그것은 너와 함께 발견되며 지속된다. 네가 육지나 바다, 어디에 있든지 늘 그것을 지닐 것이다." 또 헤르만 폰 헬름홀츠는 1865년 프랑크푸르트에서 열린 얼음과 빙하에 관한 강연에서 이렇게 말했다. "이웃한 알프스 산맥의 봉우리에 오르면 펼쳐지는 얼음과 만년설의 세계는, 그토록 고집스럽고 그토록 고독하며 그토록 위험하지 않은가. 그러니 자신만의 독특한 마력을 지닐 만하지 않은가."

제발 그렇게 해주십시오.

나는 마개를 딴 다음 병을 코에 대고 숨을 힘껏 들이마셨다.

아, 좋은데요, 신선하고 자극적이며, 나무 냄새가 나는 향수군요. 내가 말했다.

당신은 제대로 냄새를 맡지 않았습니다. 다시 한 번 깊숙이 들이마셔 보세요. 교향곡이나 그림을 감상할 때의 마음으로, 그 향수 에센스가 가진 특질과 개성, 그 곡조와 형태, 그것이 암시하는 바를 밝혀내보십시오.

나에겐 그런 능력이 없습니다.

다시 냄새를 맡아보세요.

나는 향수병을 코끝에 댔다.

이제부터 내가 겪었던 일을[38] 말하겠습니다. 나는 이 향수를 아주 가끔만 맡습니다. 그럴 때면 이 향기는 내 기억 속으로 침투해서 나를 즉시 다른 공간으로 옮겨줍니다. 내가 그녀만을 위해 아껴두었던 숨겨진 세계로 말이죠. 이 냄새를 한 번만 강하게 들이마셔도, 단 한 방울만 떨어뜨려도, 내 인생 최초의 냄새인 어머니의 젖 냄새를 다시 만나는 기분을 느낀답니다. 하지만 향수를 몸에 뿌리면, 그것은 여러 뉘앙스로 이동하고 퍼지며 음악 소리

---

38) "나의 정부(情婦)가 우아한 사람들과 사랑의 신들로부터 얻어낸 향기에 대해 말씀드리죠. 그 냄새를 맡으면 당신은 오직 코만 남게 해달라고 신들에게 부탁하고 싶어질 겁니다." ─카툴루스.

처럼 점점 물질화되어 하모니를 만들어냅니다.

맨 처음에는 육두구와 흑후추처럼 신선하며 맵고, 다음에는 기조음이라 할 만한 성격의 냄새들이 공격해옵니다. 기저에 깔린 코스투스와 암브레트 향을 뚫고 호호바 오일과 사향 냄새가 올라오는데, 이 냄새들은 모두 끈질기고 원초적입니다. 그것들이 만들어내는 하모니는 처음엔 공격적이지만 조금 후에는 오랜 시간 숙성한 브랜디처럼 차츰 마음을 잡아끕니다. 다음엔 풍부하고 따뜻한 재스민, 경쾌하면서 강렬한 오렌지 플라워 앱솔루트, 그리고 육감적이며 덧없는 월하향이 섞인 달콤한 향이 나를 사로잡습니다. 그것들이 결합하여 시간을 지워버리면서 내 최초의 여인과 그녀의 시간을 초월하는 아름다움으로 나를 데려가줍니다.

그러면 나는 추억으로 고무되어 어느 것과도 다른 그녀의 냄새로 옮겨갑니다. 그녀의 풀어헤친 머리카락 향기, 살내, 숨과 피 냄새, 수년 동안 내 콧잔등에 걸려 있는 그 냄새로 말입니다.

결국 나는 붉은 물장미 꽃처럼 신비한 그녀의 성(性)을 벗기는데, 그 향기는 사향 냄새와 비슷합니다. 그녀의 몸이 발산하는 향기는 마치 꽃향기나 단풍 수액처럼 뚜렷하며, 세월을 무색하게 할 정도로 고집스럽고 지속적입니다. 그 향기의 언어가 나의 과거를 현재로 만들죠.

계속하세요, 내가 말했다.

그러고 있습니다. 이걸 받으십시오.

나는 그 향수병을 받아 내 배낭 속에 집어넣었다.

끈으로 묶인 일기장

2000년 12월 10일 일요일.

오늘 아침, 6미터를 내려가면 리버풀 스트리트 역으로 이어지는 계단의 입구에서, 한 남자가 기둥에 기댄 채 나를 뚫어져라 쳐다보고 있었다. 그가 눈에 들어온 건 사내의 오른쪽 눈썹에서 시작되어 볼을 지나 턱수염 속으로 사라지는 커다란 상처 때문이었다. 그와 나 사이의 거리는 아주 가까워 그가 허연 입김을 뿜으며 "지옥에 떨어져라, 개자식들아!" 하고 외치자, 그의 위에서부터 올라온 굶주린 공복이 내 뺨에 그대로 느껴질 정도였다. 보행자들은 그를 본체만체하며 거대한 밀물처럼 스쳐지나갔다. 하기는 오전 8시 25분발 기차를 잡아타느라 다른 생각을 할 수 없었을 것이다. 그들은 열차에 올라타면, 재수 없는 사내 때문에 기분 잡쳤다며 인상 쓰며 욕할 것이고, 그 사내는 뜻하지 않게 사람들의 하루를 망친 가해자가 될 것이다. 나는 배낭 밑바닥을 뒤져 새 담뱃갑을 꺼냈다. 담뱃갑의 셀로판지를 벗기고 금박 띠를 떼어내자 촘촘하게 박힌 하얀 동그라미들이 보였다.

"너희는 모두 개자식들이야!" 사내가 외쳤다.

담뱃불을 막 붙이려 할 때 행인 하나가 담뱃불이 붙은 담배를 보도에 던졌다. 사내는 잽싸게 바닥에서 꽁초를 주워 입에 물었다. 그는 눈을 지그시 감고 연기를 빨아들였다. 저건 사내가 피우는 첫 담배일까, 마지막 담배일까. 그간 얼마나 담배에 주렸을까. 사내는 연기를 천천히 내뿜다가 마지막으로 한 모금을 빨았다. 그러다가 사내가 날 똑바로 쳐다보았다. 나는 얼른 눈길을 내렸다. 다음 순간 내가 피우는 담배가 의식되었다. 내 손가락 사이에서 뜨겁게 타들어가는 담배. 갑자기 기분이 무거워지며 불편한 죄책감이 밀려왔다. 난 너무 많이 소유했고 너무 많이 즐기고 있어. 그런 기분을 숨기고 싶었지만, 내 입술에 걸린 날씬한 담배가 순간적으로 떨리더니 동그란 재를 그대로 단 채 바닥으로 굴러떨어졌다. 내 죄책감이 절로 드러나는 광경이었다. 나를 지켜보던 사내가 절대로 놓칠 수 없는 광경이었다.

"개새끼들!" 사내가 말했다.

물론, 내 배낭 속에는 담배가 많이… 한 갑 가까이나 있었다. 오소리를 닮은 사내의 눈은 내 가방에 고정되었다. 그 눈은 탐욕스럽게, 담배를 찾아 배낭 속 내용물들을 헤집고 있었다. 배낭 안에는 철 키 하나, 손수건 한 장, 사진 한 장, 향수병 하나, 일기장 하나가 전부다. 그렇지만 사내의 관심사는 철 키도, 크림색 물방울무늬 손수건도, 스위스 소년이 찍힌 낡은 사진도, 죽은 아내를 떠올리게 하는 향수병도, 끈으로 묶인 일기장도 아니었다. 사내가 찾고 있는 건 오로지 이 담배 연기뿐이었고 그 욕망이 너무도 강력하여 내가 옛날에 키웠던, 다리를 버둥대곤 하던 스패니얼

강아지를 떠올리게 할 정도였다. 나는 두통이 찾아온 듯 얼굴을 찌푸리며 시계를 보았다. 에스프레소를 마실 5분의 여유가 있었다. 나는 배낭끈을 단단히 당기며 지하 세계의 입구로 다가갔다. 그에게 인사 한마디 남기지 않았다. 그 사내가 어떤 사람인지 알아볼 마음도 없었다. 사내가 내 쪽으로 뭐라 중얼거렸지만 들리지 않았다. 그 말들은 뭉개졌으며, 나는 밀려드는 군중 틈에 끼여 계단을 내려갔다.

기차는 오 분 후에 출발했다.

다음 역인 콜체스터의 플랫폼은 얼어 있었다. 태양은 리버풀스트리트에서 노리치로 달리며 그림 같은 분홍 구름들을 뚫고 자신의 살을 내보이고 있었다. 으스스한 하늘색은 투명한 백색 풍경과 번쩍거리는 눈의 고요를 한층 강조하면서도 불편할 정도로 너무 가까이 내려와 어슬렁거리는 것 같았다. 경치는 놀라울 정도로 아름다웠다. 그리고 나는 어느새 거리를 두고 기차 안의 사람들을 둘러보고 있었다. 손바닥이 땀으로 흥건히 젖었다. 주변 사람들은 하나같이 냉담하고 무심한 듯 보였다. 혹시 나는 눈앞에 펼쳐지는 이 광경을 홀로이 지켜보는 외로운 목격자고, 마지막 남은 사람이 아닐까. 다른 사람들은 외계에서 온 종들이고. 그들은 휴대폰에 대고 연신 재재거리고, 신문을 읽고, 옆 사람과 이야기하는 데 정신이 팔려 있었다. 진화 과정에서 차츰차츰 자신들을 둘러싼 아름다움을 보는 일을 잊고 결국 자기 자신만을 바라보게 된 사람들 같았다. 그래서 지금의 나를 고독한 목격자로 만들어버렸다. 그게 아니라면, 내가 다른 세상에 걸려 있는 존재가 아닐까. 시간이 정지된 또 다른 세상, 신문에서 언급하지 않고 친구도 절대로 이야기하지 않는 세상에 걸려 있어서, 사람들이 정보 공급자이자 수용자로 커뮤니케이션 활동을 하는 이 순간에 다른 세상에 놓여진 유일한 낙오자가 된 것이 아닐까.

다음 역은 입스위치였다. 양쪽으로 도열한 헐벗은 아름다운 나무들이 기차의 양편을 할퀴며 물러설 때마다 나는 움찔했다. 차창에 반사된 내 모습을 힘껏 노려보는 내 눈에 이따금씩 달빛을 받아 흰빛과 푸른빛으로 번득이는 눈 덩어리들이 잡혔다. 감각들이 날 속이기 시작했다. 나는 마치 하늘에서 막 떨어지는 눈을 맞으며 내 옆에 서 있는 그의 아름다운 얼굴을 냄새 맡고, 만지고, 맛보고, 듣고, 보는 듯했다. 그의 금발 고수머리와 파리한 푸른 눈동자와 냉소적인 미소가 보였다. 그의 혀가 이에 부딪치는 파열음을 들었다. 내 손에 잡힌 그의 손을 느꼈다. 이 모든 것이 그를 지금 내 옆에 있게 만들었다. 마침내 나는 더 이상 차창에 비친 내 얼굴을 보지 않게 되었는데[39], 내 뺨이 그의 뺨이 되고, 내 턱이 그의 턱이 되었기 때문이었다. 나는 그의 얼굴로 손

---

39) 플라톤의 신화는, 원래 인간은 등과 옆면이 붙어 있고 각각 네 개의 팔다리를 가진 둥그스름한 생명체라고 묘사한다. 그런데 신들이 인간에게 위험을 느끼자 그들을 반으로 잘라내었다. 그때부터 반쪽 인간은 그들의 '다른 반쪽'과의 재결합을 열망하며 세상을 배회하고 있다.

을 뻗어 그의 코를 따라 내려가 그의 입술 윤곽을 그렸다.

위대한 사람과의 만남은 아주 드물다.

이 깨달음이 압도하며 나는 눈물을 흘렸고 히스테리 직전 상태까지 갔다. 질문들이 닥쳐왔다. 때로는 새롭고 때로는 진부한 질문들, 고쳐 쓰고 고쳐 말해진 질문들, 그러나 답은 절대 손닿지 않는 곳에 있었다. 나는 생각했다. 저기 양파 껍질처럼 비밀들에 싸여 살아가는 어린아이-소년-어른 사내가 있어. 내가 그 껍질을 저 안쪽까지 벗겨낼 수 있을까? 나 역시 양파와 같다. 혹시 그렇게 까다보면 내 안에 있는 핵을 잃어버리지는 않을까?

생각하면 할수록, 그런 깨달음이 내게서 소유와 쾌락의 즐거움을 억압했으며, 또한 역 밖에 있던 사내에게 담배를 주지 못하게 만든 것 같았다. 아니면 나도 다른 사람들처럼 그저 그 사내를 하루를 망친 핑계거리로 삼았던 것일까? 해답을 찾진 못했지만, 내가 자신에게 던지는 질문들은 서서히 나를 죽이는 독이 되고 있었다. 모두가 개자식들이다, 알지.

다음 정류장은 노리치였다. 눈은 펑펑 쏟아지고 있었고, 나는 생각했다. 그는 지금 실내에 있기 때문에 이 기적을 못 보겠지. 눈을 무엇보다 사랑하고 "잊혀지기 쉬운" 거라고 부르는 남자, 스스로를 연구실에 유폐시키는 기이한 방식으로 눈을 축하하는 그 남자는. 그는 언젠가 내게, 크로스컨트리 스키로 베른 알프스에 있는 학교로 갈 때면 늘 강박증이 시작된다고 말했었다. 눈 덮인 봉우리들과 크레바스를 숨긴 산들은 일본 회화에 나오는 사화산인 후지 산을 떠올리게 한다고도 했었다. 다른 말들은 기억나지 않는다. 하지만 의문점들이 꼬리에 꼬리를 물었다.

그때 이런 생각이 들었다. 만약 사랑에 빠졌다는 걸 몸으로 감지할 수 있다면, 땀과 눈물은 두려움과 혼란을 야기할 것이다. 그리고 그게 맞는다면, 나는 그저 내 육체가 반응하지 못하게 함으로써 내 마음과 정신을 다치지 않게 할 수 있을 것이다.

나는 그렇게 생각했다.

노리치 역에서 내린 다음 게스트하우스까지는 택시를 이용했다. 여자 매니저가 반색하며 젊은 여인이 이름을 밝히지 않고 내게 쪽지를 남겼다고 말했다. 나는 기대감으로 얼른 쪽지를 펼쳤다. 오늘자 신문을 읽으세요. 어린애 글씨처럼 갈겨쓴 것 말고는 별다른 특징이 없는 필체였기에 나는 그 지시를 거부하고 싶었다. 쪽지를 쓴 이가 익명이 아니었다면 반발심이 생겼을 것이다. 게스트하우스의 매니저에게 열쇠를 받자마자 가파른 계단을 올라 3층 내 방으로 들어가 짐을 풀었다. 그러고는 다시 방을 나가 방문을 잠근 다음 계단으로 내려가 게스트하우스를 빠져나갔다. 미국 신문을 찾는 탐색을 시작했다. 남은 미스터리를 풀려면 어디를 기웃거리고 무엇을 찾아야 할지, 내가 어찌 알았겠는가. 하지만 이 가게 저 가게를 기웃거린 끝에 결국 신문 판매대에 꽂힌 〈뉴욕타임스〉를 찾아냈다. 신문을 구입해 겨드랑이에 낀 채로,

누구로부터도 무엇으로부터도 방해받지 않고 산책을 했다.

게스트하우스로 다시 돌아오는 데는 이십 분이 걸렸다.

2000년 12월 11일 월요일.

나는 그 날짜 신문을 지난밤에도 오늘 아침까지도 읽지 않았다. 그냥 푹 자고 일어난 다음 샤워를 하고 새 옷을 갈아입고 밖으로 나갈 생각이었다. 그런데 객실 바로 밖에 있는 계단 입구에서 갑자기 내 행동을 돌아보았다. 만약에 내가 갑자기 그의 현관에 나타난다면, 그는 뭐라고 할까? 갑자기 신문을 펼쳐보고 싶은 충동이 강렬해졌다. 무엇을 찾아 읽어야 하는지도 모른 채 신문의 1, 2, 3, 4면을 재빠르게 넘기고 있었고, 그다음 끔찍한 교통사고 현장 사진이 눈에 들어왔다. 심하게 찌그러진 자동차가 눈밭에 처박혀 있었다. 자세히 살피자 하얀 눈 위에 떨어진 불길한 붉은 반점들도 보였다. 머리가 핑 돌았다. 신문은 이렇게 보고하고 있었다. '지난 일요일 버펄로에서 심각한 충돌 사고가 있었다. 남자는 현장에서 즉사했다. 친인척의 통고가 없어 경찰은 사상자의 신원을 아직 밝혀내지 못했다.' 사상자. 나는 신원불명의 그 남자가 바로 그임을 알아보았다. 나는 몰랐지만, 그는 내가 그를 찾아 영국으로 오는 동안 나를 만나러 뉴욕으로 오는 길이었다. 이제야 일의 앞뒤가 맞물리며 감이 잡혔다. 머리가 어질어질했다.

그를 마지막 보았을 때—그게 몇 주일 전인지 1세기 전인지는 기억하지 못하겠다―, 나는 스위스의 그의 연구실로 찾아가 구 깃구깃한 크림색 종이로 포장된 작은 상자를 내밀었다.

왜 이런 걸 주죠? 그가 인상을 찌푸리며 물었다.

저렇게 멍청한 말을 하다니, 나는 마음이 아팠다. 우리 사이에 거리를 두려 하는 그가 미워서 문 쪽으로 돌아섰다.

어떻게 지냈어요? 그가 물었다. 그의 본심은 돌아와요, 였다.

내가 고개를 돌리자 그는 상자에서 내 깜짝 선물을 꺼내고 있었다. 그것은 2차 세계대전 시대 유물인 진주빛 청동 나침반이었다.[40]

여행할 때 길을 잃지 말라고 준비했어요, 내가 말했다.

내가 여행하는 거 어떻게 알았어요? 그는 나침반을 손바닥에 올려놓고 잠시 만지작거렸다. 평소보다 어설픈 웃음을 지으며.

몰랐습니다. 내가 대답했다.

그냥 해본 말이니 신경 쓰지 말아요.

그러더니 그는 주머니를 뒤져 열쇠를 꺼냈다.

이거 받아서 안전한 장소에 잘 간직하세요. 내 연구실뿐 아니라 서재 문도 열 수 있는 열쇠예요. 받아줄 거죠?

---

40) 프리메이슨의 의식에 따르면, 나침반은 진실과 관계하며 마음과 물질 사이의 균형을 상징한다. 나침반은 또한 이원성의 상징이자 초월성을 뜻한다. 바늘 한쪽이 가운데에 정주해 있을 때 다른 바늘은 완전한 원을 형성하기 때문이다. 융에게 나침반은 자아의 이미지를 나타낸다. 나침반은 종종 길고 험난한 여정을 나타내며, 또한 나그네가 사물들의 중심인 제5원소를 찾아낸 다음 의식 또는 현실로 연결되는 지하 세계로 내려가는 길을 돕는 상징으로도 쓰인다.

네, 받겠어요. 내가 말했다.

그가 다시 의자에 앉았다.

그런데 왜 저죠? 내가 물었다.

대답하기 아주 어려운 질문이군요. 그가 말했다.

내가 찾아야 하는 게 뭐죠?

음, 이 전부가 무엇을 뜻하는지는 모릅니다. 깊이를 알 수 없는 이런 류의 지식 또는 무지는, 완전하게 임의적인 과정입니다. 깨달음은, 머리를 부닥치는 것처럼 예기치 못한 순간에 찾아오겠죠.

말해줘요.

지금 이 자리에서 그걸 밝히는 건 중요하지 않아요. 그는 그렇게 말하며 창밖을 쳐다봤다.

나는 인상을 찌푸렸다.

당신, 궁금한 게 많네요.

그는 차가운 손으로 내 뺨을 어루만졌다.

게스트하우스의 3층 계단참에 서서 나는 그 순간을 기억하고 있었다. 그 순간이 선명하게 보였다. 여기서 나가야 해, 달려, 어디로든지. 하지만 나는 뒷걸음질 치다가 계단에 발이 걸렸고, 그 와중에도 신문을 놓치지 않으려 꼭 쥔 채 머리를 아래로 해서 2층 높이의 공간을 날았고, 아래 바닥에 쿵 부딪혔고, 아무도 없는 고요한 복도에 구부정하니 쓰러져 있었다.

그게 아니면….

어쩌면 실제는 전혀 다른 일이 일어났는지도 모른다.

어쩌면 시간은 결정적인 갈림길에서 갈라졌으며, 그 갈림길은 6미터만 내려가면 리버풀 스트리트 역이 나오는 계단 입구에서 내게 담배를 구걸하던 그 남자를 떠났던 직후였는지도 모른다.

나는 계단에서 굴러 떨어졌으나 다시 일어나 몸의 먼지를 탁탁 털어내고는 역사의 유리 지붕창으로 뚫고 들어온 눈부신 빛줄기 속에 서 있었는지도 모른다.

어쩌면 나는 애초에 여행을 하지 않았는지도 모른다.

그런데 뭔가가 있었다. 나는 돌아가고 싶은 강력한 충동을 느꼈다. 알 길 없는 어떤 힘에 휩싸이고 이끌려 2층 높이의 계단으로 올라가 기둥에 기대선 남자에게 향했고, 그 남자는 실제 그 자리에 있었을 것이다. 나는 배낭에서 담뱃갑을 꺼낸 다음 어색한 웃음을 날리며 사람들에게 내밀었다. 그런 다음 고개를 들자 그의 시선과 내 시선이 부딪혔다. 그는 인사를 하고는 발을 끌며 빠르게 멀어져갔다.

나는 두통 비슷한 것에서 비롯된 한숨을 내쉬었다. 그 남자가 기댔던 기둥, 역에서 나오자마자 보이는 그 기둥, 지하 세계에서 6미터 위 계단 입구에 있는 그 기둥에 등을 기댔다. 몸에 감겨오는 바람에 몸을 떨었다. 갑자기 신문지가 펄럭펄럭 날아왔고, 나는 바람보다 앞서 그 신문지를 낚아챘다. 자꾸 펄럭거리는 신문지를 급하게 넘겼다. 거기엔 잔혹한 이미지가 들어 있었다. 심하

게 찌그러진 자동차와 눈보라, 신원불명의 남자, 사상자라는 단
어가 보였다. 내면에서부터 커다란 분노가 솟구쳤지만 누구를
원망해야 좋을지 알지 못했다. "당신들 모두 개자식이야." 나는
차가운 공기에 대고 외쳤다.

…하지만 그날이 오늘이건 또는 내일이건, 그건 중요하지 않
았다. 내가 비틀거리며 쓰러진 장소가 리버풀 스트리트 역 계단
이건 노르치의 게스트하우스이건, 그건 중요하지 않았다. 중요
한 건 내가 머리를 세게 부딪혔다는 사실이었다.

2000년 12월 12일 화요일.

나는 그의 배낭에서 열쇠를 찾아냈다.

나는 그의 연구실에서 연구서를 찾아냈다

나는 그의 책상 속에서 해법서를 찾아냈다.

그러니 탐색자가 열심히 탐색한다면,

이것은 모든 장소에서,

어느 때 어떠한 상황에서라도,

발견되리라.

페트리니우스

눈에 대한 백과사전

1판 1쇄 인쇄 2010년 1월 30일
1판 1쇄 발행 2010년 2월 10일

지은이 사라 에밀리 미아노
옮긴이 권경희

발행인 양원석
편집장 백지선
책임편집 김진영
영업 마케팅 정도준, 김성룡, 백준, 백창민, 윤석진, 김승헌

펴낸곳 랜덤하우스코리아(주)
주소 서울시 강남구 삼성동 159 오크우드호텔 별관 B2
편집문의 02-3466-8826 구입문의 02-3466-8955
홈페이지 www.randombooks.co.kr
등록 2004년 1월 15일 등록 제2-3726호

ISBN 978-89-255-3634-7 (03840)